Mães, filhas e ESPOSAS

SPIN - OFF DE O BEIJO DA RAPOSA

CHIARA CIODAROT

1ª EDIÇÃO

EDITORA FREYA

Mães, Filhas e ESPOSAS

Copyright © Chiara Ciodarot, 2020

Todos os direitos reservados. É proibido o armazenamento, cópia e/ou reprodução de qualquer parte dessa obra — física ou eletrônica —, sem a prévia autorização do autor.

Esta é uma obra de ficção, qualquer semelhança com nomes, pessoas, fatos ou situações da vida real terá sido mera coincidência.

PREPARAÇÃO: *Lygia Camelo*
REVISÃO: *Fabiano de Queiroz Jucá*
CAPA E DIAGRAMAÇÃO: *Amorim Editorial*
IMAGEM DE CAPA E DIAGRAMAÇÃO: *Freepik/ rawpixel.com, Period Images, Depositphotos.*

Esta obra segue as regras do Novo Acordo Ortográfico da Língua Portuguesa.

DADOS INTERNACIONAIS DE CATALOGAÇÃO NA PUBLICAÇÃO (CIP)

C576b Ciodarot, Chiara
        Mães, filhas e esposas / Chiara Ciodarot
        Piracicaba, SP: Freya Editora, 2022.
        1ª Edição
        240p. 23cm.

        ISBN: 978-65-87321-28-8
        1. Ficção Brasileira I. Título II. Autor
                                CDD: 869.3
                                CDU: 821.134.3(81) - 3

[2020]
Todos os direitos desta edição reservados à
FREYA EDITORA.
www.freyaeditora.com.br

Ao meu avô José,
que se tornou a Estrela mais brilhante
no meu Céu de Saudades,
e à minha avó Clara,
o meu segundo Sol nesse Universo familiar.

NOTA DA AUTORA

A proposta de *Mães, Filhas e Esposas* é tentar remontar a atmosfera criada pela autora de *Mulherzinhas*, Louisa May Alcott, e por Jane Austen, Elizabeth Gaskell e Francis Burnnett. Essas autoras conseguiram nos encantar com histórias sobre a infância e sobre a vida das mulheres oitocentistas e, sobretudo, colocaram as relações familiares em evidência.

Mães, Filhas e Esposas possui, portanto, um valor sentimental muito grande, pois espelha os ensinamentos que tive na minha infância e a importância da minha família para mim — por isso, ele é dedicado às duas pessoas que melhor representam isso: o meu avô José e a minha avó Clara.

Este livro também é uma prequela de *O Beijo da Raposa* — o quarto livro da coleção **O Clube dos Devassos**. Algumas leitoras podem ficar curiosas a respeito, uma vez que a proposta de *Mães, Filhas e Esposas* não é a mesma da Coleção. Laura Almeida e suas irmãs sempre foram minhas grandes companheiras por anos — desde 2005, ano em que este livro foi escrito pela primeira vez — e já havia um livro que contava sobre o amor de Laura e Raimundo Aragão, no entanto, escrevendo os Devassos, Raimundo foi se infiltrando — e apareceu em *As Inconveniências de um Casamento* e *O Lobo do Império* — e não teve como impedir que Laura e suas quatro irmãs também tomassem posse de *O Beijo da Raposa*. Por outro lado, eu não pretendia lançar as aventuras das cinco Almeidinhas, que iam da sua infância à adolescência, até que me foi pedido e este não pude recusar. Era a minha mãe quem achava importante que as leitoras crescessem junto com as personagens e as vissem se tornarem as mulheres que são em *O Beijo da Raposa*.

Espero que minha mãe esteja correta e vocês se divirtam com as "desventuras" de Manuela, Alice, Laura, Virgínia e Mariana.

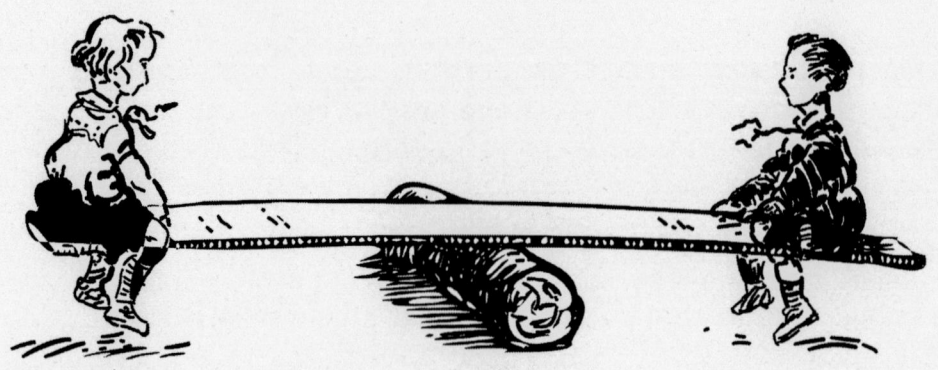

INFÂNCIA

1871-1872

*"Se você olhar da maneira correta,
vai perceber que todo o mundo é um jardim."*

(Frances Hodgson Burnett, **O Jardim Secreto**)

PREFÁCIO

Era uma vez uma menina que sonhava em ser ouvida; para tanto, ela não falava alto, nem gritava. Ela escrevia histórias. Muitas histórias que a carregavam para além daquele pequeno mundo em que vivia. Histórias através das quais acabaria descobrindo o seu próprio lugar no mundo.

A menina não escrevia para ficar longe dos pais ou dos irmãos, pois esses ela amava muito. Só ainda não sabia — como se sabe que se está com fome ou que é dia — o quanto a família era importante para ela, ou ela o era para a família. Foi preciso que um dia — quando a pena começava a secar e as ideias já não eram tão corridas — uma pessoa muito querida, a quem a confiança ia além dos sentidos, lhe dissesse que antes e depois de tudo vem a família. Na época, a menina — agora mais crescida — achou que a pessoa tivera alguma espécie de epifania — esta palavra também só aprenderia quando maiorzinha —, mas aquilo lhe soara tão acertado, que guardou no coração e na memória. Mais tarde, quando teve a própria família, é que a menina — então, mulher — enxergou que seu pai estava certo. Aos poucos pôde compreender como é bom ter o apoio daqueles que nos entendem quando parece que o mundo todo está contra nós, como é bom poder ser quem se é no meio daqueles que não vão nos julgar, como é bom ter com quem brigar em momentos de tensão e, melhor ainda, ter com quem fazer as pazes nos momentos de alegria.

Muitos anos se passaram — quando a velhice já batia à porta e a família era composta por uma nova geração — e uma outra pessoa — tão querida e amada quanto o seu pai, o alguém com quem havia formado a sua própria família já fazia *algum tempo — fez a seguinte observação:* "*Quando nascemos, é a família o nosso primeiro contato com o mundo. É ela que nos faz crescer da forma que crescemos. Ao morrer, o que mais queremos é nos encontrar com os entes que foram na nossa frente, porque estamos sempre indo atrás da nossa família. Algumas vezes, ela nem precisa ser de sangue, desde que seja de coração. Não esqueça que a família é o nosso melhor e o nosso pior*". *Estas palavras foram ficando com o varrer dos anos e, ainda que a pessoa tivesse partido na frente e que a árvore da vida tivesse suas folhas desprendidas pelo inverno do Tempo, a velha menina repassava os ensinamentos às pequenas sementes que, no entorno da avó, se reuniam para escutar suas histórias — tanto as aventuras vividas quanto as fantasiadas.*

A família havia sido o que a fez ser o que era, ao mesmo tempo em que ela também fez a família ser o que era. Todos têm o seu papel na família, um criando o outro, amando ou odiando, e, de uma forma ou de outra, sempre juntos, apesar das distâncias geográficas ou emocionais. Havia sido na família que a menina-mulher-matriarca acabara descobrindo que podia ser ouvida, que fazia a diferença, mesmo quando parecia que todos estavam surdos, quando o mundo não escutava a sua voz. Havia sido nela que começara a ser quem era, a ser educada para o que o futuro lhe reservava. Havia sido nos braços familiares que buscara as primeiras palavras, aprendera a importância das coisas — ou a falta delas —, fora o seu refúgio nas dores, nos medos e nos erros e a comemoração nas alegrias e nas conquistas.

Havia sido na família que ela pôde ser ela mesma — sem histórias —, e a família havia se tornado família em suas histórias.

A menina

1

Os pequeninos pés, desacostumados ao uso de sapatilhas, coçaram-se antes de entregarem-se à descida da escadaria que tinham diante de si. Não eram tantos degraus, apenas o suficiente para se prepararem. O esquerdo foi mais corajoso e iniciou a descida. Doeu. Sapatos novos sempre doíam! Por que insistiam em lhe comprar? Nunca pedira um, muito menos sapatilhas de cetim que deixavam seus pezinhos amarrados. Se pudesse, desceria descalça, feito índia, com os cabelos na cara e um grito de liberdade sustentado na boca. Pois, não. Tinha os cabelos recém-penteados pela mãe e as exigências de que não se desarrumasse e, muito menos, que falasse alto. Logo os convidados chegariam para a festa de fim de Ano e deveria estar impecável.

Fingia não ouvir, no entanto, os alertas maternos. Surrupiara a primeira boneca que vira no chão do quarto e descera correndo pelas escadas de casa, soltando um grito de guerra. Quando chegou o aviso materno de que não corresse, havia pulado o último degrau da Montanha dos Abutres, saltando no vestíbulo de entrada e caindo por entre os inimigos que estavam à espreita.

O chefe deles se aproximou com um ar de desconfiança:

— Ora, quem vejo aqui?!

A cabecinha se levantou à procura do rosto familiar. Era difícil retratar o pai como um inimigo. Era tão divertido quando brincavam juntos!

— Uma bela mocinha — continuou. — Qual o seu nome, senhorita?

— Papai, está ficando velho? Nem mais se lembra do meu nome?

Seria melhor ir em busca de outros inimigos para brincar. Seu pai estava velho demais para isso, mal a reconhecia!

Laura, no auge dos seus sete anos, foi correndo para dentro da sala de estar, seguida por uma gargalhada do pai. A imaginação daquela menina ia longe.

— Por mais que eu diga para ela não correr, ela corre. Parece que faz de propósito — reclamava a mãe, descendo as escadas devagar. Segurava as saias do armado vestido azul-claro, atenta para não dar um passo em falso e cair.

Vinha acompanhada de uma escrava, cujo sorriso estava sempre sumido nas bochechas fofas. Nana, de cabelos curtos escondidos num turbante branco, fazia desaparecer em seu colo quente e macio a filha mais nova do casal, Mariana. A menininha de três anos de idade era uma réplica em miniatura da mãe, com cachos loiros e de grandes olhos castanhos, um anjinho pintado.

O pai foi até a caçula e lhe esfregou o queixo para que sorrisse. A pequenina miou e apoiou a cabeça no ombro da escrava, soltando um bocejo indiferente à gracinha dele.

— Elas não fazem de propósito — ele comentou com a esposa. E estendeu o braço para que a senhora o acompanhasse até a sala.

D. Glória aceitou, inclinando um sorriso — o mesmo que o marido havia conhecido, há quase 20 anos. Talvez o sorriso tivesse ficado um pouco mais duro e o rosto tivesse marcas mais densas, porém era ainda o mesmo sorriso pelo qual ele havia se apaixonado.

— Deus queira que Virgínia e Mariana não sejam como Laura — a mãe desabafava. — A diferença de idade entre elas não é grande e temo que possam ser influenciadas pelo seu comportamento... selvagem — a última palavra saiu num murmúrio.

— Não sei como uma menina de sete anos possa influenciar uma de cinco anos e outra de três anos de idade. Acho que anda se preocupando demais com elas, meu amor.

— E como não me preocupar, Artur? Esta palavra vem atrelada à maternidade — abriu o sorriso diante do próprio gracejo. — Estava pensando, talvez fosse bom se viajássemos, mudássemos os ares. As meninas iriam adorar e faria bem a elas e a você, que tem trabalhado tanto na loja.

— Para onde? Não dispomos de dinheiro. Ontem vendemos um dos escravos porque não tínhamos mais como mantê-lo. A loja não tem ido bem desde a morte de seu pai e muitos fornecedores estão nos pressionando a pagar.

A senhora parou no corredor, diante da porta da sala, soltando um ar de cansaço:

— Preocupa-me tanto o futuro dos nossos filhos!

— Arturzinho está estudando e terá um futuro garantido como médico. Claro, se persistir em seguir a carreira.

— Arturzinho é quem menos me preocupa. São as meninas a minha fonte de medos e apreensões. Maridos, compromissos, dotes! Ademais dos bailes, dos enxovais... Casar está uma fortuna e temos cinco meninas que precisarão de maridos!

— Quanto às meninas, o que podemos nos preocupar é em como educá-las para que sejam boas esposas e mães. — Acariciou o rosto da mulher. — Posso não ver muita solução financeira, mas certamente vejo na nossa família.

A senhora sorriu fazendo com que seus olhos reluzissem. Seu marido era um sonhador, daqueles que não se fazem mais e, talvez por isso mesmo, tivesse se apaixonado por ele em meio a tantos pretendentes. Temia, no entanto, pela sua saúde. Não era um homem de falar sobre o que sentia — fosse fisicamente ou emocionalmente —, pois para ele era como se tudo estivesse bem, e havia ainda o trabalho com a loja que seu pai havia legado ao genro. O velho Antunes não acreditava na Farmacologia e nem naquele jovem estudante que achava que encontraria a cura de diversas doenças em expedições à Amazônia. Portanto, deixou como condição para que desse a mão de sua filha Glória em casamento que Artur Almeida "largasse de charlatanices" e fosse trabalhar com ele na loja na Rua do Ouvidor.

Ao entrarem na sala, D. Glória se acomodou num sofá e o marido tomou uma poltrona próxima:

— E para onde gostaria de ir? — ele quis saber, mais por curiosidade do que por possibilidade.

— Como há pouco dinheiro, pensei em irmos visitar os seus pais em Petrópolis, no verão. Fugir do calor da cidade e das pestilências. Apesar... Eles estão muito velhos para terem trabalho em nos receber. Sua mãe tem sessenta e cinco anos, o que é muita idade, Artur. Além do mais, provavelmente a sua irmã vai querer levar os filhos para visitar os avós.

O Sr. Almeida ajeitou-se na poltrona:

— Tem razão. — Sentia ele mesmo alguma coisa de velho em si.

Ao fim da conversa um silêncio se fez. D. Glória notou algo estranho. Faltavam gritos, correrias, risadas, choros, reclamações. Onde estavam as crianças? Chamou por Nana — a escrava em quem detinha mais confiança —, quem a ajudara a criar as suas filhas.

— Nana, onde estão as crianças?

— Sinhozinho Artur ainda tá na rua, mas prometeu que chega ainda pra ceia. Sinhazinha Manuela tá terminando de se vestir. Levei sinhazinha Mariana pra cozinha e estou dando a comida dela. Sinhazinhas Laura e Alice eu ainda não vi, mas não duvido que estejam aprontando alguma. Só falta a sinhazinha Virgínia descer. Ela tá no quarto com a Maria.

— Obrigada, Nana, pode voltar aos seus afazeres. — Aguardou a escrava sair para comentar com o marido, insatisfeita: — Ora, Artur, logo hoje que é Natal, o Arturzinho resolve sair! Não poderia ter sido outro dia? Será que no colégio não estão ensinando como se portar?

— Glória, ele tem quinze anos! Sei bem como é isso... — engoliu o sorriso maroto antes que a esposa reparasse. — Deixe-o se divertir um pouco.

— Acredito que o dia em que não defender os seus filhos, será o dia em que não será você mesmo. — Ela segurou um sorriso que poderia fazê-lo achar que acobertava a sua atitude condescendente.

— Que bom que está ciente disso — retrucou, num tom bem-humorado.

*

Dois passinhos, uma paradinha no degrau, pés juntos. Com o vestido ficava difícil ver se estavam bem juntinhos. Levantou um pouco a barra da saia. Sim, mais grudados só se colados. Ajeitou o vestido para não amarrotar. Ergueu o queixo e mais dois passinhos. Um degrau de cada vez, como haviam ensinado. Uma risada a fez se desconcentrar e pisar cada pé num degrau. Do rosto sumiu toda a forçada expressão de placidez.

— Parece uma garça — uma voz fina veio do primeiro degrau da escada.

— Levante-se daí, Laura! — Manuela, a irmã mais velha, disse ao ver a menina sentada na escada, arrancando os cabelos de uma boneca. — Como é que quer que eu passe com você aí, toda esparramada?

— Pule por cima, carambolas!

— Quem lhe ensinou a falar desse jeito deselegante?

A mais nova bateu os ombros. Parou a conversa e voltou-se para a boneca careca que era mais interessante do que a irmã cheia de acertos e certezas.

— E o que você está fazendo nesta boneca?

— Vendo se cresce cabelo nela.

— Laura, você é mui... — Manuela arregalou os olhos ao reparar que boneca era. — Ei! Essa boneca é minha! Me dê! Me dê a Cotinha! Ela é minha!

Laura deu um pulo para longe dos degraus e escondeu a boneca atrás das costas:

— Você disse que brincar de bonecas era coisa de criança e que nunca mais iria brincar, então, eu peguei a sua boneca para ver se cresce cabelo nela!

Manuela, vermelha, balbuciou alguma coisa parecida com: "maeunaotidela". Laura não se esforçou em entender. Devolveu a boneca, reclamando que não cresciam cabelos, e sumiu nos confins do primeiro andar.

A irmã mais velha abraçou a sua filhinha. Como puderam ser tão maus com ela, pobre Cotinha! Um súbito pensamento fez Manuela largar a boneca. Estava bem crescida para ficar brincando de bonecas. Ao perceber a boneca careca, de olhos e perna virados, caída no chão, bateu-lhe uma pressão no peito. A Cotinha não era uma reles boneca, era a sua companheira de quase uma vida! E agora que estava toda carequinha, não poderia abandoná-la nesse estado.

Nana apareceu no vestíbulo, onde a mais velha das Almeida tinha parado, sem saber o que fazer:

— O que foi, Manuela? Tá com uma cara de quem não tem coisa boa.

— Nana — choramingava —, olha o que a Laura fez com a minha Cotinha! — Apontou para a boneca atirada no chão.

A escrava, que já tinha seus mais de quarenta anos, abaixou, soltando um urro de cansaço, e pegou a boneca. Deu um beijo na face fria de porcelana — que por sorte não havia quebrado — e a pôs no bolso do avental de chita:

— Deixa que a Nana cuida dela. Agora vá atrás das suas irmãs. Sua mãe tá pedindo que venham logo pra sala. Quer ver todas antes dos convidados chegarem.

A tristeza sumira com as lágrimas, e o seu rosto iluminara — adorava conhecer gente nova:

— Quem vem jantar, Nana?

— Suas tias e seus primos.

— Quer dizer que Tancredo também vem?

— Sim. Ele e o mimado do irmão. E pare de ficar tão atiçada pelo sinhozinho Tancredo! É feio!

— Não me venha com essas intimidades, Nana. Senão, conto à mamãe que chamou o Lauro de mimado.

Apertando as bochechas com os lábios, Nana foi para a cozinha, resmungando.

À menina restara procurar pelas irmãs. Laura se escondera em algum lugar, por isso seria inútil tentar encontrá-la. Virgínia estava no segundo andar, dizendo que não se sentia bem. Só faltava Alice. Conhecendo-a bem, tinha certeza de onde ela se metera.

Uma mãozinha fofa e branquinha, com um anel de ouro simetricamente posto no dedo anelar, tateava por comida em cima da mesa. Onde estavam os pãezinhos? Tão fofinhos que só de pensar salivava. Jurava que tinha um prato cheio deles bem ali.

— Alice!

Ao escutar a voz de Manuela, a irmã bateu a cabeça no tampo da mesa com o susto provocado. Saiu rastejando de baixo da mesa, reclamando que estava dolorida.

— Espere por todos para comer — repreendia Manuela.

— É que estava tão apetitosa a ceia! — Ainda lambia os lábios, cobertos por migalhas de comida.

— Se mamãe a vir assim... — Puxou a irmã e limpou a boca dela num lencinho que trazia na manga do vestido. — Vamos até a sala, mamãe quer nos falar.

Alice passou a mão no vestido para que as migalhas desgrudassem de suas saias. Antes de sair da sala de jantar, virou-se para trás. Os seus imensos olhos azuis piscaram para a mesa, deliciados: em breve iria poder aproveitar dos dotes culinários de Nana! Só de pensar nisso, a sua barriga roncou novamente. Benditos pãezinhos fofinhos!

Escondida no meio da escuridão, num recanto debaixo da escada, onde nem a luz, nem as pessoas a enxergavam, Laura contava os cabelos arrancados de Cotinha, enrolando-os nos dedos. Soltou um chiado impaciente. Por que as pessoas faziam questão de dar festas? Tudo era motivo para festa! Odiava ser arrumada feito uma boneca, e obrigada a se portar como uma dama na frente dos outros. Queria poder sair pelas ruas correndo, gritando, assustando os passantes. Era bem mais divertido do que ficar parada no mesmo lugar por muito tempo. Inclusive — bocejou —, dava sono ter que esperar.

Batidas na porta de casa tomaram a atenção da chateação. Ajoelhou-se para chegar mais perto de uma fresta entre tábuas mal postas na escada. Podia ver, através dela, a porta de entrada e um escravo indo atender quem chegava.

Vinha na frente uma senhora muito grande, toda vestida de cores escuras. Entregou o chapéu e o xale ao escravo, sem mesmo lhe dar boa noite ou desejar Bom-Ano. Era como se Matias não existisse, ou fosse parte da decoração como um móvel qualquer. Atrás dela havia um senhor de reluzente farda, em que os botões brilhavam feito diamantes diante dos olhos tensionados da menina. Será que ele era algum rei ou coisa parecida? Não pôde ver a sua face, mas reparou na fina cabeleira algodão e nos chumaços que saíam debaixo do nariz. Certa vez, sua mãe dissera que deveria respeitar as pessoas de cabelos brancos, isso queria dizer que aquele homem deveria ser alguém importante. Pelo que ouvia das conversas de adultos — quando passava correndo pela sala — devia-se respeitar pessoas importantes. Havia ainda um menino alto como seu irmão — deveriam ter a mesma idade. Conhecia o rosto de algum lugar... Quem se fez mais presente foi um outro menino, este de cabelos e olhos escuros que, fulminante, olhou na sua direção.

Laura jogou-se no chão, achava que poderia ter sido vista pelo inimigo. Aguardou, quieta, ouvir se ele a entregaria aos seus superiores, contudo, o meninote de dez anos nada disse, seguindo os pais para a sala de estar, onde eram esperados. Não gostou da pompa do menino. O corpo empombadinho, o nariz erguido, a expressão séria, roupas muito bem-postas, lembrava a uma marionete, daquelas que tem na loja de seu pai e as crianças são proibidas de mexer. Não teria graça brincar com ele.

Matias fechou a porta e com um olhar fulminou Laura — que saía de joelhos do seu esconderijo debaixo da escada. Diante da pergunta do que ela fazia ali, Laura sorriu e correu para a sala.

Os adultos primeiro se cumprimentaram para, depois, os meninos de tia Teocrácia se mostrarem bem-educados:

— Muito prazer em revê-la, minha senhora — disse o menino-marionete, curvando-se diante da Sra. Glória Almeida.

O pai de Laura riu, pedindo que não fosse preciso tanta formalidade. Confuso, o menino olhou para a mãe.

— Claro que é preciso, meu irmão — vociferou tia Teocrácia.

O Sr. Almeida aproximou-se dela, pondo as mãos em seus ombros:

— É Natal. Somos uma família, não somos?! As formalidades são desnecessárias. — Deu um beijo na face irritada da irmã mais velha. — Vamos festejar essa noite. A primeira juntos depois de tantos anos! E iremos brindar pelo fim da guerra e por estarmos todos bem!

— Não tenho culpa se somos obrigados a viajar muito — ela reclamou, acomodando-se numa marquesa.

— A culpa não é minha — tentava ser simpático o homem de farda, o seu marido, arfando sob os bigodes brancos. — Tenho deveres com o Império e nada posso fazer.

— E ficamos extremamente felizes por ter voltado bem.

A alegria era palpável no rosto do anfitrião. Como era bom ver a família toda reunida! Da última vez em que vira os sobrinhos, as duas filhas mais novas ainda nem tinham nascido. O marido de Teocrácia era da Marinha Imperial e passara os últimos anos envolvido nas batalhas no Paraguai, capitaneando uma frota. Como a mulher que se fazia ser, Teocrácia ia junto e deixava os filhos crescerem em colégios internos. Com o fim da guerra e a idade avançada do Almirante, resolveram que era hora de se restabelecerem em terra. O mais velho de seus dois filhos, Tancredo, estava na idade de ir para a faculdade. Lauro, o caçula — que nascera alguns meses depois de Manuela —, se fazia interessado nos estudos junto a um tutor em vez de continuar no colégio interno, onde sofria constantemente com piadas e peças pregadas pelos outros meninos que não gostavam do seu comportamento rígido — muito se assemelhando a um pequeno adulto esnobe.

— Agora, onde estão as minhas filhas?! — disse em voz alta o Sr. Almeida, como se as chamando.

Imediatamente a porta da sala foi aberta e uma criaturinha acanhada apareceu. Apesar da impecável brancura do vestido, tinha-o sujo na altura dos joelhos e na bunda, por debaixo de um laçarote amarelo. A mãe preferiu não brigar com Laura na frente dos convidados — mais tarde teriam uma conversa —, porém, só pelo seu olhar, a menina entendeu o recado e abaixou a cabeça.

Atrás de si apareceram a esguia Manuela e a faminta Alice. As duas cumprimentaram os tios como ensinadas, flexionando as pernas e segurando as saias. Laura tentou imitá-las, um pouco confusa, quase se desequilibrando e caindo. Acabou por ganhar uma risada do Almirante, a qual recebeu de mau humor — era muito feio rir dos outros, os pais dele não ensinaram isso ao "homem importante"?

— Onde estão Mariana e Virgínia? Também não vejo o Arturzinho — notou D. Teocrácia, depois de ficar um tempo analisando as sobrinhas com o seu *pince-nez* de ouro.

— Vou mandar chamá-los — a Sra. Almeida foi para a cozinha. Ao voltar, surgiu de mãos dadas com a pequena Mariana. Vinham devagar para que a menininha acompanhasse o passo.

A cabecinha bochechuda, ainda de cabeleira loira ralinha, ficou parada na direção do pai. Sorriu para ele e abriu os bracinhos. O Sr. Almeida não resistiu e a pegou no colo.

D. Teocrácia ajeitou-se na marquesa, incomodada com a quebra de protocolo social. Nunca! — Nun-ca! — afagar os filhos diante das pessoas, mesmo que estas sejam conhecidas. Ao querer comentar isso com o marido, viu-o pondo a mão no ombro de Tancredo. Ela estava só na sua convicção. Desviou os olhos para o próprio *pince-nez* enquanto engolia o seu amargo comentário.

— Não ouvem bater na porta? — Uma voz feminina foi se achegando. — Sei que estão felizes, mas não é para tanto! Surdez nunca foi elegante — brincava a irmã mais nova da Sra. Almeida, tia Clara.

Ela havia acabado de chegar, trazendo o marido e as duas filhas, além de uma jovem escrava para cuidar das meninas. A prima mais velha se chamava Carolina e tinha oito anos e a outra, Joaquina, acabara de completar seis anos. Vinham em impecáveis vestidos brancos com laçarotes coloridos e os cabelos também presos por laços — o que fez Laura questionar onde havia perdido o laço que prendia as suas madeixas escuras, algumas horas antes.

A Sra. Almeida e a Sra. Fonseca se cumprimentaram com beijos nas faces, depois vieram os cumprimentos usuais. Os adultos conversavam entre si animados, o inverso das crianças, que pareciam um pouco acanhadas, a princípio, apesar de já se conhecerem. Se não fosse por Laura chamá-las para brincarem, possivelmente teriam ficado a noite toda na sala, caladas e comportadas, do jeito que tia Teocrácia gostava.

Num rápido movimento, Laura, Carolina, Joaquina e Alice escapuliram sob os avisos de cuidado das mães. Manuela permanecia sentada numa cadeira, com o rosto voltado para o chão, como se de castigo. Ao menos, ao seu lado estava Tancredo, que prestava atenção na conversa dos mais velhos. Era crescente a infelicidade da menina ao ouvir, ecoando pelos corredores, os risos e a correria das aventuras imaginadas pela irmã. Queria lá também estar, apesar de saber ser o errado para a sua idade. O que Tancredo poderia pensar de uma menina de doze anos que ainda brinca?

— Manuela, minha filha, vá ver o que as crianças estão fazendo — pediu o pai. — Como a filha mais velha, peço que cuide de suas irmãs. — Piscou para ela. — Ah, aproveite e leve Lauro consigo.

O menino, de pé, num canto, nada falou, seguindo apenas a prima sorridente.

Tia Teocrácia não aguardou que saíssem para comentar mais uma das suas "convicções acerca da moral e dos bons costumes":

— Sua filha mais velha está muito magra, não acha, Glória? Não é certo uma jovenzinha estar tão esquálida. Podem pensar que falta alimento em sua casa, que vem de uma família sem posses.

— Que eu saiba ela está muito bem, Teocrácia.

— Ah, então deve ser a constituição de Manuela. Muito parecida com a sua, não?

A Sra. Almeida engoliu uma farpada resposta. Não era dia para brigas.

A pequenina Mariana, no colo da tia Clara, por entre o coça-coça dos olhos, bocejou. De imediato, a mãe chamou Nana e pediu que a levasse para o quarto para descansar, não seria necessário abusar da hora. A escrava pegou-a no colo e saiu.

Não faltou motivo, no entanto, para tia Teocrácia fazer mais um de seus comentários críticos a respeito da gerência da família ou da casa, porém foi impedida quando a cunhada e a irmã começaram a falar sobre a moda na Ouvidor e as novidades que haviam chegado da França. Os homens também foram para o canto em que poderiam discutir política e os certames do fim da guerra. Tancredo, como moço que era, com uma leve penugem de pelos debaixo do nariz — os quais geria com tanto orgulho —, tentava se fazer entendido, crescendo na admiração do pai. O militar tivera filhos muito velho, por isso fazia questão de aproveitar cada momento ao lado dos varões, mesmo que sob a pesada tutela de D. Teocrácia. Foi quando esta reparou que não havia, ao menos naquela noite de celebrações, espaço para o que não fosse o espírito de renascimento — e o que não a impediu de reclamar consigo mesma que, se demorassem para cear, iriam atrasar para assistir à Missa do Galo.

Nana trazia, num braço, Mariana, com a cabeça apoiada em seu ombro, a ressonar. Com a outra mão, equilibrava um candeeiro para poder enxergar na escuridão do quarto. Chegando no meio do cômodo, avistou um vulto branco próximo ao que seria a cama de Virgínia. Assombração! No susto, quase deixou a luminária e a criança caírem. Segurou a ambas e deu dois passos para trás. Nervosa, rezava uma *Ave Maria* para afastar quem quer que fosse que vinha assombrar as suas meninas. Ali não passaria, não na guarda de Nana. Com o candeeiro, fazia o sinal da cruz na escuridão.

A mulher de branco se virou para ela e Nana pôde reconhecer, com a parca luz, que era a escrava Maria.

— Minha Nossa Senhora, Maria! — Nana controlou o tom de voz ao perceber que Mariana se mexia. — Parece um fantasma aí parada! O que foi? Por que esta cara de morte?

— Sinhazinha Virgínia está passando mal — murmurou a outra.

— E por que não me avisou antes, criatura?

Nana pôs Mariana numa caminha pequena — que por sorte não acordara com o susto — e foi até a irmã. Virgínia era tão loira quanto a caçula, porém tinha enormes olhos azuis que estavam murchos pela febre. Colocou a mão em sua testa para constatar o que já imaginava pelo olhar assustado de Maria:

— Vou avisar a sua mãe que está ardendo em febre!

Virgínia mal ajeitou o corpinho dolorido na cama e veio a mãe verificar o que acontecia. Só em ver o rosto maternal, a menina de cinco anos podia se sentir melhor — mãe era um santo remédio, quando bem dosada e nas horas certas. A Sra. Almeida a sentiu quente e percebeu certa palidez d'alma que só as mães são capazes de notar nos filhos doentes. Sem pestanejar, pediu que Nana chamasse o médico.

Levantando as saias, a escrava desceu as escadas. O barulho que fizera havia sido tão grande, que o Sr. Almeida a chamou na sala para perguntar o que estava acontecendo, que guerra era essa que ela tinha que trazer notícias. Explicado o rebuliço, ele mesmo garantiu que iria atrás do médico. Sua esposa poderia ser exagerada quando se tratava de boas maneiras e aprumo, mas era bem calma quando o assunto era doenças, ainda mais tendo tantos filhos — seria enlouquecedor que ao sinal de uma febre ela já ficasse na ponta dos nervos.

Ao que tudo indicava, o Natal havia acabado mais cedo do que o previsto para tia Teocrácia. E nem conseguiram montar o presépio, como o costume. Ao menos, daria tempo para comerem algo em casa antes de seguirem para a Missa do Galo, na Nossa Senhora do Monte do Carmo. Levantando-se com dificuldade, a senhora mandou que Tancredo fosse atrás de Lauro. Não seria capaz de atentar à saúde dos meninos.

— Não, eu serei a mamãe! — bufava Alice, cruzando os braços e fechando a cara. — Senão, eu não brinco mais! — Enfiou na boca, de uma só vez, um bolinho roubado da mesa da ceia, esmagado na saia do vestido.

— Você não entendeu a brincadeira, Alice? — Laura se levantou do chão, onde havia se acomodado junto a umas bonecas, dispostas em fileira, seus soldados. — Nós vamos brincar de guerra! Elas são combatentes do Exército Imperial. Derrotaremos Solano Lopez. — Apontou os brinquedos. — Você, eu e Joaquina estaremos de um lado e Lauro, Manuela e Carolina serão nossos inimigos. Nada desse nhe-nhe-nhe de casinha-papai-e-mamãe-e-nenê.

— Mas eu quero ser a mamãe! — Alice bateu o pé firme, suas bochechas foram ficando vermelhas com a irritação e voaram algumas migalhas da boca.

Laura suspirou e ajeitou-se no chão, com as pernas e braços cruzados, impaciente.

Cansadas da discussão que não os levaria a lugar algum, as primas pegaram as bonecas e decidiram que elas mesmas inventariam alguma brincadeira com Alice.

Quanto a Lauro, sem reação, ele encarava Laura. Se ele não tinha a dizer, ou ideias para brincar, era melhor nem ficar. Pegando uma bolinha que estava por ali perto, ela atirou contra o primo e o mandou sair do quarto. Lauro não obedeceu.

Manuela, cansada daquelas brigas e infantilidades, decidiu retornar à sala, lugar de adultos como ela. Não tinha mais paciência e imaturidade para atitudes como as de Laura e Alice. E se foi, reclamando consigo mesma de Laura e do seu gênio "difícil". Já virava no corredor quando se deu de encontro com Nana, que subia as escadas correndo, sem fôlego nem cor.

— O que está acontecendo? — estranhava aquela agitação.

— Sua irmã tá doente, mas o médico tá chegando. Preciso pegar Mariana e pô-la noutro quarto. Não sabemos o que Virgínia tem ainda. — Ia à cata de fôlego, enfiando preocupação e ar por detrás das bochechas. — Quando criança fica doente, é um problema maior pros pais do que pros pequeninos.

— Por que diz isso, Nana?

— Quando for mãe entenderá o que quis dizer. — A escrava sumiu nas sombras de um quarto.

Em meia hora chegou o Sr. Almeida com o médico e o filho — que acabara encontrando no meio da rua. Arturzinho ainda não entendia o rebuliço. Geralmente as festas de Natal em família, nos últimos anos, tendiam ao bocejo e a cantar pastorais enquanto tia Clara tocava — muito mal — o piano. O pai nada quis explicar. Somente quando entrou em casa e avistou tia Clara é que o rapazote soube da irmã doente. Não ficou preocupado. Achava que logo tudo passaria. Talvez fosse até manha de Virgínia, para chamar atenção da mãe. Depois do nascimento de Mariana, a ex-caçula fazia de tudo para ter mais tempo com D. Glória. O jovenzinho de quinze anos subiu para o seu quarto, dizendo que iria se trocar. Ao abrir a porta, no entanto, deu-se com Lauro, jogado no chão e agonizando, e Laura, num canto, fingindo empunhar uma arma.

— O que fazem aqui? Já não disse que não é para brincar no meu quarto?!

Lauro levantou num susto e bateu a poeira das roupas.

Laura prontificou-se a explicar, esganiçando a voz:

— É que a Nana pôs a Mariana para dormir no meu. E Lauro me chamou para brincar de duelo.

— Não interessa! Quando eu digo "não", quero dizer NÃO! Saiam daqui os dois! — Apontava a porta do quarto, irritado acima do ordinário.

Postos para fora, os primos se entreolharam sérios por dois segundos e, no ponto das risadas, desceram as escadas correndo, numa disputa silenciosa de quem tocaria primeiro na porta de entrada. Laura mal havia batido e voltou-se para ver o que fizera o primo estancar no meio da escadaria, pálido e tenso. Era como se tivesse sido preso a uma teia de aranha invisível e sua mãe, uma viúva negra, estivesse pronto a devorá-lo. Tia Teocrácia saía da sala batendo o *pince-nez* na palma da mão e procurando alguma coisa para reclamar. Não era preciso muito. Um monstro apossou-se dela — ou seria ela do monstro? — e, puxando o caçula pelo braço:

— Aonde estava metido? Ah, que me importa!? Vamos, vamos! O Natal acabou!

Atrás vinha Tancredo — mirando o teto, entediado — e o Almirante, a conversar animadamente com tio Paulo — marido de tia Clara. Nenhum dos dois parecia ter reparado na atitude da senhora e nem em seu olhar para Laura, como se a menina de sete anos tivesse seduzido o seu rapazinho.

De outra porta — a que levava à sala de jantar — surgiu Alice, mastigando algo, Joaquina e Carolina cochichando e rindo, e tia Clara.

A despedida foi rápida, tanto que nem os donos da casa foram aguardados. Tia Teocrácia tinha pressa e quando ela tinha pressa, ninguém a segurava — até mesmo a missa do padre Carmelo era cronometrada segundo o compasso da batida do *pince-nez* na mão.

A porta da casa bateu com toda força. Tia Clara, vendo o marido do seu lado, comentou em voz baixa:

— Não sei como minha irmã aguenta essa mulher...

— Ainda bem que não sabe como. Eu mesmo não teria nenhuma paciência. Tenho pena do Almirante. Sempre me pareceu um homem sensato demais para se casar com ela.

— Soube que ela esteve nas batalhas com ele. Com aquele gênio, não duvido que era ela a comandar o navio.

— Não acharia estranho se Solano Lopez tivesse se matado ao saber que ela chegava para "prestar contas".

A esposa teve de segurar o riso. E deram ponto final à conversa, com caretas entre si, quando a Sra. Almeida e o marido retornaram do andar superior. Laura estranhou a expressão dos pais. Nunca os vira tão preocupados — só quando aprontava alguma estripulia, o que resolviam com a seguinte expressão: "Pensávamos que podíamos confiar em você. Vimos que estávamos enganados"; a decepção misturada à tristeza esculpida em seus olhos era pior que as chineladas de Nana.

Tia Clara pediu que a irmã se sentasse ao seu lado, enxotando antes as filhas. Tio Paulo, notando preocupação, pediu que as crianças fossem brincar em outro lugar, assim os adultos poderiam conversar com mais tranquilidade e sem tantas meias-palavras. A pequena Laura, que achava bem entender o mundo dos adultos, ficou para trás, próxima à porta, de onde poderia ouvir o que realmente estava acontecendo e por que estavam cheios de silêncios. Uma coisa a mãe sempre lhe dissera: "Muito silêncio é sinal de que algo vai mal".

— Quero que leve Mariana — dizia a mãe. — O médico ainda não nos deu um diagnóstico, mas preferiu que a levasse para outro lugar.

— Não precisa me dizer mais nada, irmã — respondeu uma tia Clara aflita, tomando a mão de D. Glória. — Seus filhos são como meus. Peça que Nana traga as coisas da pequena. Vou levá-la agora mesmo.

Laura quis gritar um não. Por que iriam levar a sua irmãzinha? O que estava acontecendo? Não podia entender aquilo. O que Virgínia tinha para que Mariana fosse levada para longe? Não pôde interceder, no entanto. Seu corpo ficou sem movimentos. Seria essa a separação familiar que tanto aterrorizavam os seus sonhos? Será que Mariana iria se casar? Nana dizia que quando alguém era levado para outra casa, era porque se casava. Mariana parecia tão pequena para isso! Casamento era coisa de gente grande, não?! A única que tinha algum pretendente, pelo que sabia, era Manuela. Desde nascida, havia planos de um futuro enlace com o primo Tancredo e, por isso, sempre se gabou de ser "a mais velha e um exemplo a ser seguido". Havia alguma coisa muito estranha e Laura ainda iria descobrir o quê.

Parada ainda na porta, incrédula que levariam sua irmãzinha, viu Nana chegar com Mariana. A menininha estava enrolada num cobertor, a dormitar. Entregou a menina à tia e uma bolsa ao tio.

D. Glória, com os olhos recheados de lágrimas, beijou a testa da filhinha embalada nos sonhos. O Sr. Almeida deu um beijinho em sua mãozinha e passou o braço em volta dos ombros da esposa, que segurava firme o choro. Tio Paulo chamou por Carolina e Joaquina, que apareceram rapidamente, e as mandou se despedirem de todos.

Alice e Manuela, que vieram ao chamado, não entenderam o porquê da partida repentina de Mariana — o que a elas também não foi explicado. Manuela, com uma percepção de poucos, reparou num rosto vermelho de choro, ao lado da porta da sala; Laura estava prensada contra a parede, calada e com os olhos bem abertos, como se estivesse assistindo ao fim do mundo.

— O que faz aí?

Silêncio. Os olhos arregalados de Laura eram a prova de que estava bem distante dali.

Laura-d'outro-mundo..., *Laura-d'outro-mundo...*, ficavam cantando as irmãs quando a viam compenetrada na sua imaginação, o que a retirava desse mundo especial, tamanha a irritação com a música inventada por Alice:

> *Laura-d'outro-mundo*
> *Laura-d'outro-mundo*
> *Em que mundo vai ficar,*
> *Se assim continuar?*

O médico apareceu na sala como um raio de sol que derrete com o seu calor as mais frias dúvidas e aquece o coração daqueles que esperam ansiosos por ele. Porém, a Sra. Almeida deu por certa a sua intuição ao ver a cara do médico. Ele nem quis sentar-se. Sua cabeça baixa deixava o Sr. Almeida, que coçava as mãos agarrado ao fio de esperança, nervoso.

— A menina tem varicela.

Varicela. A palavra veio como uma bomba. As pernas de D. Glória tremeram e seu marido teve de segurá-la para que não caísse.

Laura não sabia o que era varicela e nem poderia imaginar o quanto aquelas quatro palavras iriam mudar a sua vida. Também não entendeu o golpe de ar que a mãe soltou, seguido de lágrimas — tão eternas no momento quanto a dor da notícia. A menina nunca a tinha visto dessa maneira frágil e teve pena, muita pena. A mãe sempre lhe parecera tão forte, destemida, incapaz de se desfazer em choros ou gritos. O que era uma doença para essa mãe que nunca ficava doente? — não queria uma mãe enfraquecida por uma situação que a menina só viria a compreender quando ela mesma fosse mãe. Foi então que Laura teve medo daquelas lágrimas. Não eram um bom sinal. E a prova foi definitiva quando a mãe pousou o rosto no ombro do pai para esconder o choro que aumentava.

Mudanças nem sempre são boas, pensava Laura, sentada no vagão do trem para Petrópolis. De braços cruzados, cara emburrada, não prestava atenção na paisagem que corria pela janela. Tomava-lhe a ideia absurda de se mudar, mesmo que fosse para a casa dos avós paternos. Mal se lembrava deles! No máximo os vira umas duas vezes na vida. Bufou e se mexeu no assento. O pai, ao seu lado, perguntou se estava tudo bem. Ela não respondeu. Pendeu a cabeça para a janela, amassando contra o vidro um enorme laçarote azul preso em seu cabelo. Aquela história de doença estava muito estranha... Será que estavam escondendo alguma coisa dela? O pai a olhava com um sorriso numa cara-de-dor-de-barriga. O que deve ser? Será que eles estavam tramando alguma coisa, como no aniversário surpresa que prepararam para papai ano passado? Lambeu os beiços. O bolo de laranja que a mãe preparara estava delicioso. Podia se gabar, dizendo que ajudara.

Oh, não! Será que ele estava se preparando para uma despedida? Será que tinha arrumado um pretendente para ela, tal fizeram com Manuela, e aproveitariam a doença de Virgínia para casá-las, antes que ficassem também doentes e morressem? Não quis pensar em morte. Dava vontade de chorar só de imaginar ficar sem pai nem mãe. Casar também dava vontade de chorar, significava ficar longe da família. Nana dizia que quando se casa vai-se embora. Era isso! Ela iria se casar e, por isso, estava indo embora!

Arregalou os olhos diante da sua conclusão. E teve vontade de chorar. Muito mesmo. Será que ninguém havia notado isso? Apenas Laura? Manuela, sentada à sua frente, mal mantinha os olhos abertos de tanto sono, ninada pelo balançar do trem. Arturzinho fingia ler um livro enquanto espiava uma mocinha sentada do outro lado do vagão. Nenhum deles reparara para o que estavam levando-os: iriam todos se casar!

Laura levantou a cabeça num impulso e puxou a mão do pai.

— O que foi, Laurinha? Viu algum bicho escondido na mata?

— Eu não quero!

— Não quer o quê?

— Não quero morrer, nem me casar!

— Não estou entendendo. — O pai ergueu as sobrancelhas. — Como não quer morrer, nem se casar? Acha que vai morrer por sua irmã estar doente?

— Isso também. Papai, jura que não vai me entregar para o meu noivo quando chegarmos em Petrópolis? Por favor!

Ele começou a rir. Laura não entendeu o que o pai achava tão engaçado.

Com a risada, Manuela abriu os olhos para ver o que acontecia e Arturzinho parou com o flerte.

— Quem disse que vai se casar quando chegar em Petrópolis? — o pai tentava comandar o riso enquanto falava.

— Nana disse que quando saímos de casa é para nos casarmos.

— Não foi isso que ela quis dizer — Manuela intrometeu-se. — Ela disse que uma moça honesta só sai da casa dos pais para morar fora se for com o marido e depois de casada. Nós não estamos indo morar na casa da vovó. Só vamos passar um tempo lá, até Virgínia ficar boa. Nenhuma de nós teve varicela. Já Alice teve, por isso ficou em casa. Mariana está com a tia Clara. E Arturzinho veio com a gente só porque as aulas dele ainda não começaram e tinha de ficar em algum lugar.

A lucidez de Manuela fora de espantar o pai. Ficara orgulhoso pela filha mais velha. Cresceria uma mulher esperta, sinal que a sua educação estava indo bem. Poderia apenas ser um pouco mais tolerante com a irmãzinha. As duas, no entanto, eram jovens e teriam muito o que aprender — a vida lhes ensinaria no dado momento.

O susto de Laura foi virando calma e um sorriso foi plantado em seu rosto. Queria gritar de felicidade só de saber que não se casaria, mas não podia. Então, aproveitaria a viagem de trem. Pena que perdera a oportunidade de desfrutar o trajeto de barco até a estação — nunca havia andado de barco antes! Ajeitou-se no banco e ficou a admirar a corrida paisagem. Avistou florezinhas mais coloridas dos que as pintadas no quadro que ficava na sala de jantar. Eram tantas e diferentes! Nunca pensara que no mundo poderiam existir flores tão diversas! Sua mãe gostava de rosas. Quando voltasse para casa, traria flores para ela. Também viu animais, passarinhos cantando e voando pelo céu azulzinho. Nunca vira um azul tão tranquilo como aquele! Dava até vontade de dormir olhando para o céu, ouvindo o barulho dos passarinhos.

Apoiou a cabeça na janela. Os olhos pesaram...

...

Sonhou que ainda estava em casa, no quarto que dividia com Alice, e ela reclamava da comida da ceia de Natal: "Ninguém comeu aquelas deliciosas guloseimas. Tão apetitosas!", resmungava a irmã, cheia de tristeza, deitada na cama, olhando para o teto, "Eu ia pegar emprestadas algumas, só para experimentar, mas a Nana não deixou, dizendo que mamãe havia mandado dar tudo aos pobres em promessa à Nossa Senhora pela saúde de Virgínia. Pobre de mim! Comida tão boa e desperdiçada!" Laura saiu da cama e esgueirou-se até perto da janela. Alice perguntou o que estava fazendo. Não respondeu. Aquele imenso céu escuro quase não tinha estrelas, apenas uma brilhava fraquinha e pequena. A ela pediria ajuda para curar Virgínia, como uma vez Nana havia lhe ensinado: "Primeira estrelinha que vejo, realize o meu desejo: cuide da minha irmã Virgínia, que fique boa logo e papai e mamãe não se preocupem com ela" Laura fez o sinal da cruz e pulou para a cama fria. Alice resmungava alguma coisa que não ouvia. A estrelinha a ajudaria, estava certa disso.

...

— Laura! Laurinha, acorde! Nós chegamos! — A voz do pai parecia bem longe, penetrando aos poucos em seus sonhos.

Abriu um dos olhos e notou que a paisagem parara de se mexer, contudo, este não ficou aberto por muito tempo. Foi preciso a irmã cutucá-la para que, finalmente, pudesse ver o que tinha à sua volta. Pela janela Laura reparou uma ou outra casa enfiada no meio de um tapete verde que subia até o céu. Havia um ar fresquinho e o piar era tão alto que até parecia que cantavam em seu ouvido.

O pai mandou pegar a bolsinha que trazia. Tinham que sair logo do trem para pegar um coche até Petrópolis.

— Ainda falta mais caminho?! — desanimava Manuela.

Arturzinho e o pai foram pegar as malas enquanto Laura e Manuela desciam do trem com as suas bolsinhas e com a ajuda do inspetor da estação.

— Devia ter trazido minhas luvas, como uma dama certamente o faria. — Manuela esfregava as mãos frias. — Apesar do sol, nem dá para sentir calor.

— Falando assim até dá vontade de rir — comentava Laura, enfiando as mãos para trás, escondendo as luvas que havia trazido. — Aqui dá para ouvir o canto dos animais!

Manuela olhou para ela e nada disse.

O pai e o irmão logo apareceram trazendo a pequena bagagem.

— Mamãe avisou que viríamos? — perguntou Arturzinho ao pai, carregando a sua mala e a de Laura.

— Não teve tempo. Eu trouxe uma carta explicando tudo. Não têm com o que se preocupar, seus avós adoram uma surpresa.

O Sr. Almeida alugou um coche fechado para que aquela brisa serrana não fizesse mal às meninas e tomaram rumo à Petrópolis. De nada adiantou a sua preocupação, Laura se pôs numa janela e Manuela na outra. Ambas gostavam de ficar sentindo o vento em seus rostos, vermelhos e esfriados pelo ar serrano. Laura colocou a mão para fora do veículo ao passar por umas flores, queria tocá-las. Faziam cócegas! Pelo visto, iria gostar muito do novo lugar. Como será que seus avós eram? Simpáticos fazedores de doces? Elegantes "alistocatas" falidos? Temíveis "burocatas"? — não sabia o significado dessa expressão, mas achava muita graça quando o pai reclamava dos terríveis burocratas e aristocratas falidos. Metida em brincadeiras, em ter o rosto no vento até perder a sensibilidade, em ficar cantando ou rindo de alguma piada de Arturzinho, ou ouvindo o pai contar uma história da sua infância, Laura mal reparou no tempo e no espaço.

Ao largo, enfiada por entre umas árvores, não muito longe da estradinha por onde passavam, havia uma casinha. De longe era tão pequenina que lembrava a uma de bonecas, toda branquinha e com janelas verdes. Laura apoiou a cabeça nos braços cruzados na janela. Um dia moraria numa casinha como aquela... Ergueu a cabeça ao achar ter visto alguém saindo dela. A pessoa parou, olhou para a estrada e deu um adeus. A menina se sentou ereta no banco. O inimigo francês descobrira o seu esconderijo! Teria que acertá-lo. Esticou o dedo na direção dele e a arma não disparou. O francês havia sumido! Hum! Ajeitou-se no assento e pensou numa estratégia para derrotar os inimigos do exército francês — ou, dessa vez, seria inglês?

Um sorriso de quem fora pega de surpresa — e gostara —, era essa a expressão da avó das meninas ao ver o coche atravessando o portão e contornando uma velha mangueira até chegar à porta da frente. A Sra. Almeida largou o bordado e se levantou de sua cadeira de balanço postada no alpendre. Com a mão no estômago, para segurar a emoção, mal se continha em acreditar:

— Sr. Almeida! Sr. Almeida!

O senhor de cabeleira rala branca apareceu na janela da sala. Ao perceber o carro parando na frente do alpendre nada disse, apenas pondo sua cabeça para dentro.

A senhora de cabelos prateados pelo tempo foi em passos apressados o suficiente para sua idade até o coche. Primeiro saltou o filho, que não via há anos. Ele lhe parecia magro, mas sempre garboso. Lembrava o pai, quando o havia conhecido na época em que o Imperador D. Pedro ainda não era o Segundo.

— Meu querido filho! — Ergueu os braços, derramando o seu carinho.

— Desculpe-nos por termos vindo sem avisar. — Saltou para os braços da mãe, voltando a ser criança.

— Nós?

Ela olhou para a porta da carruagem e dela saíram três pequenas criaturas, fazendo o seu coração bater mais forte:

— Ah, como cresceram esses meus netos! Arturzinho, está um homem! — Analisava o rapaz de metro a metro. Depois voltou-se para as duas meninas de laçarotes no cabelo. — Qual das duas é Manuela e Alice?

— Sou a Laura, vovó.

— Eu sou a Manuela. Prazer em revê-la, vovó.

— Desculpem-me, mas sabem que os olhos dos avós sempre enganam! Como está crescida, Manuela! Já deve estar na idade de ser apresentada. E Laura, a pequena Laura que vi nascer?! Nem pode imaginar como é a sensação ao ver como está o bebê que um dia peguei no colo. Onde estão os seus outros filhos? Há mais, não? E quanto a Alice? Aconteceu algo? — Notou que a expressão dele nublara-se. — Não me diga que... — Apertou o próprio ventre, recordando-se da dor de perder dois filhos ainda na infância.

— Não, senhora. Nada com que tenha que se preocupar. Trouxe uma carta de Glória que explica o motivo de nossa visita. — Entregou-a.

— E por que você mesmo não me diz?... — Seus olhos deslizaram do rosto raso do filho para os das meninas. — Entendo...

A avó passou a mão pela carta e guardou-a no bolso do vestido. Teria de fugir de sua preocupação para que as crianças não notassem nada de ruim que poderia estar acontecendo.

— Bem, vamos entrar? Vovô deve estar ansioso para revê-los.

Deu as mãos para as meninas e elogiou os seus vestidos enquanto entravam na casa.

O Sr. Almeida — o pai das meninas — ficou para trás, jogando um olhar pesado em cima da casa. Um solar de fachada colonial que parecia mais irreal do que quando em devaneios. Abaixou os olhos e reparou que Arturzinho o mirava como se esperando uma reação. Pôs o braço em volta dos ombros do rapazote e fingiu um sorriso.

— Vovô? Onde está, vovô? Viu quem chegou? — chamava a avó, passando pelos pequenos vestíbulos que compunham o entremeado de salas, alcovas e saletas do primeiro andar da casa.

Era um solar estilo colonial, de dois andares, talvez da época em que Petrópolis ainda não existia e era somente a fazenda do Córrego Seco e um agrupado de pequenas propriedades. Dentro era escuro e úmido por causa do excesso de alcovas e do chão de pedra fria. A decoração não trazia comodidade ao ambiente, ela contribuía para a frieza pelos seus poucos móveis de assento palhinha e rala decoração.

Sob olhares curiosos, as meninas soltaram-se de suas mãos e foram conferindo os detalhes. A casa dos avós sempre pareceu conter um mistério próprio, o enigma da vida através de objetos estranhos e lembranças de momentos pelos quais ainda passariam um dia. Uma ampulheta sobre uma mesa fez as mãos de Laura coçarem. Antes que tocasse o objeto, Manuela deu-lhe um tapa nos dedos:

— Mamãe já não disse que não devemos pegar as coisas dos outros?!

Laura desviou os olhos de Manuela e eles reluziram para o canto da sala. Um velhinho apareceu com sua farda de botões dourados, uma espada na cintura e um chapéu com plumagens. Cumprimentou-as em reverência. Seria o poderoso general de algum batalhão? Quem sabe seria até um imperador que lutasse em nome de seu povo?

Os olhos dele vibravam de felicidade por portar aquele traje que, apesar de surrado e apertado, era-lhe motivo de orgulho do seu passado como capitão na Guerra da Cisplatina.

— Aí está! O que faz vestido assim? — perguntou a esposa, mordendo os lábios.

— Sou o Capitão Almeida e vim fazer os cumprimentos como se deve. — Piscou para as netas, animadas com o galanteio. — Creio que queiram ouvir histórias sobre as batalhas que enfrentei no Prata.

Elas se mostraram prontamente dispostas — adoravam quando lhes contavam histórias.

— Elas não são mais crianças para ficarem ouvindo as suas histórias... — retrucou a avó, cansada das mesmas poeirentas histórias, nem sempre sinceras com a memória.

— Se bem conheço as filhas que tenho, sei que elas adorariam. — O pai das meninas apareceu na sala. — E não nego que eu também adoraria, se tivesse mais tempo aqui.

— O que quer dizer, papai? — Arturzinho não entendeu, assim como os outros.

Colocando a mão sobre a carta guardada no bolso, a avó pôde imaginar o porquê.

— Não vai ficar nem para o jantar, meu filho?

— Não posso, minha mãe, mas obrigado pelo convite.

— Papai, por que já vai? — Laura enlaçou-o pela cintura. — Fique conosco!

Era difícil para o Sr. Artur Almeida deixar um filho, mas era necessário estar ao lado da esposa. Havia sido a sua promessa perante Deus no dia em que desposaram e a qual não quebraria jamais em vida. Passou a mão pelos cabelos escuros da menina e abriu um sorriso triste. Agachou-se para ficar na mesma altura e poder explicar:

— Prometo que logo venho buscá-las. Enquanto isso, quero que se comportem e façam tudo que o vovô e a vovó pedirem, ouviram bem? E Arturzinho ficará um tempo com vocês cuidando das duas. Ouçam o seu irmão!

O olhar perdido da filha era de apertar o coração e sugar suas forças. Contudo, Laura se mostrou tão corajosa quanto ele havia ensinado às suas meninas. Abraçou-o com força e pediu que cuidasse de todos e voltasse logo para buscá-las.

Nem ela nem a irmã tinham ficado sequer um dia longe dos pais. Seria a primeira separação das muitas em sua vida — talvez outras nem tanto dolorosas, mas temidas em mesmo grau.

Ao se afastarem, o pai reparou que os seus olhos escuros, feito dois pingos de chocolate, encheram-se de lágrimas. Tentou disfarçar rindo, enxugando as lágrimas da pequena, fazer um gracejo. Segurando o choro,

Manuela também abraçou o pai. Arturzinho dera somente um aperto de mão como despedida até ele mesmo ceder a um abraço. O Sr. Almeida voltou ao coche — que o aguardava — e atirou um adeus para fora da janela. Escondia o rosto assim como a tristeza da despedida.

À medida que o coche ia se afastando, um intruso sentimento de leveza tomava o lugar do peso da separação no coração de Laura. E um senso de aventura eletrizava o seu corpo. Que histórias ela iria descobrir naquele lugar?

A avó apareceu no alpendre quando ainda abanavam as mãos em despedida para um horizonte limpo. Trazia consigo uma bandeja com refrescos de limão e doces caseiros — pés de moleque, biscoitos de nata, doce de leite, bolo de fubá. Em pouco, restaram apenas risos e comentários sobre os sabores dos doces. O avô veio carregando sua roupagem tecida de histórias para contar, o que os fariam entrar no mundo em que tanto gostavam de viver: o da imaginação. Nele, poderiam ser guerreiros, escudeiros Del Rey, princesas e rainhas sanguinárias. Era o mundo doce da fantasia que se abria pronto a afugentar quaisquer tristezas.

4

Quantas borboletas de asas coloridas ligeiras subindo e descendo no ar gelado da tarde que se esvaía! Tantas indo ao vento, patinando ao lado de folhas amareladas caídas das árvores, que Laura não sabia contá-las todas. Com a mão estendida ao céu cinza, era ela rainha e aquele o seu reino. Rodopiou olhando para o vestido. O tecido branco ondulava no ar. Era engraçado de se mirar. Gostoso sentir o ventinho subir pelas pernas. Abriu os olhos para o alto. Suas mãos tocavam as nuvens. Um de seus súditos passou rente, elevando suas asas azuis em gracejo. Atrás dele veio Manuela, correndo pelo gramado com uma rede para apanhar borboletas. Abaixou as mãos e foi atrás dela e das figurinhas volantes. Estava feliz em não precisar se preocupar com modos naquele lugar mágico. Poderia ser quem a sua imaginação permitisse ser.

Por entre os risos e as cantigas de ciranda, caminhavam Arturzinho e o avô pelo jardim, mantendo a conversa iniciada no almoço:

— ... Aristóteles dava aulas debaixo das árvores, não sabia? Por isso digo que a mente humana não pode, nem deve, construir barreiras na hora de pensar. Somos feitos de carne, ossos, sangue e espírito. Basta o corpo que nos aprisiona, bastam as palavras que nos retêm. Mas de nada bastam os sonhos que nos levam além.

— Vovô, nunca pensei que soubesse tanto de História, Filosofia, o que mais conhece?

— Não o suficiente, meu neto, não o suficiente... — Balançava a cabeça, rindo-se.

A borboleta azul pousou na cadeira de balanço, onde a avó estava sentada. Lia a carta recebida enquanto bebia uma infusão de capim verde.

Ao notar as duas meninas se aproximando, abaixou os óculos e escondeu a carta debaixo do pires:

— Cansaram-se de brincar de ciranda?

As duas bufaram e pegaram um copo de refresco cada uma.

Laura notou que a borboleta azul estava a poucos metros dela. Com cuidado, largou o copo parcialmente bebido e aproximou-se dela. Ia pegá-la quando, no impulso do movimento, o bichinho levantou voo. As meninas esticaram o pescoço e viram a borboleta indo para bem longe, tão alto que nem mais a enxergavam.

— Dizem que seres encantados voam nas asas das borboletas coloridas — comentava o avô, servindo-se de refresco também.

— Verdade, vovô? — Os olhos de Laura brilhavam. — E como podemos ver um?

— Basta acreditar.

Manuela não quis acreditar, enquanto Laura ainda sentia aquela forte conquista do mundo encantado em sua alma. A menina tomou o copo de refresco, terminando-o num gole, e saiu correndo pelo gramado até atingir as árvores que se faziam de muralha natural e delimitavam o jardim. Esticou-se nos pés e, com olhos assombrados, esgueirou-se por cada folha, tronco ou flor. Queria ver esses seres tão fantásticos que habitavam o seu mundo de sonhos.

A irmã mais velha se sentou ao lado da avó. A senhora aumentou o sorriso antes de perguntar por que ela não ia procurar fadas no jardim. Quem sabe os encontraria?! Não, obrigada, não precisava mais dessas histórias para se divertir.

— Vovó! Vovó! Manu! — Laura corria na direção delas, com o laçarote caindo do cabelo escuro. — Eu vi uma fada! Eu vi uma fada! Bem, eu acredito que tenha visto uma fada...

— Não pode ser! — Manuela se levantou da cadeira, entre a descrença e a possibilidade. — Fadas não existem! Só se forem nas histórias que a mamãe conta.

— Existem sim, porque eu vi! — afirmava a mais nova, procurando ajeitar o laço que caía nos olhos.

— Se diz, fico feliz — comentou o avô —, porque não é para todos que as fadas aparecem. Elas só aparecem para pessoas que acreditam nelas. — E desviou uma olhadela para Manuela, cujo rosto derretia na dúvida.

Laura puxou a irmã pela mão:

— Venha, Manu! Eu vou mostrar as fadas para você! Mas faça o que o vovô disse: acredite com o coração.

A outra olhou para os avós, aguardando uma permissão. A avó assentiu com a cabeça e um leve sorriso. Manuela acabou por apostar uma corrida com Laura até chegarem à mangueira, onde estariam as fadas. Passaram correndo por Arturzinho, quase esbarrando nele e derramando refresco em suas roupas.

— Aonde é que vão com tanta pressa?

— Laurinha viu uma fada e quer me mostrar — gritava Manuela, animada.

O garoto estranhou. De imediato olhou para o avô. O senhor bateu os ombros, levantando as sobrancelhas, fingindo nada saber a respeito.

— Venha procurar as fadas conosco, Arturzinho — acenava Laura.

O irmão pediu licença aos avós e foi até as duas meninas que tentavam enxergar alguma fada na mata selvagem.

— Procuram fadas no local errado. Que tal se formos até um riacho que o vovô disse que tem aqui perto? Pode ser que por lá nós encontremos as tais fadas.

— É mesmo! Mamãe diz que as fadas vivem perto de rios e cachoeiras! — Manuela quase pulou, eufórica.

— Só temos que avisar a vovó... — Arturzinho quis se mostrar responsável, afinal, era o irmão mais velho e, em pouco, iria para a faculdade de Medicina.

O avô, que se acercava deles, mordia o sorriso. Confirmou o avistamento de fadas perto da cachoeira e se prontificou dele mesmo dizer à esposa aonde iriam:

— Só peço que voltem antes de escurecer e sempre sigam o caminho da trilha, que os levará direto até lá — este último aviso foi gritado, pois já partiam para a trilha no meio da mata.

※

Não dava para distinguir que árvores eram aquelas que tornavam o caminho um túnel verde. Em determinados trechos, tinham que pular raízes que se estendiam pela trilha. Algumas estavam tão à flor da terra, que Arturzinho dava as mãos para ajudar as irmãs a atravessarem. Após alguns minutos de caminhada, ouviu-se o ruído de um riacho próximo, entrecortado pelo diálogo dos pássaros e micos. Não demorou para que Laura se imaginasse numa "selva africana", empunhando uma espada, pronta para atacar um leão que os espreitava.

Manuela não entendia o porquê da irmã andar agachada, com a mão em punho, olhando os arredores, pronta para dar um grito.

— Cuidado! — Laura assustou Manuela, fazendo a mais velha mergulhar no chão de terra batida.

Com as mãos sobre a cabeça e os olhos fechados, Manuela escutou risadas. Eram Arturzinho e Laura. Ergueu-se do chão e tentou limpar o vestido, nervosa. O que foi? O que era? Por que estão rindo?

— Eu estava brincando, Manu. Estava fingindo que estava numa selva e um leão quase a atacou. Só não pensei que fosse logo se jogar no chão e se sujar toda!

— Não tem graça! — Retirava folhas presas na roupa. — Não tem mesmo! Quero ir para casa! — Fechou o rosto sujo de terra, num choro malcriado.

— Não seja criança, Manuela, nós ainda nem chegamos no riacho — retrucou o irmão.

— Mas eu não quero mais ver riacho, nem mata, nem nada! Eu quero ir para casa! — Bateu o pé.

— Está bem. Então volta sozinha se quer tanto... — disse ele. — E se encontrar o lobo branco, não diga que não avisei...

— Lobo branco? — Estremeceu. Arregalava os olhos castanhos como se o vendo diante de si.

— Vovô me contou que por essas bandas existe um lobo de pelugem branca, que sente o cheiro de carne humana e ataca as pessoas quando vão passear sozinhas. Pois, quando estão acompanhadas, ele não ataca.

— Por quê? — questionava a desconfiada Laura.

— Porque... — pausou — porque ele é assim, carambolas! Só ataca pessoas sozinhas! Quando tem mais de um, ele tem medo de que seja perseguido, ou até morto. Mas de um para um, ele ganha.

Os lábios de Manuela se contraíram, revirou-se na dúvida para, por fim, aceitar:

— Está bem, vou com vocês para o riacho. Mas vejam bem, não é por causa do lobo. Eu não acredito em lobos de pelugem branca. Só vou com vocês porque quero ver o riacho.

Tendo dito isso, se meteu entre os irmãos. Não queria ser a última na trilha, nem a primeira — a do meio seria ideal, pois estaria ladeada pelos outros. Estava tão tensa, que o seu pescoço ficou duro. Com o canto dos olhos, observava os arbustos e as árvores. Não queria nem tirar os olhos da estrada por muito tempo. Por um segundo parou. Achou ter ouvido um barulho atrás de uma árvore e a impressão de que alguém, ou algo, os observava. Laura e Arturzinho riram, avisando que se fosse alguém, seria o lobo acuado em vê-la acompanhada. Manuela não gostou da explicação e acabou por se agarrar no braço do irmão mais velho.

Laura, com as pernas e a imaginação cansadas de andar, reclamava de estarem perdidos. De todas as filhas dos Almeidas, talvez fosse a que tivesse menos paciência. Quando as árvores começaram a rarear, diante deles abriu-se uma clareira cortada por um riacho, rodeado por flores e algumas árvores gotejando folhas sobre suas murmurantes águas. Laura soltou um urro de animação.

Manuela, no susto, apertou tanto o braço de Arturzinho. O irmão mordeu a boca para não gritar de dor — afinal, era homem e teria que mostrar que não tinha medo de nada.

Pelos três irmãos passou um grupo de borboletas guiando-os para perto do espelho d'água. Arturzinho se aventurou na frente, pulando algumas pedras que anunciavam o fim da trilha, e se aproximou do riacho. Ajoelhou-se na margem e pôde ver o seu reflexo até nas pedras coloridas do fundo. Deu um gole e sentiu sorver toda uma serenidade que resfriava o corpo aquecido pelo exercício.

Sem demorar, Laura veio correndo para perto dele.

— Não corra nem chegue perto, Laurinha, senão poderá cair e ficar doente! — avisava Manuela.

A irmã mais nova fingiu não a escutar. Para ela, aquela era a construção física de suas fantasias. Um barulhinho de água correndo, misturado ao canto dos pássaros, um gramado florido e altas copas que faziam uma gostosa sombra em dias de verão. Montaria uma casa dos sonhos ali, se pudesse. Pôs a mão na água. Seus dedos flutuavam pelo fresquinho e não pensou nem uma vez para dar um tapa e respingar água em si e em Arturzinho. Com ele dividiu risadas. Rapidamente, o gesto para refrescar tornou-se uma guerra entre os dois irmãos. Os pingos iam alto, contra o sol, formando uma chuva de prata que caía sobre eles.

— Veja, Manu — deliciava-se Laura. — Está tão fresquinha. Dá até vontade de entrar!

— Não fará isso! Não é certo! — Olhava em volta, cismada com os olhos que os perseguiam. — E não podemos nos demorar muito. Nossos avós poderão ficar preocupados.

Arturzinho piscou para Laura e os dois encheram as mãos de água, jogando-a em Manuela. A irmã afastou-se deles, gaguejando de raiva:

— Olha o que fizeram com o meu vestido — apontava os respingos perto da gola.

Os dois riam-se tanto que, atirando-se no chão, gargalhavam ainda mais alto. O que foi crescendo em irritação em Manuela. De braços cruzados, fungava para que evitasse chorar na frente deles.

Arturzinho e Laura ficaram ainda algum tempo correndo em volta do riacho, bebendo água e observando os micos que pulavam nos galhos mais próximos. Manuela, de mau humor, manteve-se distante. Reclamava do vento frio, do barulho agudo dos animais, da possibilidade de a água fazer mal aos dois. Contudo, foi uma trovoada que impeliu Arturzinho a antecipar a volta. Laura não pôde relutar, não depois do irmão ter prometido que a traria de volta no dia seguinte. Foi embora largando um olhar de alegria para trás — e tendo que ouvir Manuela, a seu lado, reclamando de estar com frio por a terem molhado num tempo daqueles.

❦

Para trás não só ficaram as esperanças da volta. Também ficou um par de olhos que os observava.

De trás de uma árvore saltou um menino. Sem camisa, tinha o corpo franzino e branquelo pintado com desenhos de círculos e traços. A cara também estava desenhada, forjando um aspecto de disfarce. Na cabeça trazia uma faixa feita de folhas, o que prendia os cachos aloirados. Carregava ainda uma cesta de peixes e um arpão feito de madeira.

Num pulo, levantou a arma aos céus e deu um grito de guerra contra os invasores de sua terra, acordando uma revoada de pássaros, e silenciada apenas por um trovoar.

❦

A primeira coisa que a avó notou ao chegarem em casa foi a roupa suja e umedecida de Manuela. A menina não quis dar muitas explicações. Disse apenas que escorregara bem em cima de uma poça. Os irmãos puderam respirar aliviados, agradecendo-a com um sorriso, o qual Manuela retribuiu com um espirro. A avó mandou se trocar antes que pegasse um resfriado, o que fez, devagar, subindo degrau por degrau da escada.

O quarto que a avó havia preparado para ela e a irmã ficarem era bem espaçoso, apesar das duas camas de solteiro e da mesinha com uma bacia — para se lavarem pelas manhãs — que ficava entre elas. Na parede em cima da mesa tinha pendurada uma litogravura de crianças brincando num descampado. Do outro lado, havia uma cômoda onde guardavam os seus pertences e um velho baú, além do penico que deveriam dividir.

Manuela abriu a segunda gaveta da cômoda com dificuldade e dela retirou um vestido azul. Sentiu a testa quente. Espirro. Nem fechou a gaveta. Despiu-se logo e pôs a roupa sequinha. Não queria ficar muito tempo de pé. Sentia o corpo cansado, quase dolorido. Foi então para a cama e adormeceu.

... um lobo branco a olhava de longe e ela a ele. Os dois hipnotizados. Ela não sabia o que fazer, para onde correr. Não conseguia, não queria. Esticou a mão na direção do lobo. Ele deu a volta e foi embora uivando para a lua...

Manuela abriu os olhos ao ouvir um barulho. O quarto estava escuro. Anoitecera e nem notara! Apenas uma flébil luzinha vinha do jardim. Devia ser a lua entrando pela janela. Reparou que o vidro estava um pouco aberto. Na cama ao lado faltava Laura. Correu os olhos pelo cômodo e encontrou a irmãzinha segurando a segunda gaveta da cômoda.

— O que faz aí? Já é noite? — balbuciava a irmã mais velha.

—Shiu... vai assustá-la — sussurrava a pequena.

Cobrindo-se com o lençol até o pescoço, Manuela se arregalou:

— Assustar quem?

— A fada.

Ao escutar essa palavra, Manuela sentiu-se recobrar as forças e levantou-se da cama.

— O que está acontecendo?

— Shiu! Fale mais baixo para não a assustar, Manu — sussurrava Laura. — Eu acho que vi uma fada. Ouvi um barulho e vi que a janela estava aberta. Depois a sua gaveta também estava aberta e acho ter visto uma luzinha saindo de dentro dela. Corri para cá e fechei a gaveta. Acho que agora podemos abrir para ver a fada.

Os olhos de Manuela nem se mexeram, fitando o móvel. Seria mesmo possível haver fadas? O vovô havia mencionado e ele não teria motivos para mentir?! Ou seria mais um arcabouço dos adultos para despistarem as crianças dos reais problemas da vida adulta? Laura foi abrindo devagar, mas no início foi difícil pela sacolejada que teve que dar para desemperrar. Manuela teve medo que o conteúdo saísse voando por aí. Mal respiravam a fim de não espantar a possibilidade de ver uma fada de perto.

Abriram a gaveta e a primeira coisa que os olhos encontraram foi um bando de roupas reviradas.

— Deve estar escondida no meio dessas roupas — persistia Laura.

— Não tem nada aí — reclamava Manuela, frustrada. — Fui eu que deixei a gaveta aberta quando peguei uma roupa. Você deve ter visto um vaga-lume. Vamos dormir.

Manuela retornou para o quentinho das cobertas. Um calafrio a havia puxado pelos pés.

Laura ainda ficou revirando as roupas. Não encontrava nada que provasse uma fada ter pousado lá e, por fim, decidiu fechar a gaveta e os olhos só um pouquinho.

※

Devido ao cansaço das meninas, a avó decidiu não lhes acordar para o jantar, e apenas foi-lhes ofertar um copo de leite para forrar o estômago e não acordarem no meio da noite com fome. Ao entrar no quarto com a bandeja na mão, a senhora parou. Do peito saiu o peso das saudades e em seu lugar ela encontrou a serenidade causada pela visão das duas camas ocupadas. Era a doce brisa do passado que havia retornado para refrescar a velhice.

Manuela não acordara, metida em algum sonho bom, eventualmente torcido por tosses. Já Laura tomou o seu copo de leite e nem fechou os olhos depois que a avó se foi. Estava mais acordada do que de manhã. Levantou-se e pôs-se de joelhos ao lado da cama. Com as mãos unidas, fez as preces noturnas:

— Ó, anjo da minha guarda, que me protege e me ilumina, ajude-me todo o dia a ser uma boa menina. — Fez o sinal da cruz, como a mãe ensinou, e prosseguiu: — Com Deus eu me deito, com Deus eu me levanto, com a graça de Deus e do Espírito Santo. Papai do Céu, posso assim me dirigir ao Senhor, né?, peço que cuide de mim e das minhas irmãs. Principalmente a Virgínia Almeida, minha irmã de cinco anos. Caso o Senhor não saiba, ela está muito doente e meus pais estão muito tristes por causa disso. Queria pedir ao Senhor que cuide dela e não permita mais que a mamãe chore. É muito triste vê-la assim. Boa noite, Papai do Céu. Durma bem. — Após um segundo sinal da cruz, retornou para a cama quentinha. E ficou ouvindo a tosse de Manuela até adormecer.

5

O sol mal batia em suas pálpebras quando Laura acordou. Estava na hora de desvendar! Olhou para a cama ao lado. Manuela não estava lá. Deveria estar brincando em algum canto. Ficou de pé no colchão e se espreguiçou. Era dia de procurar pelas fadas! Ainda que o sol não se firmasse, dando lugar a nuvens, para Laura não faria diferença. De qualquer forma iria trilhar os caminhos de uma nova aventura. Voltaria ao riacho como uma caçadora de seres mágicos! Bocejou. Como será que uma caçadora se vestia?! Talvez como os caçadores das savanas africanas, das histórias de seu pai?! Pulou da cama, erguendo as mãos para o alto quando no ar. Era muito boa a sensação de estar voando! Quem sabe as fadas tinham alguma mágica que a faria voar?

Riu, não por se achar tola em acreditar em mágica, afinal era tão real quanto as fadas. Riu porque tinha vontade de rir. Simples.

Foi até a cômoda, revirou as roupas para encontrar um vestido branco com laçarotes amarelos. Era o mais largo que possuía, assim, não rasgaria as mangas com movimentos mais bruscos. Pegou uma fita amarela para amarrar as madeixas que teimavam em lhe cair nos olhos escuros. Se, ao menos, fosse menino, poderia ter cabelos curtos, assim não atrapalhariam as brincadeiras. Tanto cuidado era para ficar apresentável, caso as fadas quisessem levá-la para conhecer o rei e a rainha das fadas.

Parou para analisar a própria curiosidade: será que existiam "fados" — fadas homens? Iria descobrir.

Fechou a gaveta com o peso do quadril, esquecendo-se da fada que ali poderia ter se escondido na noite anterior. Era tudo tão rápido e fugaz, para Laura, quanto a própria vontade de ficar parada.

Quando se viu diante da roupa não sabia por onde começar. Normalmente, Nana e Maria ajudavam-na a se vestir. Contudo, não avistou mais ninguém cuidando da casa que não fosse a própria avó. Foi até a escada e debruçou-se no corrimão à procura de alguém que lhe fechasse os botões atrás das costas. Ninguém apareceu.

Estava tão impaciente em conhecer os seres mágicos que não esperaria. Vestiu as calçolas, a camisa de baixo e as meias e as botinas — o que não foi difícil. Quanto ao vestido, virou-o para frente e fechou os botões até onde daria e pronto. Iria usar ao contrário e ninguém notaria. Amarrou o cabelo com a fita amarela, sem se lembrar de pentear as melenas. Estava tão preocupada em não se atrasar, que também se esquecera da fome matinal que a fazia engolir fatias e mais fatias dos bolos de Nana — ainda mais se fossem de milho, o seu predileto.

Desceu as escadas correndo, passando feito ventania pela sala. O avô, que lia calmamente o jornal, apenas abaixou o diário se perguntando o que havia sido aquilo.

No alpendre da frente, Laura se espreguiçou novamente. Era hora de aventura!

— Bom dia, pequena. Não vai falar comigo? — Laura deu-se com a avó, que bordava um lenço, sentada na cadeira de balanço, indo para frente e para trás como as ondas do mar, das quais era proibida de se aproximar. — O que aconteceu com você? Por que está vestida assim?

Manuela, que estava ajudando a avó a desembaraçar as linhas, deixou cair o novelo. Parecia que Laura havia saído de alguma espécie de acidente. Tinha a fita amarrada no meio da cabeça numa tentativa de laço, o vestido estava colocado ao avesso e a parte da saia de trás estava levantada ao ter ficado presa nas calçolas, além das botinas terem nós ao invés de laços.

— Bom dia. — Sorria a menina, incapaz de notar o seu "estado catastrófico". — Nada me aconteceu. Hoje quis acordar bem cedinho para caçar as fadas. Vovó, existem fados?

— Fados?... — A senhora pensou o que poderia ser aquilo.

— Sim, fadas homens. Fados!

— Não sei, querida. — Segurava o riso diante da seriedade quase científica da neta. — Provavelmente. Eu nunca pensei nisso, na verdade.

— Bom, hoje eu vou atrás das fadas e dos fados!

— É por isso que vai sair assim? — perguntou Manuela, em meio a uma tosse.

— Tenho que estar bem-vestida, caso as fadas queiram me apresentar à sua rainha. Manu, por que não vem comigo? Vamos, eu espero você pôr uma outra roupa mais confortável. Vamos procurar pelas fadas perto do riacho.

— Melhor não — a avó se intrometeu. — Manuela está com um forte resfriado e tem que ficar em casa, descansando, até melhorar. Vá você, Laura, e depois nos conte se encontrou as fadas. Mas antes, venha cá. Deixe que eu ajeite o seu vestido. — A avó a fez tirar o traje para virar do lado certo e deu um laço em sua cabeça. Por fim, afofou as saias e se deu por satisfeita. — Pronta para ser recebida pelas fadas!

A pequena riu. Estava empolgada demais com as descobertas que viriam à frente.

Desceu com cuidado as escadas do alpendre que desembocavam num gramado, tentando não pisar nos cadarços que a avó esquecera de amarrar.

De braços abertos, o céu querendo alcançar, esqueceu dos cadarços e de quaisquer impedimentos que atrapalhassem o seu gosto de liberdade, e foi voando para perto do irmão. Arturzinho, parado ao lado da carruagem, conversava com o cocheiro sobre o preço da manutenção de um veículo daqueles. Só notou a irmã, que lhe batia abaixo da cintura, quando Laura puxou-lhe a casaca, pedindo conversa:

— Vamos atrás das fadas?

— Está bem. — Voltou-se para o cocheiro e continuou conversando. Parou quando ela puxou a casaca de novo. — O que foi? Não posso ir agora atrás das fadas. Vovô e eu vamos até a cidade. Quando chegarmos, vou com você até as fadas.

— Quero ir à cidade também!

— Não tem nada para você fazer lá. Só vamos tratar de coisas de homens.

— E o que seriam "coisas de homens"?

O irmão coçou a barba nascente. Como explicaria a ela sobre aquilo que ele mesmo nem sabia do que se tratava? Ao ver o avô se aproximando, em seu passo gingado, fugiu dos olhos questionadores da irmãzinha:

— Oh, cá está o vovô! Sei que ele não vai gostar de ver você insistindo no que não deve.

O avô deu bom dia para todos e pediu um beijo de Laura. Ela o deu a contragosto. Não por desgostar do avô, mas pela recusa de participar de uma aventura na cidade. Por que ela não poderia se divertir com eles? Só porque era menina? Isso não era justo! Cruzou os braços e ficou vendo os dois entrarem no coche e partirem.

Por que ela teria que depender de Manuela ou de Arturzinho para ver as fadas? Não ficaria a tarde toda esperando-os terem vontade de procurar as fadas. Poderia até ser tarde demais para isso. Ela mesma iria procurar as fadas. E sozinha! Estava bem grandinha para ter que depender dos outros, afinal, iria fazer oito anos! Não havia sido ela quem havia conquistado uma tribo na África e virado a rainha deles? Não havia sido ela quem havia matado o exército de Napoleão e conquistara Lorena? Não havia sido ela quem expulsara os holandeses do Brasil? Então, haveria de ser ela a descobrir as fadas no jardim dos avós.

Olhou à sua volta. Ninguém estava por perto. Manuela e a avó haviam entrado em casa. Foi contornando o jardim devagar e depois apressando o passo até chegar no gramado de trás. Procurou pela trilha no meio das árvores e a encontrou. Mais uma olhadela, para ter certeza de que ninguém a veria, e ultrapassou os limites do cercado. Seu coração bateu mais forte. Daria mais um passo para dentro dos seus próprios sonhos — ou seriam pesadelos?!

❦

— Não estou vendo a Laurinha, vovó — avisou Manuela, parada na frente de uma janela da sala de estar.

— Provavelmente ela foi com seu avô e Arturzinho à cidade, pois até agora pouco estava conversando com eles.

As faces da irmã mais velha foram ficando vermelhas. A cabeça girou e o chão sumiu.

A avó notou que tinha algo de errado. Passou a mão em sua testa. Estava com febre. Pediu que Manuela subisse e se deitasse enquanto ia até a cozinha buscar um chá, o que a ajudaria a melhorar logo. Manuela não era só obediente, também se sentia mal para discutir o que fosse. Seu corpo começava a doer e nem conseguia ficar sentada por muito tempo sem que a cabeça pesasse. Antes a cama do que qualquer outra coisa.

❦

A mata pareceu menos assombrosa que na véspera. O sol havia sido apagado pelas nuvens e um ventinho manhoso fazia com que seu corpo tremesse. Laura procurou pensar nas fadas. Tinha que ir atrás de indícios. Mal podia ver a hora de voltar para casa e contar a todos o quanto fora bem recebida pela rainha das fadas! Quem sabe até ficasse amiga delas e poderia visitá-las em seu esconderijo secreto? Mas... onde estavam as fadas? Carambolas! Provavelmente estavam se escondendo. Ora, teria de levantar uma bandeira de paz:

— Fadinhas, fadinhas, não tenham medo! Não quero fazer nenhum mal a vocês. Só quero conhecê-las. Quero conhecer a rainha de vocês. Fadinhas, por favor, apareçam!

Parou na mata e ficou em silêncio esperando ouvir uma resposta.

As copas das árvores tremulavam com o vento bem-disposto, sobrepondo-se ao canto dos pássaros. Os sons dos animais escassearam como se tivessem fugido daquela virada no tempo. Laura não via ou ouvia nenhum bicho. Morreu tudo? Deu os ombros. Queria encontrar as fadas.

Girou para ver se o mundo girava junto.

— Fadinhas, onde estão? Não lhes vim fazer mal! Quero que me ajudem a curar minha maninha.

Um barulho perto das folhagens captou a sua atenção. Esperou, quieta, paciente. Deu dois passos para frente, sem tirar os olhos das verdes folhas. Será que as fadinhas estavam atrás delas escondidas? Mais um passo. Olhos vidrados. Outro barulho, mas dessa vez vindo de um arbusto atrás de si. A mata foi se fechando. O verde foi enegrecendo. O vento foi ficando mais frio. O céu brigou com ela numa trovoada.

Queria voltar para casa. Tinha que voltar para casa. Não queria estar só. Nunca mais queria ficar só. E se o lobo branco aparecesse para comê-la? Outro e outro barulho fizeram com que desse mais passos e saísse correndo da trilha. Já não mais queria ver fadas, nem procurar aventurar-se sozinha. Queria a sua casa, a sua família! Sim, preferia as broncas da mãe, os olhares tristes do pai, as reclamações de Manu, a gulodice de Lice, as tosses de Gini e o choro de Mari, até as cosquinhas de Arturzinho eram melhores do que aquela situação.

Afastada o suficiente da trilha, Laura parou. Com a mão apoiada nos joelhos, foi à cata de fôlego. Olhou à sua volta. A mata parecia mais fechada e assustadora. Só barulhos estranhos. Queria chorar. Queria continuar correndo até poder chegar em algum lugar. Nem sabia o que queria, senão fechar os olhos e estar em outro lugar.

Não viu uma pedra e tropeçou, caiu no chão. Perto de seu rosto passou um caracol se arrastando por entre alguns cogumelos. Levantou-se tremendo. Um trincar de sobrancelhas. Estava perdida e não sabia mais para onde ir. O céu cinza brigava com ela por ter desobedecido os avós. Cobriu a cabeça com as mãos e lágrimas rolaram pelo rosto. Queria a sua mãe! — Só não sabia ao certo se chorava porque estava perdida, ou porque não encontrara as fadas. Queria muito a sua família!

— O que faz aí?

Quem havia falado? Não lembrava de ter visto alguma fada ou criatura mágica no lombo do caracol. Será que eles eram invisíveis? Seu avô havia mencionado algo sobre só aparecerem para quem queria. Laura queria muito, mas estava tão triste por estar perdida, que já nem sabia mais o que queria.

— Não sabe que está invadindo o meu território? — continuou a voz, aproximando-se dela.

A menina ergueu o rosto vermelho. As lágrimas tornaram-se cola para a terra e folhagens, criando uma máscara aborígene. Era impossível segurar o riso, mas o menino tentou, por educação. Ele também não estava nas melhores condições. Pela calça dobrada na altura dos calcanhares, podia enxergar os pés descalços e sujos de quem adorava correr. O tronco franzino e branquelo estava pintado com figuras geométricas e traços assim como o rosto, parcialmente escondido por debaixo de uma coroa de folhas que lhe cobria os cabelos loiros. Ainda segurava um arco feito de cipó no qual apoiava como uma bengala e a outra mão estava na cintura, em pose de dominador.

— Quem é você? — Laura estranhava aquela "criatura".

Seria um menino criado por fadas? Ou seria um "fado" tamanho humano?

— Sou Filho do Raio — o menino endureceu a voz para se apresentar. — Dono destas terras. E você?

— Você é um índio? Não se parece em nada com um índio.

— Por que diz isso? Por acaso já viu um índio antes?

— Não, mas meu pai sempre diz que os índios têm uma pele feito cobre e cabelos negros, bem escorridos. E você não tem nada disso. Nem colares de pena usa!

— Minha tribo é diferente. — Bateu no peito magrelo. Ao notar que ela soltou um "snif", ele se ajoelhou diante dela, para ficar olhos-nos-olhos. — Por que você está chorando? Prometo não fazer nenhum mal.

— Eu me perdi, e agora não sei mais voltar para casa.

O menino contraiu o rosto, curioso:

— Você não é a neta do coronel Almeida?!

Os olhos de Laura brilharam. Num pulo, ela se levantou. Aquele índio estranho poderia lhe dizer para onde ela deveria seguir para voltar aos avós.

— Conhece o meu avô?

— E como não conheceria? Ele é o melhor contador de histórias da região! Foi ele que me ensinou tudo sobre índios e piratas. — Percebendo que falava de forma animada com "o seu invasor", o menino estufou o peito e voltou a um tom de voz mais rude. — Posso levá-la para casa. Sei o caminho de volta, se quiser. Mas antes quero saber, qual o seu nome?

— Laurinha. E o seu?

— Raimundo. Raimundo Aragão, futuro capitão da Marinha Imperial, neto de ciganos espanhóis e bisneto de descobridores portugueses. — Ao perceber que a menina pouco se importara com aquela apresentação, o menino de doze anos ergueu a mão para ela. — Melhor nós irmos, porque daqui a pouco vai chover e é melhor estar em casa antes disso. Venha... — Estendeu-lhe junto um sorriso. — Eu a levo para casa.

Laura aceitou sem questionar. Antes bem-acompanhada do que só — ou o ditado seria ao contrário?

❀

As árvores deram de volta à casa da sua avó. A primeira pessoa que Laura viu foi a senhora, à beira da mata, gritando por ela à sua procura.

— Vovó! Vovó!

— Laurinha! — Abraçou-a apertado, esvaziando toda ansiedade. — Nós estávamos preocupados com você! — Afastou-se para olhá-la nos olhos e ver se estava tudo bem. — Quando o seu avô chegou dizendo que não havia ido com ele para a cidade, eu entrei em desespero. Sair sem avisar é muito ruim! Uma coisa destas não se faz a quem se ama. Se quer passear, pode, mas avise antes para sabermos aonde foi. E se se perdesse ou algo de ruim lhe acontecesse?! O que seria de nós?

— O meu amigo me ajudou.

— Amigo? Que amigo? — A avó olhou para trás dela.

A menina virou-se e, ao ver que não havia nada senão a mata, estranhou.

— Ele estava bem ali! — Apontava para o meio das árvores.

A avó a puxou pela mão:

— Vamos entrar! Não deve ter comido nada. Saiba que passará o resto do dia de hoje e amanhã de castigo, pensando no erro que cometeu.

— Mas... ele... estava... ali... — falava consigo mesma, tentando se convencer que não poderia ser um fantasma. Nana dizia que assombrações só apareciam à noite e para puxar os pés de crianças que não jantavam.

Não era noite, mas ela não havia jantado, o que poderia ser algo a se pensar.

Laura continuava olhando para trás, na esperança de ver seu "amigo índio" mais uma vez ou, pelo menos, lhe agradecer, enquanto a avó dividia-se em lhe dar broncas e acarinhar a sua cabeça.

6

Que criança gosta de castigo? Nem os pais gostam de pôr os seus filhos de castigo, no entanto, é preciso para a educação do futuro adulto. Assim se convencia o Coronel Almeida — reafirmando a si mesmo —, antes que a dor no coração fosse maior do que a razão e desistisse da lição.

— Tem certeza que vai deixá-la de castigo hoje e amanhã, Sra. Almeida? — O avô abaixou o espadim que limpava com tanto zelo.

— Ela fez algo muito sério, Sr. Almeida. — A esposa tirou os olhos da costura. — Faço isso com o coração na mão, mas tenho que fazer. Imagine se se torna um hábito sair por aí sem avisar?

Ele nada disse. Deu mais uma esfregada na lâmina.

— Quem foi que a trouxe de volta? — Analisava o seu reflexo distorcido no metal frio.

— Laura me disse que um amigo índio... — O marido soltou uma risada que a fez desconfiar que, de alguma maneira, ele estava envolvido com o "tal índio". A senhora abaixou a costura. — Quantas vezes avisei que não é para ficar enchendo a cabeça dessas crianças com suas histórias? — Suspirou.

— Devia ser o menino dos Aragão. É um bom menino aquele lá.

— Tenho tanta pena daquela família. São tantos filhos e com o pai doente, não sei como a mãe consegue cuidar das crianças e ainda trabalhar na roça...

— Os filhos ajudam. Eu também tenho pena. Vou procurar fazer uma visita a eles. Saber como estão.

— Falando em como estão... Laura está no quarto com Manuela. As duas estão tão silenciosas?! Vou ver o que está acontecendo... — A senhora deixou a costura sobre a poltrona e subiu as escadas.

※

Laura se fazia infeliz. Enfiada na cama, tinha os braços em volta das pernas e o queixo encostado no joelho. Não levantava os olhos para outras coisas do que a sua tristeza. Quem havia ficado feliz ao ver que a irmã passaria o resto do dia com ela havia sido Manuela. Não suportava ficar doente, muito menos a solidão. Entre as febres, quando o corpo ganhava força, sentava-se na beira da cama de Laura, próxima à janela. Passava a mão em seus longos cabelos escuros, deles tirando algumas folhas secas que haviam ficado presas com a queda. Preferia dar esse apoio silencioso. Conhecia Laurinha e a pior coisa que poderia acontecer a ela era ficar "presa" em algum lugar. Laura precisava de liberdade para levantar voo e ir cada vez mais longe, assim como a sua imaginação.

Manuela ouviu um pássaro cantando como se as chamasse. Não deu muita atenção da primeira vez. Porém, na quarta, foi até a janela olhar que espécie de pássaro insistente era esse.

— Olha lá, Laurinha! — Apontava para o portão da frente da casa.
— Tem alguém a nos observar! — Laura pulou da cama e correu para a janela. — Quem é? Conhece?

Um sorriso foi abrindo e Laura abanou as mãos numa despedida alegre:

— É o índio!
— Índio? — Manuela apertou os olhos. Via um menino que não parecia ter nada de indígena, senão por um arco e flecha que segurava.
— Sim, ele foi quem me salvou na floresta — assegurou Laura.

Acenava para o menino, que retribuiu erguendo aos céus o arco de cipó e soltando um grito de guerra. Logo sumiu por uma pequena estrada de terra.

Manuela — que se considerava uma mocinha aos doze anos — puxou Laura pela mão e ambas se sentaram na beirada da cama. Como zelosa irmã mais velha, queria saber tudo a respeito:

— Como? Conte-me isso! Quem é ele? Como ele a salvou? Ele é bonito? Foi romântico? Fale alguma coisa!

Por que Manuela estava tão animada por causa do índio? Ele era só um garoto! Não tinha o que falar dele. E não havia nada de romântico nisso. Não havia nada de romântico em meninos. Eca!

A porta do quarto se abriu e a avó entrou, atirando as esperanças românticas de Manuela ao chão.

— Olá, meninas! Estava mexendo num baú e acabei por encontrar três cadernos. Queria saber se querem para vocês. Poderiam usar como diários.

— O que é um diário? — Laura se pôs na frente, contente por ganhar um presente, mesmo sem saber o que era.

— Uma caderneta para você escrever o que quiser nela — explicava a avó. — Pode ser sobre o seu dia, sobre as pessoas que conheceu, ou até inventar uma história, como faz o seu avô.

— Nossa, um diário! — Os olhos de Laura se arregalaram ao verem o pequeno objeto nas mãos da avó. Pareciam livros em forma reduzida, tal como os que os adultos liam, aqueles que era proibida de tocar por serem muito caros. — Posso ficar com o vermelho, vovó?

— Eu vou querer o verde, então — decidiu Manuela.

— Muito bem, vou guardar o azul para a irmã de vocês — resolveu a avó.

— Obrigada, vovó. — Manuela curvou-se diante da senhora numa formalidade inesperada. Dando-se conta que Laura estava paralisada, analisando cada entremeado da capa de couro do diário, cutucou-lhe. — Agradece, Laurinha!

— Obrigada, vovó! — A mais nova pulou na cama com o diário no colo.

Deitada, analisava as páginas brancas, tentada a escrever nelas milhares de histórias, tão maravilhosas quanto as que o avô contava. Aquelas páginas brancas poderiam ser a sua ligação com as suas fantasias. Passou a mão no papel. Ali ficariam as SUAS histórias.

A senhora retribuiu os agradecimentos com um sorriso, sinal de que a alma não estava mais tão pesada por causa do castigo infligido. Ao descer as escadas, passou direto pelo marido que, postado diante de uma janela, analisava a paisagem, curioso. Deu meia-volta e perguntou o que ele fazia ali.

— Veja o "índio", entre o arbusto e o ipê amarelo.

Ela aproximou-se achando que ele falava alguma grande besteira.

— É o jovem Raimundo.

— Não precisamos nos preocupar mais. — Ria o avô, indo para a sua gostosa poltrona, onde terminaria de limpar a arma. — Índios... Hah! Esse menino é muito criativo! Espero estar vivo para ver no que ele vai se tornar...

— Seja como for, Laura vai continuar de castigo, pelo menos até amanhã — avisou a avó para o marido e para si mesma, antes que se convencesse do contrário.

❊

A noite caía e Laura se vangloriava do fato de seu pai ter contratado o tutor de Arturzinho para também ensinar a ela e as suas irmãs — matricular as cinco numa escola para moças seria extremamente dispendioso e ter uma governanta era um acinte para D. Glória, que tinha péssimas lembranças da sua. O Sr. Barata — Laura o havia apelidado carinhosamente porque ele usava uma casaca marrom e vivia andando encurvado de um lado ao outro da sala, como se fugindo da claridade, ou atrás do lanchinho que Nana trazia para as meninas nos intervalos das aulas — deveria ensinar as meninas a ler, escrever, fazer contas, um pouco de História e Geografia, além do Francês, "importantíssimo para as meninas de determinado nível social" — afirmava ele com a sua voz azeitonada, ainda que não fosse condizente com a ideia que ele tinha a respeito das mulheres: elas não possuíam cérebros privilegiados como os homens. A voz dele arranhava os ouvidos de Laura, mas, mais do que o seu tom, a aparência dele também lhe trazia certo interesse mórbido: tinha os cabelos ralos avermelhados, penteados para trás para cobrir a precoce calvície, o nariz de tucano e os olhos de esquilos bêbados — eram pequenos e viviam volitando por todos os lados, por detrás da armação fina dos óculos, à procura dos avanços das alunas. Enquanto Laura apreciava — aprendeu esta palavra com ele — as aulas de História e Geografia, Manuela se concentrava nos exercícios matemáticos e na prática da caligrafia. Já Alice parecia entediada com o quer que fosse e Virgínia — que recentemente se juntara ao grupo — aprendia a ler com uma voracidade que fascinava o professor, ainda que nunca a tivesse parabenizado por tal.

Ao se ver em cima do diário, Laura achou que deveria agradecer ao Sr. Barata. Sem a insistência dele, não poderia apreciar as letras. Com uma pena e um tinteiro na mão, foi deixando as marcas do pensamento correr pelas páginas do diário. No entanto, as palavras não saíram com a facilidade que supôs que teria. Demorava porque antes queria escrever histórias bem-feitas e caprichar na caligrafia — afinal, ficariam marcadas naquelas páginas para sempre. Quando a chamaram para jantar, não quis desgrudar-se do diário. E não teve escolha senão levá-lo à mesa. O irmão logo chamou a atenção de todos para aquele clandestino. Laura explicou que achava impossível ver-se livre dele. O avô encontrou graça na forma como ela falara, pois lembrava um adulto anão que conhecera em uma de suas viagens à Índia. Em segundos, os netos imploraram que contasse a história dessa expedição e o jantar tornou-se uma mistura de quitutes com especiarias indianas.

Após a refeição, Laura se deitou em sua cama imaginando-se como uma princesa indiana, vestida de sedas coloridas e coberta de joias. No dia seguinte, seria mandada para casar-se com um velho e rico vilão; contudo, a princesa tencionava fugir. Poria em prática a sua fuga pela manhã, antes que o vilão chegasse e a separasse para sempre de seu amado Ali Babá. Foi dormir princesa indiana e acordou Laura-com-sono.

Um barulho leve a havia despertado ainda quando o sol se mostrava preguiçoso no horizonte. Reparou que o som vinha da janela. Pedrinhas batiam no vidro. Como poderiam? Enfiou a cabeça para fora e enxergou o amigo índio — demorou para reconhecê-lo sem a pintura e folhas, com uma camisa branca e os cabelos loiros escovados. Ele tinha na mão pedrinhas colhidas na mata e estava determinado a jogá-las até que acordasse.

— Bom dia!

Ele a mandou fazer silêncio e com a mão fez um gesto para que descesse.

Na ponta dos pés, para não acordar Manuela — que, na verdade, era um dos cães bravos que protegiam a princesa indiana —, Laura saiu do quarto ainda de camisola. Parou na porta e olhou para os lados para ter certeza que não havia ninguém em seu caminho. Nenhum dos guardas de seu pai, o Rei da Índia. Em passos largos e apressados foi até a escada. No primeiro degrau se agachou para ver se alguém vinha lá de baixo. Nem sinal de pessoas. Foi devagar. Parou na metade ao ouvir vozes vindas da sala. Não deu atenção, indo direto para a porta de entrada, onde o novo amigo a esperava. Trazia ele notícias de Ali Babá para a fuga deles à noite? Bem que ele poderia brincar com ela e ser Ali Babá! Ou então, um pirata que a ajudaria a fugir da Índia?! Abriu a porta com cuidado para não fazer barulho.

Raimundo a esperava jogando as pedrinhas restantes no jardim, vendo até onde elas chegariam numa competição silenciosa, na qual ele sempre sairia vencedor.

— Bom dia, Filho do Raio — sussurrou Laura.

— Ah, bom dia.

— Eu sou a princesa Rashta, filha do Rei da Índia, e estou planejando fugir com Ali Babá para longe daqui, antes que meu cruel pai me case com um cruel vilão.

— Então vamos fugir agora! Ali Babá a espera além da Floresta Negra. — Pegou na mão dela, pronto para brincar.

— Não posso. — Abaixou a cabeça para os pés nus. — Estou de castigo por ontem. Mas amanhã poderei brincar com você. — Levantou o queixo.

— Então façamos o seguinte, amanhã bem cedo eu venho para podermos brincar. E aproveito para levar você até a Cachoeira das Fadas.

— A Cachoeira das Fadas? — O corpo de Laura vibrou num tom de encanto.

— Sim! Tem aqui perto uma cachoeira conhecida como a Cachoeira das Fadas porque muitas pessoas disseram que viram fadas por lá. E também é porque é lá que fica o Castelo das Fadas. Pena que está abandonado. Quando as fadas são descobertas, elas fogem para outro lugar. Sempre foi assim, desde que meus pais chegaram por essas bandas.

A menina mal podia acreditar na história que lhe contavam, tão fantástica quanto real:

— Você já viu uma fada? É mesmo verdade?

Com as mãos nos bolsos e a cabeça abaixada, ele chutou uma pedrinha para longe:

— ... Já, já vi muitas. Se tivermos sorte, veremos algumas que ficaram pelo caminho.

— Posso levar a minha irmã também?

— Se quiser... — Deu os ombros.

— Amanhã nos veremos aqui mesmo. Se quiser, jogue as pedrinhas mágicas e elas farão as janelas desaparecerem e eu surgirei diante de você.

Num passe de mágica, Raimundo ergueu os olhos para Laura e ambos se encontraram na euforia da próxima reunião. O menino partiu dando pulos pelo jardim, finalmente teria amigos com quem brincar. Era um dos filhos mais velhos que — ademais das obrigações de ajudar o pai a arar a terra — não tinha com quem dividir suas aventuras. Seus irmãos não tinham idade — nem vontade — para sair brincando pelas matas com ele e as outras crianças da região não podiam, ou não confiavam, num "menino crescido no mato".

Laura ficara para trás, ouvindo a voz dos avós na sala. Conversavam com alguém cuja voz não reconhecia. Agachou-se para que não a vissem lá fora. Nessa posição seguiu até dentro de casa. Fechou a porta e correu escada acima. Pondo o pé no último degrau, foi descoberta pelos soldados a mando de seu pai:

— Laurinha, o que faz acordada a esta hora?

Ia responder quando viu os avós, na sala, acompanhados de um homem. Este senhor era alto — a bem da verdade, todos pareciam altos para ela — e magro e muito pálido. Tinha os cabelos loiros e pequenos e cortantes olhos azuis. Havia algo sombrio nele, como nos vilões das histórias da carochinha. Acrescido pelo fato de puxar por uma perna, o que o obrigava a usar uma bengala de cabo de ouro, era o suficiente para fazê-la temê-lo. Ademais de um olhar analítico que a deixava com a nuca arrepiada. Calada, a menina subiu as escadas correndo para as novas construções da sua fértil imaginação e para longe daquele "aterrorizante estrangeiro".

A atitude mal-educada deixou a avó constrangida. Já eram raras as visitas daquele vizinho, ainda mais desde que voltara da Inglaterra. Ele era sempre tão fechado e frio que vir lhes pedir um favor parecia demais para quem era. Pelo pouco que sabia, ele passava mais tempo hospedado no Palácio Imperial do que na própria casa — amigo íntimo do Imperador, diziam. Ao bem que, sendo ou não amigo de Sua Majestade, seria melhor viver na rua do que numa casa que poderia trazer recordações tão mórbidas como as daquela casa na beira da Serra da Estrela. Cruzes!

— Desculpe a atitude de nossa neta, Sr. Ouro Verde.

— Não tem com que se preocupar, senhora. Vim apenas saber se teriam alguma informação sobre a tal criança. Agradeço desde já a sua ajuda.

— Se soubermos de algo, avisamos de pronto.

Não demorou muito para que o homem se fosse com a mesma pressa com que havia chegado, sem se preocupar com as minúcias típicas da polidez social. O avô levou-o até a porta da frente e aguardou que seu cavalo negro sumisse no horizonte para comentar com a esposa:

— Ele me dá calafrios. Toda vez que vem aqui saber se temos alguma novidade sobre a criança, eu estremeço.

A Sra. Almeida não comentou nada, o que deixou Laura intrigada. Sua avó sabia de que criança falavam? Ah, sim, Laura havia se sentado nos últimos degraus da escada, enfiada nas sombras, à espreita dos fatos. Queria investigar quem era o tal sujeito e o que pretendia com sua família — poderia vir pedir uma delas em casamento. Mas ao saber que ele estava atrás de uma criança, todo temor de alguém se casar com ele se foi. Que criança seria essa? Um filho perdido? Uma criança que ele mantinha trancada num quarto e poderia ter escapado? Uma criança que sabia todos os seus segredos?

Um pé a acordou das próprias conjecturas. Ou melhor, Arturzinho passou por ela, quase tropeçando em seu corpo magrelo:

— Laura! Não me assuste assim! Fica aí na escada com essa camisola branca, mais parecendo uma assombração!

— Arturzinho, não sabe o que acabei de ver?! Um homem estranho conversava com o vovô e a vovó. Acho que ele queria fazer alguma coisa de ruim, que nem os homens maus das histórias do papai.

— Acho que está a ouvir histórias demais, Laurinha, mas não se preocupe, um dia você vai crescer e isso vai passar.

— Eu não vou crescer! — Os olhos se encheram de lágrimas. — Eu não vou crescer! Eu não vou crescer!

Planou chorosa. Não queria crescer! Sempre que dizia alguma coisa que gostava de fazer, alguém falava que quando crescesse não faria mais aquilo. Crescer estava se tornando uma ameaça à sua felicidade, pelo visto! Era natural ficar triste e relutante quanto a esse tal crescimento. Ah, se pudesse, faria de tudo para não crescer. E se conseguisse ir ao tal Castelo das Fadas e pedir que a ajudassem a não crescer nunca mais? Ser criança para sempre? Hum... seria tentador. Decidiu que ficaria no quarto pelo resto do dia, só saindo para fazer as refeições. Precisava pensar numa forma de não crescer, caso as fadas realmente tivessem partido para sempre do Castelo. Se amarrasse o corpo em faixas como as múmias, ela cresceria? Achava que não. Então, era isso que faria, mas, antes, precisaria procurar por tiras de tecido. Depois pediria à avó; ninguém crescia mesmo da noite para o dia. Também evitaria alguns legumes e verduras — o que não era difícil — que Nana insistia que a ajudariam a crescer e se tornar uma linda moça. A única coisa que queria de verdade era que o dia seguinte começasse logo para ver as fadas e o índio. Pelo jeito ele tinha um vasto conhecimento em fadas e poderia contar histórias, seus nomes e costumes. Deitou-se na cama e pegou seu diário no meio dos lençóis e abriu na primeira página. Escreveria sobre fadas, o que sua imaginação permitisse.

O dia não andava, tão capenga quanto o estranho que havia visto de manhã cedinho. Laura estava nervosa, ou melhor, ansiosa — outra palavra recém-adquirida. Por que o dia demorava tanto a passar? Largou o diário num canto e ficou de joelhos no meio do quarto. Pedia às fadas que fizessem o sol ir embora e a noite caísse. Queria muito, muito mesmo, poder sair para brincar.

Escutou um sininho estranho, que mais lembrava um bater de asas. Será que as fadas ouviram seu pedido? Antes de poder se perguntar uma segunda vez se era mesmo verdade o que havia escutado, a avó entrou no quarto acompanhada de uma moça bem negra e com um sorriso bem branco — bem mais do que o enfiado nas bochechas fofinhas e quentinhas de Nana, as quais adorava beijar quando a mucama lhe trazia um doce às escondidas das ordens maternas.

— Laurinha, tem uma visita. Vista-se!

Seria o cruel vilão que a desposaria, era ele que estava lá? Oh, não! Pôs a mão na testa, pronta para fingir um desmaio.

— O que foi, Laurinha, passa mal?

— Não, vovó. Estava apenas brincando. Vou me vestir e desço num instantinho só.

As fadas estavam atentas naquele dia. Rapidamente realizaram o seu desejo. Agradeceu em pensamento. Com a ajuda da moça, pôs um vestido azul-claro bem bonito para receber a visita. Desceu as escadas correndo, pulando do último degrau e dando de encontro com Raimundo. Estranhou. Devia ser por causa das roupas que vestia: uma camisa branca bem-passada, uma gravatinha carmesim, uma calça comprida castanha e botinas. Os cachos loiros foram penteados para o lado — apesar da rebeldia em se manterem no lugar — e via-se que havia tomado um bom banho.

— Filho do Raio, o que faz aqui?

— Ele veio pedir para que eu deixasse você brincar com ele. — A avó se aproximou deles. — Pois ALGUÉM lhe disse que estava de castigo. — Laura abaixou a cabeça. — Está esperando o quê? Vá brincar com ele!

Laura piscou duas vezes para ter certeza do que ouvira. Não estava dormindo não. Nem sabia como agradecer à avó de tão feliz que ficara — mas isso não a impediu de se lembrar dos irmãos:

— Eu tenho que chamar Manu e Arturzinho! — Subia correndo as escadas da casa. — Talvez eles queiram ver a Cascata das Fadas conosco. Espere um minuto!

Certamente Arturzinho e Manuela quiseram acompanhá-los, mesmo que faltasse a crença na existência de fadas. Arturzinho ia porque não tinha nada melhor para fazer e Manuela se arrumara toda para conhecer o garoto que devia ter a sua idade.

Entrando pela mata, Raimundo foi tirando os sapatos, enrolando as calças, amarrando a gravata na cabeça e abrindo a camisa. Laurinha quis fazer o mesmo, no entanto, tanto Arturzinho quanto Manuela a impediram de ficar em roupas de baixo. Teve que se contentar em tirar apenas os sapatos, o que havia sido o suficiente para Manuela reclamar — meninas educadas não andavam descalças. No entanto, acabou dando-se conta que era a única a vestir sapatos no grupo. Como se considerava uma jovem dama, preferiu manter os pés cobertos e doloridos, o que a fez ficar para trás durante a caminhada.

— Esperem por mim! — gritava na tentativa falha de correr atrás deles.

Laura e Raimundo iam na frente entoando cânticos criados por ele, pulando e chutando pedras, como se nada no mundo fosse lhes tirar a euforia.

Arturzinho procurou manter-se atento à fauna e flora e às reclamações de Manuela. Alguns minutos de caminhada e reparou que estavam saindo da trilha:

— Para onde está nos levando?
— Para a Cachoeira das Fadas. Não fica muito longe daqui.
— Pensei que fosse perto do riacho.
— A água que vem da cachoeira forma um rio subterrâneo, que se transforma no riacho mais à frente. É lá que fica o Castelo das Fadas.
— Quando Laurinha disse que tinha um castelo achei que estava de brincadeira.
— Você verá... — Raimundo parou e enfiou os braços no meio de arbustos para afastar a folhagem e dar passagem. —... Você verá daqui a pouco... basta olhar... e veja...

Oito olhos parados num ponto.

Boquiabertos.

Soltavam expressões de incredulidade misturadas a sorrisos e vivas.

Laurinha, emocionada, conteve as lágrimas de felicidade numa atitude que Manuela sempre lembraria como "desmedida". Arturzinho deixara o queixo volitar no ar enquanto a irmã dizia a si que aquilo só podia ser a sua imaginação. Já Raimundo estufava o peito num meio-sorriso:

— Eu não disse que havia um castelo?!

No meio da mata havia uma fenda. Ao fundo, uma cachoeira que descia por uma pedra, criando um lago bem cristalino por entre as rochas.

O mais incrível não era o sol batendo na água, transformando-a em um manto dourado, nem as árvores que criavam uma cerca viva em volta dessa piscina natural, muito menos a alta cachoeira. Saindo do meio da água, erigida pela natureza, havia um tronco de árvore. Estava em pé. Ninguém entendia como ele fora parar ali e nem como estava fincado na água, pois nada o aparava. Dele ainda pendiam galhos e alguns buracos por seu corpo, o que lembrava as torres de um castelo.

— Então esse é o Castelo das Fadas... — dizia Laura, sem conseguir tirar os olhos da realização de sua fantasia mais querida.

— Sim, antes dos meus antepassados virem para essa terra ele já estava aí. Dizem que pelos buracos é que as fadas entravam e saíam, como pequenas portas e janelas.

— Só não entendo como essa árvore ficou de pé, mesmo tendo toda essa água em volta — Arturzinho tentava buscar uma explicação racional. — Parece que ela foi plantada aí na água e ficou apesar de não ter copa.

— E onde estão as fadas? — Manuela esticava o pescoço — Não vejo nenhuma.

— Dizem que elas fugiram quando o homem chegou nesta região. — Raimundo se aproximou dela, mais do que Manuela achava decente, obrigando-a a se afastar. — Até então, elas eram donas disso tudo, vivendo em harmonia com os animais.

— Sabe para onde foram, Filho do Raio? — quis saber Laura, com o coração apertado por aquela notícia.

— Alguns dizem que para o sul, outros que elas continuaram aqui, só que às escondidas. Vocês querem ir até lá? Vamos nadando, a água não deve estar muito fria e nem é muito longe. Vamos! É rápido.

Raimundo tirou a camisa pela cabeça diante da corada Manuela. Não querendo encará-lo sem a veste — o que era uma atitude pouco digna de um cavalheiro —, a menina se virou e se sentou numa pedra. Aproveitou para tirar o seu sapato para massagear os pés enquanto reclamava:

— Não devemos. Além do mais, nem eu nem Laurinha sabemos nadar.

— Que pena! — Suspirou o garoto, que ia se desfazendo das calças. — Acertamos outro dia e eu ensino vocês a nadar. O que acham?

Laura aceitou de imediato, num grito e num pulo.

Arturzinho percebeu que não tinham muito mais para fazer e decidiu que era melhor voltarem para casa. Deu a desculpa que a hora do almoço estava próxima.

Raimundo abotoou as calças e amarrou a camisa na cintura. Batendo a mão na frente da boca, soltou um grito de guerra indígena. Num pulo, encarou Laura como se fosse uma presa. Aquela "onça pintada" travestida de menino encurvado começou a andar em círculos em volta dela, vagarosamente, fazendo barulhos animais. Laura fechou os olhos para tentar adivinhar. Tentava não rir, por mais que achasse graça da brincadeira. A da onça era a mais arrepiante, a dos micos era engraçada e sentiu os pelos dos braços se levantarem ao ouvir uma sinfonia de passarinhos. Ele mudou, então, de vítima. Foi para perto de Manuela que, de tão concentrada nos pés doloridos, acabou tomando um susto diante do seu esturrado. O grupo riu apesar da menina ter se sentido atacada pela brincadeira.

— Vamos! — gritou o garoto, de pé na grande pedra. — Temos um bom caminho para atravessarmos! Avisto caravelas portuguesas! — Pôs uma mão na frente dos olhos e mirou além. — Está na hora de lutarmos contra esses que querem a nossa terra! Mas, antes, temos que avisar aos índios de nossa tribo. Em retirada para casa!

Ergueu o braço para o alto e soltou outro grito de guerra. Pulou da pedra e saiu correndo para dentro da mata. Arturzinho puxou Laura pela mão e foi levando-a no embalo da brincadeira. Manuela acabou ficando para trás, pedindo que a esperassem, pois faltava calçar as botinas.

7

O turbilhão de dias vai correndo no compasso do tempo sem limite, sem pressa nem descanso. Passos agitados para concluir mais um dia, ansiosos para alcançar o porvir. Bolinhas de gude, bonecas de pano para trás, foram dias de anéis escondidos, lenços passados, cavalos saltados, cordas puladas, esconde-escondes e pega-pegas brincados, fadas e piratas imaginários, expedições diárias à Índia, África, Europa, América, até à China chegaram embarcados em sonhos, um passo atrás do outro.

Um pé na frente do outro, descalços, sentindo o contato direto na madeira. O cuidado é essencial, assim como a concentração. Braços abertos para dar mais equilíbrio. A emoção controlada para não haver descontroles do corpo. Laura ergueu o queixo do peito. Seria melhor não olhar e ver o pequeno desfiladeiro de pedras e copas de árvores por debaixo de um tronco caído que se fizera de ponte improvisada. Não era extensa a passagem — em cinco passos a atravessava —, porém, bastava um passo errado e rolaria para a morte.

Raimundo, à sua frente, tinha as mãos esticadas para pegá-la na outra margem. Ele lhe sorria. Laura podia sentir a feliz sensação de chegar do outro lado e encontrá-lo à sua espera.

— Laurinha, não vá cair daí — gritava Manuela. — Se morrer, mamãe bate em mim e coloca você de castigo! — Aquilo não havia soado estranho à menina, nervosa com a irmã que ia tentando se equilibrar para atravessar aquele pedaço de caminho. Um movimento de cabeça, para responder, fez Laura balançar nas bases. — Cuidado!

— Estou bem, Manu! — Laura tinha a voz tranquila, dando mais um passo e pulando para o lado de Raimundo. — Não preciso da sua confiança em mim.

Manuela não gostava daquelas peripécias de Laura, muito menos quando instigada pelo aventuroso Raimundo. O menino até poderia ser bonitinho, mas era "selvagem" demais. Seria ela a única em sã consciência naquele grupo? Nem Arturzinho se fazia de confiança mais. Havia se encantado pelas histórias da região contadas por Raimundo, dele se tornando grande amigo.

— Não vá muito longe! — Tinha entre ela e a irmã o abismo. — Depois vai se perder e a vovó vai brigar! — Notou que Laura apenas dera-lhe um tchau e seguia Raimundo. Voltou-se, então, para o irmão mais velho, por quem Laura parecia ter mais respeito. — Arturzinho, não vai fazer nada?

— E o que quer que eu faça?... — Pôs um dos pés e mexeu o tronco para ver se aquilo era realmente seguro. Era bem espesso, o que permitiria uma caminhada. Também esticou os olhos para o que havia embaixo. Só dava para enxergar a copa de algumas árvores e a ponta de grandes pedras. Devia haver um vale lá no fim. — Sim, vou fazer uma coisa.

— Aonde vai?

— Seguir a trilha com eles. — Esticou os braços para ter equilíbrio e foi com cuidado, passando o trecho em quatro passos.

A travessia era mais curta do que o esperado. O medo a transformava num longo caminho ao precipício, mas não passava de um conjunto de poucos passos bem dados. Logo que junto de Laura e Raimundo, os três decidiram partir para os lados de uma caverna que o garoto alegava ser habitada por um ser maligno.

Dando-se conta de que estava sozinha, que os três haviam atravessado o tronco, Manuela resolveu que não ficaria ali à espera de algum bicho estranho e, muito menos, que o tal lobo branco aparecesse. Achou ouvir o mato se mexendo atrás de si num momento ou n'outro.

— Eu sozinha aqui é que não fico. Esperem! Esperem!

Manuela deu dois passos tortos e apressados. Pisou errado e escorregou entre o tronco e o fim de terra em que estava apoiado, ficando presa pela cintura numa vala, com as pernas sacudindo no ar.

— Manu!

— Socorro... — não gritava. Temia que a contração do seu corpo, preso no pequeno espaço, a fizesse escorregar pela fenda e cair no despenhadeiro.

O irmão mais velho se preparava para atravessar de novo e puxá-la para cima, mas Raimundo pôs o braço na sua frente, impedindo-o. Havia calculado que se o irmão atravessasse pelo tronco até a margem em que Manuela estava, ela poderia escorregar com o movimento. O melhor seria tentar se agarrar aos cipós que ladeavam a ribanceira e impediam a passagem deles. Raimundo cuspiu nas mãos e pegou um cipó. Puxou-o bem forte para ver se estava firme. Amarrou-o em volta do seu braço e ficou segurando-o. Com a outra mão, foi se agarrando aos troncos e galhos das árvores. Com a ponta dos pés, tateava devagar o solo para não pisar em falso. Usou algumas raízes altas para enfiar o pé debaixo delas e estar seguro numa eventual escorregada. Em solo firme, soltou-se do cipó e ficou diante da menina que se segurava no tronco, um pouco mais tranquilo, pois havia conseguido apoiar uma das pernas num degrau de terra.

— Não se mexa, senão pode escorregar e cair. — Procurou algo para que pudesse puxá-la. Num canto, achou alguns gravetos. Pegou o que parecia ser mais duro e resistente para aguentar o peso da menina. — Tome, segure esse pau! — Esticou uma ponta para ela.

Manuela não queria. Tinha medo de soltar uma das mãos e cair. Raimundo também ficou temeroso de não aguentar o peso dela sozinho e chamou por Arturzinho.

— Temos que puxá-la para cima.

— Eu não estou aguentando — choramingava a menina, tendo sua face vermelha molhada por lágrimas. As mãos agarradas no tronco doíam e começavam a suar. A perna livre tateava por apoio, deixando-a mais nervosa por não encontrar.

— Tenha coragem, Manu! — gritava Laura.

Arturzinho tomou o mesmo caminho de Raimundo. Um pé mal colocado e um tropeço numa raiz e teria rolado ribanceira abaixo, se não tivesse imediatamente se pendurado em todos os cipós que tinha à frente. Controlando o equilíbrio e as emoções, terminou o trajeto e foi ajudar Raimundo. Eles esticaram o pedaço de madeira e Manuela não teve outra escolha. Uma das mãos, que começava a escorregar, alcançou o pau. A emoção a fez soltar a outra. Arturzinho atirou-se no chão, próximo à vala, e agarrou o seu antebraço. Manuela tremia; ainda assim, conseguiu apoio para a outra perna e sair do buraco em que havia se metido.

— Eeeeeeê... — Laura veio, com cuidado, pelo tronco. — Você foi salva de ser comida por crocodilos e piranhas assassinas.

— Nunca mais quero brincar disso. — A menina ainda tremia por debaixo do abraço de Arturzinho.

— Se formos para os lados do riacho não haverá problemas — decidiu o irmão, tomando as rédeas daquela aventura, seria mais seguro e seus pais não o culpariam eternamente se algo acontecesse a uma das suas irmãs. — Lá Laurinha poderá brincar com Raimundo, eu poderei pescar e você, Manu, ficará quieta, sem tentar aventurar-se. Não é dada a estas coisas.

— Pois não sou mesmo. — Fungava, controlando o choro nervoso.

— A grande aventura de sua vida se resumirá em se casar e ter filhos. O que é tão pouco divertido! — Laura rodopiou em volta de si mesma. — Já eu vou me aventurar pelo mundo atrás de mistérios.

— Falando assim, até parece que vai mesmo. — Ria o irmão.

— E você, qual será a sua grande aventura?

— Aquela que eu não vivi. — Arturzinho piscou para a pequena e soltou uma risada para a cara de dúvida dela. — Poético, hein?! E você, Raimundo?

Com os olhos castanhos pregados no horizonte, Raimundo soltou um longo suspiro:

— Serei um grande descobridor dos mares, como foram os meus antepassados. Trilharei cada légua submarina, navegarei por culturas desconhecidas até um dia... — Emudeceu, roendo os próprios pensamentos.

— Até um dia... — quis saber Laura, tão curiosa quanto imaginativa.

— Bobagem a minha... — Bagunçando os próprios cabelos, o menino fugiu dela. — Um dia saberá. Vamos brincar?

Soltaram, juntos, um urro e correram na direção do riacho. Manuela, ainda se refazendo do seu desastre e do estado de suas roupas, ia mais atrás. Parecia mais emburrada em deixar de ser o centro das atenções — afinal, ela havia sido vítima de um destino atroz e precisavam lhe prestar cuidados — do que o escorregão em si, ou no quão as suas mãos estavam sujas e doloridas. Ao menos, tomava todas as precauções para não pisar em nada perigoso, ou tocar em alguma coisa venenosa. Talvez pela tensão que a tomava, Manuela achou ter visto algo ou alguém na mata. Parou para observar. Por mais que soubesse que apontar era feio, ela não conseguiu fazer outra coisa que não levantar o dedo para o homem:

— Olhem! Quem é aquele?

As crianças foram até ela e ficaram à espera, analisando a pessoa que tomava uma pequena trilha. Era o homem muito loiro, que parecia estrangeiro, o que Laura havia visto conversando com seus avós, querendo saber de uma criança.

— Ih! — Laura espremeu os olhos. Na boca bateu um gosto amargo. — É o vilão que estava na casa da vovó há algumas semanas. Eu o vi! Tem olhos sombrios que dão medo... Falava de uma criança.

— Uma criança? Será que ele tem filhos?

— Tem não. Mora sozinho. Eu já fui à casa dele, entregar algumas verduras da nossa horta. Se vocês o acham sombrio, precisam ver a casa dele — contava Raimundo, com ares sinistros. — Fica lá pelas bandas da velha estrada. É toda de pedra e no jardim há um cipreste negro. Dizem que é mal-assombrada. Muita gente já jurou ter visto reuniões fantasmagóricas embaixo da árvore, ou ouvido vozes vindas de dentro da casa quando não havia ninguém lá. Também barulhos de correntes, luzes, coisa de outro mundo mesmo.

— Que estranho!

— Vamos parar de falar nisso? — Manuela estremeceu.

— O que foi, Manu? — Laura caminhava devagar até ela. — Por acaso acha que algum fantasma vai aparecer no meio da noite e puxar o seu cabelo? — Apertou a cintura da irmã, fazendo-a dar um pulo.

— Pare... Ahhhhhhhhhhhh!!! — gritou ao sentir uma mão pousando de leve em seu ombro. Ao notar que Arturzinho, atrás de si, e Laura riam, ela quase o estapeou. — Vocês são dois incorrigíveis. Ou melhor, impossíveis!

Raimundo chamou a atenção para que retomassem a caminhada se quisessem chegar a algum lugar.

Desta vez, Laura ficava para trás, metida n'outro mundo — e lá permaneceu por um bom tempo, analisando o que será que aquele homem fazia na mata. Seria um assassino visitando o cadáver de suas vítimas? Ou um vendedor de criancinhas indo até o cativeiro? Não gostara de como ele a havia olhado na casa dos avós. Parecia ser alguém cruel e que não gostava nada de crianças.

8

As borboletas batiam as asas tão próximas, que se esticasse as mãos poderia tocá-las. Porém, não tinha vontade disso. Manuela olhou para as mãos vermelhas e doloridas. Será que quando crescesse iria ter as mãos feias? Sua mãe falava que era muito importante uma dama ter belas mãos, e se fazia aulas de piano era porque diziam alongar os dedos. Imaginou o quanto Tancredo ficaria preocupado ao saber o que acontecera. De repente, a ideia de ter passado por esse perigo começou a ser agradável, pois muito lhe lembrava as donzelas em apuros das histórias que o pai contava. Pediria a Arturzinho para que relatasse ao primo, já que ambos eram próximos.

Manuela ergueu a cabeça e viu o irmão sentado com os pés na beira do riacho, olhando para a água, à procura de peixes. Laura e Raimundo, não muito longe dali, arrumaram alguns galhos que fingiam que eram espadas, e lutavam entre si na conquista de um tesouro enterrado em algum lugar ali perto.

— Não sei por que fazem questão de ficar aqui brincando. Poderíamos ter pedido à vovó para nos levar à cidade. Veríamos pessoas ao invés de mato... Eu não aguento mais ver tanto verde. Fico até enjoada — reclamava, acariciando os dedos machucados.

Num pulo, Raimundo aproximou-se dela enquanto se esquivava dos golpes enérgicos de Laura:

— Oh, não fique, princesa! Farei para você uma coroa de flores para se alegrar.

— Quero uma também! — Laura acabou por aproveitar a distração dele e desferiu um golpe entre as costelas, o que o fez parar no chão. — Por que só ela ganha? — Apontava o galho para o seu coração. — Agora terá de me fazer também, ou não devolvo o seu coração.

— Qual, princesa! Terá também a sua coroa de flores. — Soltou uma risada e estendeu a mão para que Laura o ajudasse a se levantar. — Trégua?

Com um sorriso desconfiado, Laura o ajudou.

Sentado numa pedra, ao lado de Manuela, Raimundo criava duas pequenas coroas de flores campestres. Arturzinho até tentou fazer uma, mas não conseguia trançar os cabos tão bem quanto o menino, fazendo-as parar no chão ao primeiro vento de fim de tarde. Vestido com algumas folhagens, que espalhara pelas roupas e cabelos, no alto de uma pedra, Raimundo coroou cada uma das meninas. Ao vê-lo próximo a si, com os olhos enfiados em seu rosto, Manuela corou e afastou-se assim que ele pôs a coroa sobre os seus cabelos. Laura, ao contrário da irmã, não só deixou-se ser coroada como deu um tapinha com o galho nas costelas de Raimundo e abriu um sorriso:

— *Touché!*

Com as mãos nas costelas, fingindo ter sido mortalmente ferido pelo inimigo, Raimundo pulou da pedra e se atirou no chão. De olhos fechados, permaneceu deitado, tal morto. Assustada com aquela reação, Manuela correu para ele, pondo-se de joelhos ao seu lado:

— Laura, o que fez?! — Sua voz derramava-se de preocupação sobre o menino, que conseguia segurar o riso e fazia cara de dor.

— Nada! Apenas brincava. — A menina abaixou a espada imaginária e foi até eles, caminhando na desconfiança de tê-lo realmente ferido.

Como havia suspeitado! Raimundo abriu os olhos e soltou um longo suspiro:

— Não tema por mim, lady Manuela. É chegada a minha hora. Que suas lágrimas se façam as minhas nesta despedida dolorosa... cof... cof...

E fingiu morrer, novamente.

Com as mãos na cintura, Laura bradou:

— Agora que você já morreu, podemos brincar de outra coisa? Manuela será a rainha das fadas e eu um duende que peço abrigo em seu belo castelo. Logo em seguida somos atacados por um bando de bestas ferozes comandadas por um mago.

— Serei o mago, então. — Arturzinho decidiu entrar na brincadeira; havia se cansado de esperar pelos peixes. — Refestelo-me com vilões.

— O que é isso? Refe-sei-lá-o-quê? — perguntou Laura.

— Bom, é... Como vou explicar?! É quando uma pessoa vai se

divertir... Não, ela vai se deleitar, sim, deleitar com alguma coisa.
— O que é deleitar? É algo do leite? — quis saber a curiosa.
— Esqueça, Laurinha. Um dia ainda eu explico direito o que é isso. Por ora, contente-se em ser a rainha das fadas e serei o vilão. Manuela será quem?

Acanhada por ter demonstrado preocupação com o garoto, Manuela abraçou o próprio corpo e se afastou do grupo:
— Não brinco dessas coisas.

Já de pé, Raimundo foi até ela e pôs-se de joelhos, numa reverência:
— Será a fada mais bela do castelo. — Entregou-lhe uma flor colhida do chão.
— Ora, não sei... — Corava. — Está bem, vou brincar, mas desde que não precise ficar correndo, pois meu pé ainda está dolorido.

Raimundo soltou um belo sorriso, brilhante como a água do riacho. Estendeu a mão à menina e entraram juntos na brincadeira. Rapidamente o cenário foi montado. As paredes do castelo eram as árvores, o chão de mármore frio virou um tapete fofo e verde, o calabouço era atrás de um arbusto, o palácio do mago era perto do riacho, e nesse mapa eles se fizeram reis, rainhas, magos e feiticeiras, aventureiros cheios de façanhas e sem regras à imaginação. Correram os campos numa fuga audaciosa, perseguidos pelo mago vilão por entre as árvores de uma Floresta Encantada e toparam com o mundo real e tia Teocrácia ao centro dele.

Despiram-se de suas fantasias infantis — seriam apenas crianças mal-educadas por enquanto.

O vestido com a barra suja de lama, a coroa de flores esmigalhada por entre os cabelos e os pés descalços fizeram a tia soltar um urro de insatisfação. Nem precisou dizer o que pensava, pois seu rosto revelava a recriminação. Laura ficou parada diante dela — novilho perante o lobo faminto. Atrás dela pararam Manuela e Arturzinho, ambos com as roupas no mesmo estado e as faces vermelhas por causa da corrida. Os irmãos, ofegantes, mal podiam acreditar na presença que se fizera diante deles. Manuela começou a pensar nos horrores que a tia contaria ao primo Tancredo, quem sabe dando fim à ideia de casamento. Dois segundos após o fatídico encontro e procurava a primeira explicação que daria. Ao menos, não havia tirado as botinas. Que sorte! Lembrou-se da coroa em sua cabeça. Rapidamente a arrancou do meio dos cabelos embaraçados, escondendo-a atrás das costas.

Raimundo mantinha-se atento e curioso sobre quem poderia ser a tal senhora capaz de paralisar a sua tripulação pirata? Era velha, tinha cara de má, não poderia ser a mãe deles. Laura havia lhe dito que sua mãe era como um anjo e essa daí só tinha de anjo a cor dos cabelos.

A avó das crianças se aproximou da senhora de olhares fulminantes com algum temor:

— Não sabia que chegava hoje, minha filha. Pensei que seria para o fim do mês.

— Decidi que seria melhor agora. Há um surto de febre amarela e achamos melhor ficar mais tempo aqui. Por favor — virou-se para o cocheiro, sentado na carruagem que a trouxera —, leve as bagagens para dentro da casa, sim? — Voltou-se para a mãe. — Espero que tenha passado bem.

Não havia sentimento algum em sua entonação. Era como se falasse que o céu estava azul, sem que, no entanto, isso fizesse qualquer diferença.

— Passamos muito bem, obrigada por se importar, Teocrácia. Deve estar muito cansada. Entremos e bebamos uma xícara de chá... — Os olhos dela se desviaram por instantes. — Mas como não vi antes? — disse a velha, pondo a mão no rosto ao reparar num pequeno ser, ainda dentro da carruagem. — É... Lauro? É mesmo o Lauro?

— Sim. Lauro, venha falar com a sua avó e com os seus primos. O que poderão pensar de você?

Cabisbaixo, o menino desceu do coche. Apesar de ter o nome parecido com o de Laura — homenagem aos avós —, era bem diferente no jeito e, pelo corpo franzino, adejava em vitalidade. O rosto pálido, sem vigor, e os olhos baixos, sem brilho, aumentavam a impressão que desmaiaria a qualquer minuto. Vinha devagar, cuidadoso, cheio de atenções como feito de cristal. Devia ter medo do próprio espirro, analisava Raimundo, pondo as duas mãos na cintura. Esse novo marinheiro lhe daria trabalho.

— Chegue mais perto — pedia a avó.

Lauro nem se mexeu. A mãe ordenou que obedecesse e, então, ele deu mais dois passos trêmulos.

— Nem posso acreditar no que vejo. — Os olhos da senhora se enchiam de lágrimas. — Se já não bastasse o nome, é o retrato do avô. Mas por que tem essa cara triste, meu rapaz? O que se passa? Não queria ter vindo para cá?

Evitando o olhar feroz da mãe, o menino encarou as próprias botinas lustrosas — atípicas para uma criança.

— Na verdade — explicou a mãe, contrariada — o Lauro está assim por causa da partida do irmão para São Paulo. Tancredo tem que se preparar para os exames da faculdade de Direito, por isso o mandamos mais cedo. Não há motivos para tal sofrimento. Esse menino ainda aprenderá a se portar como as situações exigem. Nada de sentimentalismos capazes apenas de degradar uma boa imagem, construída pelo genuíno intelecto e a boa moral cristã.

— Teocrácia, vejo que não mudou nada, apesar dos anos.

— Só é mudado aquilo que precisa ser. Não vejo nada de errado na constituição das minhas ideias. Meu caráter é exemplar. Pena — desviou os olhos para os sobrinhos — que não possamos dizer o mesmo de alguns que estão sendo construídos com tanto desleixo.

Com o propósito de não entrar em discussões — talvez a maior qualidade e o maior erro dos Almeidas —, a senhora abriu o sorriso nervoso de quem nunca enfrentava a filha e apontou a casa:

— Entremos. Seu pai deve estar ansioso em revê-los.

As crianças ficaram paradas por uns instantes ainda, submetidas a algum encanto de bruxa má. Eram muito jovens para entenderem determinadas dinâmicas de família e a capacidade da Sra. Almeida em tolerar a filha mais velha com sorrisos.

Arturzinho foi o primeiro a quebrar o encanto com um deboche:

— "Pena que não possamos dizer o mesmo de alguns que estão sendo construídos com tanto desleixo". Carambolas! Ela não tem senso algum! Agora vejo mais claramente por que o Tancredo estava tão feliz com essa viagem para São Paulo. Livrar-se dessa praga é mesmo difícil!

— Não fale assim de tia Teocrácia, Artur Filho! — Manuela defendia a sua futura sogra. — É falta de educação.

— Falta de educação é a forma como ela age. Acha-se superior a tudo e a todos, como se nem ela e nenhum de seus filhos fossem capazes de cometer faltas.

— Eu não gosto — Laura se intrometeu. — Eu não gosto dela e acho muito difícil que um dia eu venha a gostar. Daria tudo no mundo para me ver livre dela.

— Podem até pensar assim, mas nada de comentarem isso perto de vovó, vovô ou papai — insistia Manuela. — Tia Teocrácia é família. E, apesar de todos os defeitos dela, temos que a respeitar.

Não houve mais um sim ou não. As palavras de Manuela se tornaram um sábio aviso para o futuro. Por enquanto, seria melhor se esquecerem de tudo e se prepararem para a nova brincadeira. Raimundo os convocava ao convés do navio. Chegava a hora de partir por novas águas nunca dantes imaginadas.

Após os cumprimentos ao avô, Lauro se afastou da mãe e os avós, sentados a conversar, e foi para junto da janela. Havia sido puxado pelo barulho dos risos e da gritaria contagiante das brincadeiras. Os pequenos pontos no jardim corriam, pulavam, caíam em pleno gramado, livres do mundo, absortos na própria fantasia. Por que ele não podia estar ali? Por que não poderia também ser criança como aquelas que deslizavam pelo ar, cobertas de uma alegria que só as crianças são capazes de pulsar? Manteve-se quieto.

Queria apenas ser criança, seria isso tão difícil?

A sede fazia a língua ficar grudando no céu da boca. Lauro não reclamou da comida excessivamente salgada no jantar. Seria deseducado, o que mostraria a falta de cordialidade com os mais velhos. Deu passinhos nervosos no corredor. Olhos assustados fixados somente na chama da vela que carregava. Da casa não vinha um barulho sequer. Até os bichos da noite pareciam ter abaixado o som. Podia-se dizer incrédulo quanto a fantasmas e quaisquer tipos de coisas consideradas fantasias criadas pela imaginação. Achava que a mãe o criara muito bem nesse aspecto. Mesmo assim, ainda martelava aquela duvidazinha impertinente que, por mais que a mãe impusesse o contrário, ela permanecia lá, inteira e pronta para perturbá-lo em horas como aquela, sozinho no corredor de uma casa estranha, atrás de água.

Reparou que de uma fresta de uma das portas dos quartos vinha uma luzinha fraca. Será que alguém ainda estava acordado? Deveria ser madrugada. Não seria nenhum de seus primos, pois crianças não podiam ficar acordadas até tarde. No entanto, pouco conhecia dos primos. Desde que chegara, Lauro ficara o tempo todo ao lado da mãe escutando a conversa dela com a avó. Nem falara direito com os de sua idade. A única frase que lembrava ter proferido foi, durante o jantar, para Manuela: "Poderia fazer a gentileza de passar as batatas, por favor?" E um riso generalizado se instalou por entre os primos e o avô. Nem uma palavra mais. Nem quando montaram uma rodinha no alpendre, para ficarem contando histórias de terror sob a lua minguante — segundo o seu primo Arturzinho, "lua de bruxa"; "é quando elas vão para as florestas buscar plantas, animais e crianças para incrementar as suas magias, feitas somente na lua cheia".

Aquela luz tímida que saía pela porta, porém, não era de lua. Curioso, foi andando em asas de mariposa. Enfiou a cabeça pela fresta da porta entreaberta. Os olhos curiosos deram-se de encontro com uma cabecinha sombreada pela lamparina ao lado da cama. A pequena estava sentada sobre as pernas cruzadas.

Lauro apoiou a mão na porta como se aquilo fosse fazê-lo encaixar a cabeça melhor no vão. Contudo, acabou por empurrá-la e deparou-se com os olhos arregalados da prima Laura.

A princípio, a prima acreditava que via uma assombração parada na porta — por causa do camisolão branco que o menino vestia. Ainda carregava uma vela, dando-lhe uma iluminação espectral.

Antes que ela reagisse com um grito que, certamente, acordaria toda a casa, Lauro pediu desculpas pela intromissão:

— É que vi uma luz acesa e não resisti olhar. Peço que me perdoe o susto que possa ter provocado.

Laurinha pôs as mãos na frente da boca para abafar o riso que a tomou:
— Você fala de uma forma muito engraçada — explicou-se num sussurro, para não acordar Manuela, a ressonar na cama ao lado.

O menino estufou o peito, passando de desentendido a ofendido. Deu boa noite e já se retirava quando ela pediu que voltasse.

— Eu não pensei que fosse ficar ofendido — diminuiu o tom ao ver Manuela se remexer na cama. — Você fala como um adulto. É tão diferente. — Ao reparar que ele estava retraído, com uma das mãos apertando o tecido da roupa de dormir, ela bateu em seu colchão. — Pode se aproximar de mim, eu não vou mordê-lo. Prometo.

O primo entrou no quarto e foi até a cama dela. Notou que tinha diante de seu corpo um caderno aberto e um tinteiro sobre os lençóis respingados de tinta. Imaginava que se ela fosse filha de sua mãe, Teocrácia teria lhe dado uma grande lição de palmatória, a ponto de não conseguir escrever tão cedo.

— O que faz aí? — o menino quis saber.
— Estou escrevendo uma história.
— Uma história? Sobre o quê?
— Sobre uma princesa fada que mora no lindo Castelo das Fadas e é amaldiçoada por um cruel feiticeiro, sendo obrigada a sair do castelo e vagar pelo mundo como uma menina atrás da poção mágica que a fará ser uma fada novamente.

— É... — ergueu as sobrancelhas —... parece interessante... — Não achou palavra melhor para descrever, sem saber como reagir diante da prima.

— Quer ler um trecho? É a melhor parte, quando a fada conhece um duende que diz conhecer a poção e acaba levando-a para o palácio do feiticeiro, que se finge de fado.

— Fado?

— É o marido da fada. Mas tome, leia... — Esticou para ele o caderno.

Lauro não sabia muito bem como agir com o objeto na mão. A prima deu-lhe espaço na cama para que se sentasse ao seu lado para ler. Ele apoiou a vela no chão, ainda incerto se seria o correto.

O fato de ficar ao lado da prima fez as bochechas corarem, mas gostou daquela proximidade. Laura fazia questão de contar alguns detalhes que esquecera de escrever enquanto ele lia, o que não o irritava, pelo contrário, fazia ficar contente ao ouvi-la, empolgada, lhe explicar as coisas. Terminadas as três folhas rasamente escritas — e muito imaginadas —, Lauro elogiou-a. Laura ficou tão contente com os poucos adjetivos, que o abraçou num ato impulsivo, sem pensar nas consequências. O menino enrubesceu. Saiu da cama quase pisando na vela e se desculpou dizendo que precisava buscar água na cozinha.

A prima, ajoelhada no colchão, pediu que não fosse:

— A cozinha pode ser muito assustadora em determinadas horas da noite. Nunca se sabe o que lá pode encontrar. Por isso, eu sempre trago um copo d'água comigo. Tome! — Pegou-o próximo à lamparina e entregou a ele. — Deve estar um pouco quente, mas sendo água, mata qualquer sede. — E sussurrou: — A comida daqui é muito salgada. Vovó disse que é porque o vovô perdeu o paladar.

Lauro agradeceu e bebeu. Quase se engasgou ao levantar os olhos e dar de cara com o rosto empalhado de Laura.

— O que foi? — Escondia a tosse do engasgo por detrás das mãos.

— Nada. Apenas estava vendo você beber água. É tão certinho que nem faz barulho!

Ele agradeceu mais uma vez.

— Está na minha hora de dormir.

— Vai voltar sozinho para o seu quarto?

— Vou, por quê?

— Não tem medo de encontrar uma assombração no meio do caminho? Um monstro?

— Não acredito nessas coisas de criança. Não acredito em fantasmas, monstros, duendes, fadas, feiticeiros, mula sem cabeça ou qualquer coisa do gênero.

— Nossa, você é mesmo corajoso! Você não acredita em fadas?

— Nem em uma.

— Nunca viu uma fada?

Ele nem precisou responder.

— Bem, amanhã eu mostrarei aonde as fadas vivem. Você irá adorar e começará a acreditar em fadas. Apesar de não saber se chegará a ver uma, pois só vê quem acredita.

O primo meneou, deu boa noite e saiu do quarto tão acanhado quanto entrara. Porém, alguma coisa havia mudado nele: trazia um sorriso tímido no rosto.

9

Os pequenos dedos descalços roçavam na grama úmida, salpicada por raios solares que ultrapassavam as folhagens das árvores. Laura levantou um pouco o pé para passar de leve sobre a ponta da grama para sentir cócegas na sola.

— O que faz? — Vinha uma voz vagarosa, seguida de um comprido bocejo.

— Estava esperando você acordar para podermos ir até as fadas — respondeu a menina, voltando-se para Lauro.

Reparou nas roupas estranhas que vestia, mais lembrava um adulto em formato miniatura. Tinha as botinas polidas, camisa engomada, paletó no mesmo tom cáqui da pantalete e uma gravatinha borboleta marrom despontando em seu pescoço. O cabelo estava ainda molhado pelo provável banho matinal, e penteado para o lado direito.

— Irá vestido dessa maneira?

— Algum problema com a minha roupa?

— Só acho que vai estragar. Veja o meu vestido. — Ergueu um pouco as saias na altura das canelas, o que o fez desviar os olhos para o lado. — Era branco e agora está amarelo e perdeu todos os lacinhos! Tenho outros, mas não vou ficar sujando um monte deles. Carambolas, vovó me mataria! Do que ri?

— Fala de um jeito muito engraçado, igual a um menino que conheço.

Laura retorceu o rosto — bem que gostaria de poder ter os cabelos curtos, pois os compridos a atrapalhavam, e adoraria poder usar pantaletes ao invés de saias e mais saias:

— Não importa. — Ela deu os ombros. — Estamos atrasados para nosso encontro com as fadas. Vamos!

— Irá descalça?

Num rodopio, de braços abertos, Laura sorriu:

— Por que não?

O primo ficou parado vendo aquela menina pequena, com os cabelos caindo no rosto, correndo para dentro do mato. A barriga roncou. Não poderia deixar de aventurar-se um pouco. Fingiu não ouvir os gritos da mãe que o chamava para o desjejum e se embrenhou no meio da Floresta das Fadas, pedindo que Laura o esperasse. Não tinha ideia para onde a prima o levaria. Seguia seus passos numa confiança cega. Assustou-se com os sons que o mato fazia, com alguns bichos que foi encontrando no meio das árvores, com as possibilidades perigosas que preenchiam a sua mente de medos. Nunca vira uma família de caracóis antes. Eram tão gosmentos! O que realmente o deixou preocupado foi a possibilidade de encontrar uma cobra. Parou de analisar os caracóis e correu para perto de Laura, perguntando sobre cobras. A prima não deu importância ao seu temor. Sentindo-se ignorado, teria brigado se ela não o tivesse feito olhar adiante e pedido que observasse o que tinha à sua volta.

Haviam chegado ao lugar. Lauro não se mexia. Parecia uma daquelas peripécias mágicas de algum livro de fantasia esculpidas no mundo real. Perplexo, não tinha mais o que dizer. Caíram por terra todos os seus conceitos de magia versus realidade, chegando à conclusão que até o real pode ser mágico.

O dedo de Laura carregou seu olhar para o tronco fincado no meio do lago. Ela explicou que as fadas viveram ali por milhares de anos antes do homem chegar naquela região. Com toda a sua vontade, Lauro quis acreditar.

— Não podemos ficar muito tempo por aqui — Laura o avisou.

— Por quê?

— Manuela e Arturzinho devem ter acordado e Raimundo chegará logo para brincar conosco.

O rapazinho se empertigou, ofendido com sabe-se-lá-o-quê:

— Então aquele menino que brinca com vocês se chama Raimundo?

Ignorando o tom de ciúmes na voz do primo, Laura explicou que o havia conhecido quando se perdera na mata:

— Eu estava fugindo de um lobo branco que vive à caça de alimento quando ele me encontrou caída no chão e chorando. Lembrava a um índio vestido de folhagem.

Lauro preferiu não entrar em detalhes. Apenas aceitou a história dela e juntos partiram de volta para casa. Na boca da mata deram de encontro com os outros três, que os procuravam.

Raimundo, com as mãos na cintura, estufou o peito e mirou Lauro com um olho só aberto:

— Estávamos indo atrás de vocês. Como meu navio pode zarpar sem um contramestre? Quem é este? Um prisioneiro?

— Não, ele é o meu primo Lauro — avisou Laura. — Veio da Corte para passar o verão conosco.

— Todos reunidos, vamos para os lados da velha estrada! Lá é melhor para brincar. Dá para correr. Que tal se apostássemos uma corrida até lá? Quem chegar primeiro poderá ser o capitão dos piratas?!

Os irmãos aceitaram dando um urra. Lauro ficou mais atrás, desistido de brincar — sua mãe lhe arrancaria as orelhas se sujasse as vestes. Raimundo fez a contagem. Dispararam no um, livres de qualquer coisa, coragem enfiada nos pés.

Laurinha virou-se para trás e, esticando o pescoço, reparou que o primo voltava para casa, cabisbaixo. Desistida de ganhar a competição — encabeçada por Arturzinho e Raimundo — ela correu na direção do menino, tomando-o no susto:

— Aonde vai?

— Para casa. Estou com fome.

— A fome pode esperar. Venha comigo! — Pegou na sua mão. — Vamos brincar! — E puxou-o para dentro de seu mundo.

Um imenso sorriso tomou Lauro de surpresa.

De bom grado, ele disputou uma corrida com a pequena prima pela estreita trilha que os levaria até os três que os aguardavam, urrando o nome do novo rei dos piratas.

❦

A velha estrada havia sido desativada quando uma nova e mais curta fora construída para ligar Corrêas à Petrópolis. Com o desligamento do caminho, as diligências tomaram novo rumo e quem tinha alguma espécie de comércio se mudou de lá. O que restava ao longo da estrada de terra batida vermelha eram algumas ruínas em construção pela natureza e pelo mato alto. Raimundo ia guiando o grupo, contando essas e outras histórias da região, batendo no mato com um pedaço de pau como se fosse um facão desbastando a passagem. Algumas de suas histórias, como a de lobisomens sentinelas que protegiam o antigo caminho, eram mirabolantes demais para o gosto de Lauro — que vinha logo atrás com

Arturzinho. Tentavam manter alguma conversa, qualquer coisa que fosse para tirar a sua atenção da provável existência de cobras que o assombrava mais do que mulas sem cabeça ou lobisomens:

— Acho que Tancredo gostará de São Paulo.
— O que você pretende estudar, quando sair do Pedro II?
— Não sei. Talvez faça a Politécnica...

Ao reparar no mato se mexendo, Lauro paralisou e deu um pulo para trás. Acabou caindo sobre os pés de Manuela:

— AHHH!! Meu pé!! Cuidado!!
— Mil perdões, prima Manuela.

Ela respondeu com uma fungada rancorosa e continuou a caminhada.

— Manu, sabe o que essa estrada me lembra? — Laura puxou-a pela manga. — Aquela música... "Esta rua, esta rua tem um bosque...".
— "que se chama, que se chama Solidão..." — continuou a outra.
— "... dentro dele, dentro dele mora um anjo".
— "... que roubou, que roubou meu coração" — as duas cantaram juntas.
— "Se roubei, se roubei seu coração" — Raimundo foi para perto delas, cantarolando, mantendo os olhos fixos em Manuela. — "É porque você roubou o meu também. Se roubei, se roubei seu coração, é porque, é porque lhe quero bem".

Raimundo curvou-se diante de aplausos entusiasmados, deu um giro no ar e recomeçou a brincar, batendo no mato com o pau:

— Bento, bento é o frade!
— Frade! — gritaram Manuela, Arturzinho e Laura.
— Na boca do forno!
— Forno!
— Tirai o bolo!
— Bolo! — Lauro, atirando para longe a timidez, respondeu junto aos primos.
— Farão tudo que seu mestre mandar?
— Faremos todos!
— Vamos correr até o velho cipreste mal-assombrado. O último que chegar vai ter que entrar na casa de pedras!

Manuela deu um passo para trás:

— Isso não me parece uma boa ideia. Não poderíamos fazer outro tipo de aposta?
— UM... — Havia sido ignorada por Raimundo. — DOIS... — Todos

estavam em fila. — TRÊS!!!!!!

Correram em disparada. Manuela não poderia ficar para trás. Imagine, entrar na casa cheia de vozes e coisas estranhas! Não, não, não! Teria que chegar antes dos outros. Faria com que suas longas pernas deixassem de ser frágeis por hoje. Tiraria toda a sua força para alcançar o cipreste. Ele era mal-assombrado! Não pensaria nisso. Iria visualizar os braços de Tancredo no lugar do cipreste. Sim, era Tancredo que estava lá, esperando-a com um sorriso, formado advogado. Podia vê-lo, com os cabelos ao vento, debaixo do cipreste, aguardando por ela. Mais alguns passos e Manuela poderia jogar-se diante dele. Ouvia os outros atrás de si. Não poderia olhar para o lado senão perderia a concentração. Era Raimundo! Ele passara por ela sorrindo. Que lindo sorriso ele tem! Parece um destemido aventureiro. Ele a salvou da morte. Sim, a salvou de cair no precipício. Oh, novos passos! Seria Arturzinho chegando? Não podia deixar mais ninguém passar por ela. Aumentou a velocidade ao máximo. Agora nem mais sentia os pés. O estômago doía. Não devia estar correndo de boca aberta, mas ainda tinha resquícios da gripe, como o nariz entupido! Oh, não, sentia escorrer. Que horror! Que horror! Raimundo poderia ver seu nariz escorrendo. Concentração, Manuela! Oh, Arturzinho bateu em segundo na árvore e sentia duas outras pessoas atrás dela. Dessa vez, não ficaria por último. Podia até ver o rosto de Raimundo vermelho ainda pela corrida. A árvore estava próxima! Esticou a mão e tocou no tronco úmido. Que nojo! Espirrou tão forte que caiu nos braços do irmão. Antes fosse nos braços de Raimundo. Ele ria. Do que estava rindo? Uma coisa pegajosa escorria pelo rosto. Ficou vermelha e se enfiou atrás da árvore. O irmão lhe ofereceu um lenço. Que vergonha! Que vergonha! Melequenta diante de um garoto! Queria morrer!

Recomposta, Manuela se juntou ao grupo. Lá estavam Laura e Lauro, ambos bufando de cansaço. Qual dos dois chegara por último? Podia jurar que era Laura. Era bem pequena.

— Muito bem, muito bem. Vai ter que pagar a aposta.

Os dois últimos colocados se entreolharam. Havia sido muito difícil saber ao certo quem havia chegado por último. Estavam páreo-a-páreo.

— Mas se o dono aí estiver? — Lauro se aproximou de Raimundo, ainda retomando o fôlego.

— Ele não está. Quase não fica aqui. Viaja muito para a Corte.

— Que triste essa solidão. — Manuela devolveu o lenço ao irmão, que fez questão de dar para ela de presente.

— Triste nada! — Laura falava alto. — Adoraria ficar um tempo sozinha. Diga, o que sabe sobre ele, Filho do Raio?

Raimundo bateu os ombros. Conhecia muito pouco. Seus pais eram reservados em falar do Sr. Ouro Verde. Se soltavam algum adjetivo era de pena e tristeza, não mais do que isso, e o porquê ele nunca soube.

— Será que é um assassino em fuga do passado?

— Laurinha e suas histórias. — O irmão deu um tapa de leve em sua cabeça. — Quanta criatividade! Devia ser contadora de histórias, Laura!

Cansado de tanta conversa — mais afeito a ações e resoluções —, Raimundo rondou Lauro. O menino diminuía em si como se acuado diante do seu opressor a lhe comandar:

— Vamos lá, menino! Vai ter que pagar o que nos deve. O que foi, que cara é essa? "Boi, boi, boi da cara preta, pega esse menino que tem medo de careta!".

Lauro fechou os punhos. Quem aquele garoto achava que era para ficar rindo dele? Ninguém riria dele. Muito menos esse menino estranho que vivia descalço e agindo feito um selvagem. Nem respeitar as primas ele parecia saber. Não se deixaria intimidar por um qualquer, ainda mais um maltrapilho sem educação.

— Vá, Lauro! Será divertido! Uma grande aventura — repetia Laura, entre a empolgação e a preocupação. — Poderá nos contar tudo depois!

Não teria escolha. Promessa era promessa e Lauro deveria agir de acordo com a sua palavra. Assim o pai ensinou e assim o faria, mesmo que segurando o medo. O menino andou sozinho até a casa. Era uma grande construção de pedra que, apesar de ter dois andares, parecia muito maior. As janelas estavam todas fechadas e as nuvens cinzas que raptavam o céu azul eram refletidas pelos vidros, dando um ar de extrema tristeza à casa. Ouvia atrás de si os gritos de incentivo dos primos, o que o impediu de voltar atrás. Tornava-se uma questão de honra, mais do que de temor. Diante da porta, parou. Era de madeira pesada e escura. Como alguém poderia morar num lugar tão lúgubre?

Lauro respirou fundo e colocou a mão na maçaneta, pronto para girá-la. Sentiu seu corpo sendo puxado para dentro quando a porta se abriu num impulso. Da escuridão surgiu um homem, tão pálido e tão loiro que deveria ser estrangeiro. O que mais ressaltava eram os pequenos olhos azuis, tão ferinos e hipnóticos, que Lauro não conseguiu soltar uma só palavra.

— O que faz aqui? — O Sr. Ouro Verde ergueu a sua bengala de cabo de ouro. — Quem é? Não gosto de crianças me perturbando! — Levantou a bengala como se fosse acertar o menino. — Não vai responder? O que quer aqui? Qual o seu nome?

No desespero de não conseguir falar, Lauro olhou para trás. Perto do cipreste não havia mais ninguém. Será que haviam fugido quando viram a porta se abrindo? Todos o abandonaram diante do perigo? E o homem o sacudia ainda mais.

— Eu... — Contraiu-se, já aguardando a bengalada que levaria. — Lauro... Almeida... Eu...

— O que quer aqui, Lauro Almeida? E aonde estão os seus amigos? Hein? Querem o que na minha propriedade? Ver os fantasmas que comigo moram? Vamos, responda!

— Solte o meu primo agora mesmo — exigiu uma fina voz.

O Sr. Ouro Verde olhou para baixo e deparou-se com uma menina de seis ou sete anos, descabelada, suja e descalça, com as mãos na cintura e um olhar cortante de quem estava disposta a enfrentá-lo. Em pouco, veio Raimundo Aragão correndo. Empunhava um pedaço de pau de forma protetiva.

— Por que voltou, menina? — questionou o homem. — Por que não fugiu? Por acaso virei atração do Gabinete de Horrores?

— Não, senhor, eu não podia deixar o meu primo aqui sozinho. Por isso, vim em seu resgate.

— Resgate?

— Sim, antes que o senhor o levasse para dentro e nós nunca mais o víssemos.

Quem era aquela menina corajosa de grandes olhos castanhos? Por um segundo o homem a mirou, estudando a força que dela emanava, a qual muito lembrava alguém do seu passado. Abaixou a bengala, mas manteve a compostura ameaçadora, como se relembrando quem era e no que acreditava: afastar todas as emoções era um bem necessário para enxergar as melhores estratégias. No entanto, sempre que retornava àquela fazenda, esquecia-se disso.

— Então, agora falam isso de mim, que rapto criancinhas? Hah... — Empurrou Lauro para cima dela. — Vão embora daqui! Deixem-me em paz! — E bateu a porta.

Raimundo e Lauro poderiam ficar bravos com a atitude do senhor, já Laura sentia uma certa tristeza nele que a deixava mais condoída do que enraivecida. Teria gostado de conhecer a história daquele homem, o que o havia forjado de maneira tão melancólica. Sim, não era frieza o que ele tinha no olhar, era melancolia.

— Nossa, você foi corajosa! — Raimundo sorria para ela.

— Eu não podia deixar ele levar o meu primo. Se o matasse? Pior, se vendesse o Lauro para pessoas ruins?

— O Sr. Ouro Verde? Duvido. Não havia essa definição entre as coisas que ouvi dele. — Ao notar que Laura não prestava mais atenção nele, olhando no entorno à procura de algo, perguntou o que era.

— Aonde estão Manu e Arturzinho?

Raimundo soltou uma risada debochada, atirando a cabeça para atrás e com as mãos nos quadris:

— Eu os vi correndo para perto da estrada. A essa hora devem ter chegado em casa.

— Vamos atrás deles — propôs Lauro, ansioso para irem embora dali. — Quem sabe ainda poderemos alcançá-los?!

Os dois meninos voltaram para a estrada em poucos passos, um apostando com o outro — ainda que silenciosamente — quem andaria mais rápido sem aparentar pressa. Laura ainda ficou um tempo olhando para a casa de pedra. Uma criança e melancolia. Esse quebra-cabeças adulto ficava cada vez mais estranho e a deixava mais certa de que crescer poderia ser uma má ideia. Tinha que achar logo as fadas e fazer o seu pedido para ser criança para sempre. Um arrepio galvanizou o seu corpo. Achou ter visto uma figura negra passando pela janela do andar superior. Não ficaria mais para descobrir os segredos do tal homem, sua imaginação corria solta demais sobre o que se escondia naquela casa, o suficiente para que fugisse de lá.

10

— *Somos os piratas da perna de pau!*
Um braço pra cima quem já fez o mal!
Na nossa bandeira é uma caveira.
Usamos tapa-olho que dá coceira.
Pelos mares afora vamos navegando,
Pilhando e roubando, sem nunca temer...!

Manuela, Arturzinho, Laura, Lauro e Raimundo cantavam num coro que podia ser ouvido por tia Teocrácia de longe. Levantou-se da cadeira no alpendre e largou a costura para ver o que estava acontecendo. O grupo saía da mata sem reparar na expressão nem um pouco amistosa que os recebia. Piorada pela primeira coisa que a senhora notou: as roupas do filho. Lauro tinha a camisa desfraldada, a pantalete estava salpicada de carrapichos, as botinas sujas de terra vermelha, o paletó na mão e a gravata desamarrada. Era o grande vencedor da tarde por ter chegado perto da casa de pedra, mas a mãe nem poderia imaginar isso.

Imediatamente quis saber o que acontecera com ele para estar naquele estado lamentável. O menino perdeu a voz junto da cor de seu rosto. A última pessoa que queria ver no mundo naquele momento de descontração era a mãe — que podia ser pior que mil homens em casas de pedra.

— Diga, ou será que precisará de um incentivo para ter a sua língua destravada?

— Ele só foi brincar com a gente, tia Teocrácia — comentou Arturzinho.

— Brincar? E ficar nesse estado? Não acha que está muito grandinho para brincadeiras, Lauro Camargo Pinheiros? E digo o mesmo para a Sra. D. Manuela. Não veem que é hora de crescerem? Que o tempo de brincadeiras já passou? Vejam Artur Filho e o seu estado deplorável! Poderia agora estar se preparando para entrar na universidade junto ao meu filho Tancredo, mas prefere ficar se divertindo, o que nunca o levará a lugar algum! Querem ser como ele? Um homem feito e infantil? Não, Lauro, não permitirei que seja assim. Também não vou permitir que você, Manuela, futura esposa de meu filho Tancredo, seja uma tola cheia de sonhos infantis. Está na hora de crescerem e pararem de brincar com estes... — apontava para Laura e Raimundo —... estes selvagens. Manuela, seu estado passa longe do de uma verdadeira moça.

Laura coçou os pés nus. Será que crescer também seria ter que ficar limpa o tempo todo? Por que todos viviam dizendo que ela e Manuela tinham que crescer?!

Os olhos de Manuela foram se enchendo de lágrimas, e até mesmo os de Arturzinho. Mas nenhum dos dois demonstrou a humilhação. Arturzinho ergueu o queixo, estufou o peito, meneou e entrou na casa. Seria melhor do que discutir com a tia. Ao menos, guardava para si, satisfeito, todas as milhares de reclamações de Tancredo a respeito da mãe. Agora via claramente o motivo da sua incessante tentativa de entrar o quanto antes na faculdade do Largo de São Francisco — Tancredo queria se afastar da mãe.

Manuela entendera aquilo como uma agressão aos seus sonhos futuros. Ergueu a saia de seu vestido e viu as botinas sujas de terra e a barra azul-claro arruinada. Pediu licença e correu para dentro ao sentir que não conseguiria mais segurar as lágrimas ressentidas.

Ao passar pela avó, que estranhara aquele movimento, nem parou para falar com ela, indo para o seu quarto e lá ficando até a hora do jantar. Laura veio atrás e quase trombou com a avó. A menina desviou e subiu as escadas, escorregando pelos primeiros degraus. Se não fosse se segurar no corrimão, teria caído. Porém, nada a impediria de chegar onde queria — nem agora, nem nunca.

Desconfiada do que poderia ter acontecido ao escutar a voz alta e repressora da filha, a senhora foi para o alpendre:

— O que está acontecendo aqui?

Desgostoso de ver aquela cena e nada poder fazer a respeito, Raimundo pediu licença e foi embora.

Teocrácia, que ainda recriminava o filho, elencava toda a sua falta de qualidades que o levariam a um futuro cruel:

— Está bem crescido para ficar agindo feito criança e tendo suas roupas desarrumadas desse jeito. Pense que ainda esse ano entrará na escola preparatória, ou já desistiu de ser médico? Quero-o médico! Em Coimbra. Tem dez anos e precisa desde já se comportar como o homem que é. Agora suba e se arrume conforme sabe. Não quero ver nem um fio de cabelo fora do lugar, entendeu? Senão, serei obrigada a ir embora com você mais cedo do que pensa. Não acredito que essas companhias sejam saudáveis.

Lauro nada disse, retirando-se, cabisbaixo.

— Teocrácia, não acha que está sendo muito rígida com seu filho? Ele é apenas uma criança. É concebível que queira brincar com os primos.

— Concebível? — Se antes ela mantinha a irritação apenas no tom de voz, agora ela a havia atirado contra a mãe num duro olhar de raiva. — Acha que não sei cuidar de meus filhos? Faço muito melhor do que Artur e sua esposa. Reparou na forma como as meninas se comportam? Parecem filhas de um qualquer!

— Reparei sim. — A senhora mantinha a calma, com as mãos postas na frente do corpo; uma verdadeira dama. — Contudo, entendo, pois ainda são muito novas. Crianças que devem ser crianças enquanto podem. Na hora de crescer elas crescem, por mais que temamos isso.

— Eu sei o que pode ser bom ou não para meus filhos. Sei da hora em que devem crescer. E sei muito bem que se deve adestrar os filhos desde pequenos para que se tornem bons cristãos no futuro.

A Sra. Almeida enrugou a testa e nada mais disse, caída num sábio silêncio de quem prefere não discutir as experiências de vida.

❦

As lágrimas quentes rolavam pela pele macia e rosada de Manuela, indo parar por entre os fios que compunham o tecido da fronha do travesseiro. Lágrimas de despedida, assim diriam.

Laura entrou devagar no quarto, fechando a porta atrás de si. Sentou-se na beirada da cama da irmã mais velha.

— Não fique assim, Manu. — Passava a mão em sua cabeça, numa tentativa de confortá-la. — Não fica triste não. Ela é má e gente má fala coisa ruim.

A irmã nem respondia, incapaz de fazer alguma outra coisa do que chorar. O coração de Laura se apertava. Ver uma irmã querida sofrendo era muito ruim — dava vontade de chorar também. Abraçou a irmã:

— Fica triste não, senão eu também vou chorar.

— Eu não queria crescer, Laurinha. É muito doloroso crescer. Eu não queria.

— E você acha que eu quero crescer? Todo mundo ri quando eu digo que não vou crescer nunca. Mas a tia Teocrácia é uma pessoa muito má. Fica falando mal de todos. Não gosto dela e nem da forma que trata as pessoas. Não somos cachorros.

— Laurinha, eu não quero crescer dessa forma. Claro que eu quero um dia poder me casar e ter filhos, mas não agora.

— Não se preocupe, hoje mesmo, antes do jantar, vou lá no Castelo das Fadas fazer um pedido. Da última vez elas me atenderam. Vou pedir para que nem você e nem eu venhamos a crescer. Vou pedir que possamos ser crianças para sempre para podermos sempre brincar. Prometo! Hoje mesmo — apertou o abraço e deu um beijo em sua testa.

Para Manuela as palavras de Laura poderiam ser da boca para fora, mas para a pequena aventureira eram sinal da sua índole verdadeira, de quem não media o que seria dito e, sim, dizia o que seria feito.

❀

Nenhuma pessoa na sala; caminho livre para Laura. Na ponta dos pés seguiu até o alpendre, onde estava Lauro, sentado numa cadeira, lendo um livro. Agachada, como se na espreita, tentou chamar atenção do primo:

— Ei! Ei! Psiu...

Abaixou o livro:

— O que foi, Laura? — sussurrava, temendo que a mãe os escutasse. — Por que está assim? De quem se esconde?

— Venha comigo, preciso de você...

— Para quê?

— Preciso ir até o Castelo das Fadas fazer um pedido.

— Mas agora? Estou todo arrumado. — Voltou-se para a janela. — E seria perigoso entrar na mata agora. Está quase sem sol, é muito escura e deve ter muitos animais perigosos à solta...

— Se for para ser tão medroso, então não vá. — Laura cresceu no tom de voz, provando-se determinada. — Eu vou sozinha!

— Não! Espere...! Eu vou com você. Não seria certo deixá-la correr perigo sozinha. Afinal, sou seu primo mais velho.

— Dois anos mais velho — enfatizou ela.

Os dois trocaram sorrisos. Rumariam para a nova aventura, juntos, embrenhando-se no mato.

Com o cair do sol, as árvores escureciam o caminho, fechando a visão e impedindo que pudessem enxergar muito mais do que além das margens da pequena trilha.

— Temos que ter muito cuidado — avisava Lauro, olhando para todos os lados que sua cabeça permitisse virar. — A qualquer momento podemos nos dar de encontro com algum bicho. — Ao não obter resposta, ele gelou. — Laura? Laura? Cadê você?

— Estou aqui! Não grite, assim vai fazer com que os bichos nos descubram.

Ele se arrepiou com a resposta dela. Se pretendia acalmá-lo, havia conseguido o efeito contrário. Tentando recuperar o ar nos pulmões, Lauro comentou com uma falsa serenidade — que fazia os lábios de Laura coçarem de vontade de rir:

— Devo dizer que o sol está se pondo e aqui está ficando tão escuro, que mal enxergo o meu próprio nariz.

— Mais um pouco e estaremos no Castelo. Já posso até ouvir o barulho da cachoeira.

— Ai!

— O que foi?

— Laura, um bicho me picou. Acho que foi uma cobra! Meu Deus! Meu Deus!

— Não se desespere. Deixe-me ver!

Lauro não conseguia ver mais do que a forma da prima. Sentiu a mão dela tateando a sua perna e cutucando-a. Depois as mãos dela foram para o entorno e, por fim, seus dedos agarram o braço dele:

— Bobo, você roçou numa pedra.

Pedra ou não, Lauro estava tão determinado a voltar quanto Laura estava em continuar naquela trilha escura. Se ao menos houvesse uma lua. Mas nem isso eles poderiam esperar. Era época de lua nova.

— Desculpe, mas acho melhor nós voltarmos. Não pode fazer esse pedido de casa?

— Agora que estamos aqui eu vou até o final. — A menina puxou-o pela mão. — Olhe, falta pouco...

Em alguns passos abriu-se a mata numa verdejante clareira cortada pelo riacho. Colorida pelo entardecer, em tons de vermelho e laranja do céu refletidos no espelho d'água, era outro mundo que se fazia, regido pela doce imaginação da natureza recém-descoberta. A réstia dos raios de sol inclinava-se sobre o tronco e parecia que luzes haviam sido acesas, iluminando as "portas e janelas" do Castelo das Fadas.

— Nossa, eu até tinha esquecido de como aqui é bonito — comentava Lauro, perplexo e esquecido de se arrepender de lá estar.

Num movimento, Laura empurrou a cabeça do primo para o chão:

— Esconda-se!

— O que foi? — perguntou ele, ansioso, agachando-se.

Era bicho? Era cobra? Ela o tal lobo branco que Manuela havia mencionado? O que poderia ser que ali havia para deixar a destemida prima "nervosa"? Estar com Laura era tão tranquilizante quanto ter um par de soldados fazendo a sua segurança no colégio interno enquanto os pais estavam no Paraguai.

— Pode ser que vejamos alguma fada. Está de noite e nenhuma delas imagina que uma pessoa possa vir nessa hora até aqui. Podem até estar fazendo uma festa a essa hora. Veja as luzes!

O menino buscou por fadas e via apenas a água colorida, o tronco enfiado e a mata escura ao redor. Não havia nada que se assemelhasse a uma fada. Ainda estava esfriando e não queria estar ali à noite, era melhor voltarem para casa. Logo. Antes que cobras ou outras criaturas terríveis se acercassem deles.

— Olhe, Lauro! São fadas! São fadas, Lauro!

Não podia ser! Luzinhas saíram do meio das árvores e volitaram na direção da água. Eram quase vinte luzinhas, bem pequenas, voando de um lado ao outro, sem muita ordenação, enchendo o ar de magia. Piscando devagar, sem qualquer sincronia, numa música própria e inaudível aos ouvidos humanos.

Num olhar mais atento, Lauro comentou:

— Não são fadas. Devem ser vaga-lumes voando perto do espelho d'água. Há muitos de noite. O que faz aí ajoelhada? Vai rezar a uma hora destas?

— Fadas que iluminam o mundo, por favor, ouçam a minha prece: façam com que minha irmã Virgínia se cure, por favor. Ela é meio chorosa, mas eu gosto dela. Ah, e se possível, façam com que eu e minha irmã Manuela nunca precisemos crescer. É muito ruim ser grande. Queremos ser crianças para sempre. Por favor, fadinhas, ouçam este meu pedido como já ouviram tantos outros antes!

O som de galhos quebrando e folhagem se mexendo deixaram Lauro num estado de atenção que o impediu de escutar o resto da prece de Laura. O primo a puxou pela mão:

— Vamos embora, Laura. Já fez seu pedido e já viu as suas fadas. Esses barulhos...

— São sapos coaxando.

Um turbilhão de luzinhas piscantes envolveu Laura. Paralisada em meio ao encanto, a menina abriu os braços. Ao seu movimento, as luzinhas iam e viam. Era ela a maestrina do seu voo. De um lado ao outro, para cima e para baixo, ao erguer aos céus numa nuvem as luzes se transformaram e subiram em direção do infinito, espalhando-se tal estrelas.

Eram fadas! — Só poderiam ser fadas!

Lauro teve de puxá-la pela mão para trazê-la de volta à realidade e constatarem que estavam perdidos no meio da mata escura e sem fadas, ou seja, sozinhos.

11

— Estou com frio. — Laura parou, sentou-se no gramado e abraçou as pernas. — Estou com fome. Meu estômago chega a roncar.

— Também estou com fome, mas não podemos fazer nada. Não tem comida por aqui. Nem dá para ver o que tem à nossa frente. Se não tivéssemos saído ao escurecer, agora não estaríamos perdidos no meio da mata. E já devem estar preocupados conosco — reclamava Lauro, mais preocupado em ser achado pela mãe do que em estar perdido.

A prima enfiou a cabeça por entre as mãos e começou a chorar. Laura demonstrava que ainda era criança, apenas, e que toda a coragem e valentia de nada serviam senão no mundo da imaginação. O primo, dois anos mais velho, não soube o que fazer para ela parar. Não havia comentário ou piada que impedisse as lágrimas. Partia o seu coração ver a menina naquele estado e ele, como o "homem", não ter o que fazer — afinal, era ele mesmo uma criança e tinha medo. Foi para perto de Laura e sentou-se do seu lado. A prima, sentindo-o aproximar, deixou a cabeça pender em seu ombro. Demorou alguns segundos até que ele decidisse abraçá-la — não seria apropriado, diria a mãe, mas menos ainda era estar numa mata escura com a prima. No entanto, esse pensamento passou tão rápido quanto a sua coragem, e ele, também criança, quis chorar. Mas aguentou firme como um bom menino — menino não, homem:

— Deixa que eu levo a gente de volta para casa. Vou descobrir um meio.

— Não adianta, nós não vamos conseguir — fungava Laura, ao sentir o seu nariz escorrer.

— E se você fizesse um pedido às fadas? Elas poderiam nos ajudar a encontrarmos o caminho.

— Não! Fadas não existem! São coisas de criança! Eu me enganei! — O choro aumentou e Laura apertou o abraço, limpando o rosto molhado na camisa dele.

— Eu não acho.

Ao escutar isso, Laura se afastou. Mirava-o surpresa. Não poderia esperar outra coisa do que descrença por parte do primo. De alguma forma, verdade ou mentira sobre o que dizia ou acreditava, ele conseguiu o efeito desejado: fazê-la esquecer de chorar.

— Não acha?

— Eu acredito que... — pensou. — Eu acredito que as fadas possam nos ajudar. O que não vai nos ajudar é ficarmos chorando aqui.

Era perceptível a força que vinha de dentro do menino — ainda que sem entender de onde vinha essa fonte de coragem, que a prima acionava com o seu suplício —, tanto quanto a necessidade dela em voltar para casa. Agora ela entendia a expressão "o que era estar no mato sem cachorro" que os adultos gostavam tanto de mencionar.

— Certo. — Ela pareceu sorrir, o que o acalmava.

Ajoelhados, no meio da mata escura, os dois ficaram. Levantaram as cabeças para o céu estrelado que se deitava sobre eles. De mãos dadas, fecharam os olhos e acreditaram com todas as suas forças. Queriam sair de lá, que o caminho para a saída se abrisse diante deles e que as fadas os levassem para casa.

A mata parecia adormecida. Silêncio. A coruja parou. Nem um grilo podia ser ouvido. Morcegos calados. Nenhum ruído. Uma brisa mexeu a folhagem, raspando os troncos, subindo pelos meninos até alcançar os céus.

Os primos abriram os olhos. Puderam ver que, de trás de um arbusto, saíram milhares de luzes pequeninas. Pontos coloridos que pareciam querer levá-los para algum lugar. De mãos dadas, os primos seguiram o caminho indicado por aquelas luzes. Tamanha era a velocidade que tiveram que correr atrás para não se perderem. Maravilhados com a beleza daquelas luzinhas rodopiando no céu, formando uma nuvem brilhante no meio da escuridão da mata, deram pouco atento para onde eram guiados, pois, para eles, bastava acreditar.

— Já posso sentir que estamos perto de casa — dizia Laura, imbuída de uma felicidade indescritível aos seus sentidos.

Ao final de suas palavras, as luzinhas se dispersaram, sumindo por entre as árvores. Os meninos pararam tentando entender o que acontecia. Nem um sinal. Contudo, antes que se desesperassem, um barulho alto, de estalos, foi ouvido. Laura segurou firme na mão do primo. Seria o lobo branco que estava pronto para atacá-los? Não queria morrer. Tinha que ver seu papai e sua mamãe antes. Apesar de ir para o Céu com Deus, ia ter saudades dos pais e das irmãs.

Na escuridão uma fresta de luz foi se abrindo e revelando o compasso de uma pessoa.

Quando mais próximo dos dois, o rosto do aventureiro foi iluminado pela luz do candeeiro.

— Raimundo!

Laura soltou a mão do primo e foi correndo para o amigo, abraçando-o com força. Um pouco desconcertado com a reação da menina, Raimundo se afastou e explicou o que fazia lá:

— Ainda bem que os encontrei. Não imaginam como estavam preocupados com vocês. Pediram que eu ajudasse nas buscas, já que conheço os lugares que gostam de ir. Mas por que foram se aventurar a esta hora? Não podiam esperar a manhã? — Ao perceber os olhos mareados de Laura, engoliu a bronca. — Não vou dar sermões. Além de serem ruins, já ouvirão muitos por esta noite. Vamos logo para casa. Antes tenho que avisar que encontrei vocês. — Ergueu a lamparina e balançou-a no ar. — EU OS ENCONTREI! EU OS ENCONTREI!

Algumas vozes de longe foram ouvidas em resposta. Raimundo mostrou o caminho de volta, curioso com o que os levou à aventura noturna. Nem Laura, nem Lauro, quiseram dizer os motivos daquela jornada perigosa. Ficaram quietos, apenas. A única coisa que queriam naquele instante era voltar para casa, rever os rostos conhecidos, resgatar todo o conforto perdido pelos medos que a noite provocava. Ao verem a casa dos avós toda acesa, os dois começaram a correr pelo gramado de encontro com a porta aberta da sala. Aquela luz morna era receber um abraço quentinho e carinhoso.

Ao colocarem o pé na porta, as faces preocupadas se viraram para eles — talvez fosse mais fácil ficarem perdidos na mata à noite do que encarar as faces zangadas da família.

De cabeça baixa, entraram na sala. O avô foi correndo abraçá-los enquanto a avó entregava chá para os achados. Manuela e Arturzinho, num canto da sala, ficavam observando qual seria a reação de tia Teocrácia — desta vez, infelizmente, ela teria razão.

— Quem pensa que é para ficar dando trabalho à sua mãe? Acha que ainda é criança para ficar agindo como tal? Estou farta das suas brincadeiras irresponsáveis. A partir de hoje está de castigo por um mês. E se reclamar, ficará por mais dois meses. Quero que, durante este seu cárcere, possa pensar bem na besteira que fez e crie para si um melhor condicionamento comportamental. Estejamos entendidos!

Lauro nada disse, enfiou o queixo no peito e subiu para o quarto.

Satisfeita com a bronca, a tia tornou-se para Laura. Seus olhos cresceram na raiva à medida que ela falava:

— Quanto a você, menina, acho melhor parar de ficar incutindo besteiras na cabeça de meu filho. Não sou sua mãe, graças a Deus!, mas se fosse, com certeza, isso não teria acontecido e nem irá acontecer novamente. Vejo que é teimosa, pois me encara sem medo. Nada que uma boa palmada não resolvesse. Mas, como disse antes, não sou sua mãe.

Terminou ainda puxando o ar, como se cansada de tantas palavras. Ajeitando os cabelos e as roupas, a senhora se retirou para o seu quarto e para as suas reclamações consigo mesma.

Os avós aguardaram que tia Teocrácia se fosse para que, eles mesmos, começassem o seu próprio monólogo sobre responsabilidade e obediência. Tanto o avô quanto a avó se intercalavam, fazendo do dueto algo ainda mais pesado de ser escutado por Laura. E não haveria nem o apoio dos irmãos, pois ambos estavam certos que ela merecia bem mais pelo susto causado aos avós.

— Laura, como pôde assustar-nos dessa maneira? Ficamos muito preocupados com você. E se algo acontecesse a algum de vocês? Já não lhe disse que deveria me avisar quando saísse de casa? Por que não o fez?

— Não sei — murmurava, arrependida, ainda que sua lógica não alcançasse a da avó. — Você só disse que eu não poderia ir sozinha. Não falou nada sobre avisar.

— Não achei que precisasse ainda ressaltar que não fosse à noite.

— Não vê que eles estão velhos demais para se preocuparem com isso? — Manuela se intrometeu.

— Deixe que eu e seu avô cuidamos disso, minha querida. Vá dormir. Arturzinho, você também. Amanhã cedo seu avô os levará para passear na cidade. — Os dois festejaram. — Quanto a você, senhorita, ficará em casa, de castigo, pensando no que fez hoje. Foi muito perigoso! Se não encontrássemos vocês? Se algum bicho tivesse atacado vocês? Tome seu chá e vá direto para cama. Entendeu?

Não havia como não obedecer. Laura havia feito besteira, estava arrependida e sentia que merecia toda a recriminação do mundo. Deitada na cama, ela introjetava o que havia sido dito e tentava entender de que maneira poderia consertar. Não queria passar o resto de sua vida deixando aqueles que amava preocupados.

— Então, como é a mata à noite? Assustadora? — perguntava Manuela, curiosa, após muito se revirar na cama. — Tem muitos bichos ferozes? Viu o lobo branco? Não me diga que conseguiu ver as fadas?! — Laura sorriu para ela, apalpando o travesseiro. Deu as costas e fechou os olhos sem dizer nada. — Laurinha... Laurinha, não finja que está dormindo. Sei que está acordada... Laurinha, conte-me... Lau?! Você já dormiu? Lau...

12

Tendo que passar o dia em seu quarto, Laura decidiu que escreveria a sua aventura no diário. Seria interessante um dia poder contar essa história para seus netos. Sim, escreveria tudinho. Claro que faria algumas mudanças. Poria uns monstros e umas fadas para dar um sabor a mais à obra que faria. Mordia a língua fora da boca para caprichar na caligrafia quando bateram à porta. Deitada de bruços na cama, pendendo a cabeça e as mãos sobre o diário no chão, empurrou-o para debaixo juntamente da tinta e a caneta de pena. Os olhos, vidrados na porta, aguardavam que entrassem.

Foi-se abrindo devagar às suas expectativas. A cabeça de Lauro aparecia aos poucos. Tinha olhos ansiosos, parecia um filhotinho, o que até dava vontade de proteger. Aguardou ele analisar o quarto para confirmar se havia mais alguém lá. Constatando que não, entrou e fechou a porta atrás de si. Sentando-se na cama, Laura estranhou a visita — estavam de castigo, não?

— Todos foram para cidade. Inclusive a senhora minha mãe. Aproveitei para ver se você estava bem e se abusaram do seu castigo. Do que ri? Disse alguma coisa engraçada?

— A forma como você chama a sua mãe é muito engraçada.

— Não é engraçada, é educada. Como você chama a sua mãe?

— De mamãe, carambolas!

O menino mordeu os lábios e Laura torceu a boca, cada qual admitindo o erro da noite anterior e que seria errado ficarem conversando por muito tempo. Tinham um castigo a manter. Ficaram quietos um pouco mais, no entanto, querendo falar sobre as luzinhas que haviam visto e se realmente eram fadas. Nem todo mundo acreditaria em sua história — teriam apenas um ao outro para confiar. Lauro também gostaria de entender o que era aquele sentimento de perda que pesara em seu peito e deixara-o com vontade de chorar, quando Laura soltou a sua mão no ar e foi correndo para os braços do menino selvagem. Não gostava daquela sensação de solidão e, muito menos, de ver a prima abraçada a outro.

Com as mãos atrás das costas, ele se levantou e deu um giro pelo quarto como se procurando por algo:

— O que fazia antes de eu aparecer?
— Estava escrevendo o que aconteceu ontem conosco.
— Posso ler?

Ela entregou a ele o diário, cuidadosamente retirado debaixo da cama.

— A tinta ainda não secou completamente, tome cuidado.

O menino se acomodou no chão com o diário sobre as pernas.

— Desde quando fomos perseguidos por uma matilha de lobos brancos? E também não me lembro de ter roubado comida de um gigante de um olho só.

— Isso é só uma história. Não é o que aconteceu de verdade.

Lauro levantou as sobrancelhas e abriu a boca. Ahhhh... Um ato de deboche. Laurinha foi para perto da janela, entediada com a hipótese de ter que passar o dia todo trancada no quarto. Será que seria o dia todo, ou a semana toda? Esqueceu de perguntar à avó até quando duraria o seu castigo. O de Lauro seria de um mês, ou dois. E ele pareceu nem se importar! Como conseguira ficar tão calmo frente a uma situação tão aterrorizante como esta? Queria ser como ele, corajoso e destemido — sim, porque para ter tia Teocrácia como mãe, precisava das duas coisas. Se fosse menino até poderia ser amiga dele, porém, nascera menina — contra a sua vontade — e tanto Nana quanto suas irmãs falavam que meninos e meninas não poderiam ser amigos. Laura não entendia o porquê, afinal, Raimundo havia se mostrado um divertido amigo, ademais de ter salvo ela e Lauro na mata. Não, não era capaz de entender determinadas coisas, principalmente porque meninas como ela não poderiam ter determinadas regalias que só o irmão tinha. Poder aventurar-se longe de casa, usar calças ao invés de vestidos — que a atrapalhavam consideravelmente nas vezes que queria brincar de guerra. Arturzinho também não precisava passar o dia em casa cuidando dos cabelos — ao menos, era só uma vez por semana que tinha que se preocupar com isso. Como era ruim ter que ficar prendendo papelotes e penteando os cabelos! Preferia ser careca, às vezes, que nem a Cotinha o era agora.

Encostou a cabeça no vidro da janela. Bocejou. Não havia se acostumado ao tédio. Fazia uma manhã tão bonita lá fora e era obrigada a ficar dentro de casa. Aborreceu-se. O mundo dos adultos tinha tantas regras que nem dava vontade de fazer parte dele. Mais um motivo para não querer crescer — e mais um para deixar as fadas em paz, haviam já ajudado ela e Lauro a voltarem para casa, não poderia pedir muito mais.

Uma pedrinha invadiu seus pensamentos.

A segunda pedrinha assustou-a.

Na terceira, Laura abriu a janela e pôs a cabeça para fora.

Era Raimundo a lhe gritar:

— Venha, vamos brincar!

Reconhecendo a voz, Lauro foi para janela.

— Vamos, Laurinha! Preciso de um tenente para o meu exército! — insistia o menino, de camisa aberta ao vento, calças enroladas, certamente um aborígene mal-educado e que não sabia respeitar as regras.

— Estamos de castigo, não podemos — retrucou o menino, vexado com aquela "intromissão ao castigo" deles.

— Seus avós acabaram de sair! Não tem ninguém que vá contar para eles que saímos para brincar um pouco! É rapidinho! Voltamos antes deles chegarem!

Um minuto para pensar.

— Está bem — disse Laura, sem levar todo esse tempo. — Desço num instante!

Uma mão puxou o seu braço e Laura tomou um susto, achando que iria cair no chão.

— Laurinha, não pode fazer isso — avisou o primo, primando pela obediência. — Não pode simplesmente fugir do castigo. Não é certo! Se mandaram ficarmos de castigos, temos...

Não terminando de ouvi-lo, o ímpeto de Laura carregou-a porta afora. Restou a Lauro engolir sua obediência e prostrar-se na janela a observar os amigos correndo pelo gramado em meio a risos e a pulinhos de alegria de quem tinha a liberdade bordada na alma feito asas.

❧

— Cuidado aqui para não escorregar — dizia Raimundo, segurando Laura pela mão. — Essas pedras têm muito limo.

Guiava-a pelas pedras sobre a água até encontrarem uma cachoeira. Alguns pingos deram bitocas geladinhas no rosto de Laura, o que a fez soltar uma gargalhada.

O que o amigo queria mostrar estava além dessa cortina de água. Os pés descalços procuravam pisar nos mesmos pontos pelos quais os dele passaram. Antes de entrarem por debaixo da cascata, Raimundo pediu que ela fechasse os olhos. Fê-lo sem dúvidas. Foi puxada por mais um tempo. O barulho da água foi se tornando mais alto. Quase ensurdecedor. Uma sensação de molhado. Depois, um calorzinho seguido de uma sensação de eco. Estava mais escuro onde ela estava. Será que nuvens encobriram o sol?

Agora podia abrir os olhos. Uma lagoa azul anil por detrás da cachoeira, escondida no meio de uma gruta. Um raio de luz ultrapassava as pedras pontiagudas caindo diretamente na lagoa, enchendo seu chão de ouro. Como aquilo era possível? Raimundo não soube explicar, mas garantiu que a água era potável.

— Quando sair do castigo eu vou ensiná-la a nadar para que possamos vir aqui. Esse será nosso local secreto. Só nós dois conheceremos esse segredo. — Ele se aproximou da amiga, ainda maravilhada em analisar o efeito da luz na água, e pegou a sua mão. — É o nosso segredo. — Ela meneou a cabeça e quando foi tirar as mãos das dele para correr para a beira da lagoa, ele a segurou mais um pouco. — Laurinha, posso dizer uma coisa? Gostaria de... — Olhou para o próprio pé. — É... que... quando crescer... você gostaria de se casar comigo? Não me entenda mal — disse ao reparar que ela ficara muda. — É que eu gosto muito de você. Adoro brincar com você! E quando crescer, acho que vai ser uma companhia muito divertida e poderemos brincar mais ainda. Manuela seria o ideal, mas ela vai se casar e se preocupa demais com a aparência, enquanto você é como eu. O que acha? Aceita se casar comigo quando crescermos?

A simples ideia de crescer repugnava Laura tanto quanto a de se casar. Por que Raimundo tinha que estragar aquele momento tão gostoso com casamento ou crescimento? Não era hora de Laura crescer e, muito menos, pensar nisso.

A expressão de nojo dela deixara-o confuso, até que Laura gritou, gerando um eco que reverberava por toda caverna:

— Nunca! Nunca vou crescer! Nunca! Nem vou me casar!

E saiu correndo para fora da gruta. Raimundo tentou avisar que era perigoso, mas a menina não quis ouvir. Foi pulando as pedras de qualquer jeito. Não queria saber se escorregaria ou não. Atrás dela, temendo tanto pela sua segurança quanto pela própria, vinha o garoto chamando-a. Mas parecia que a cada chamado seu, mais distante Laura ia ficando e, por fim, ele acabou desistindo.

Laura corria para bem longe da ideia de crescer. Corria o máximo que suas pernas permitiam. Laura não iria crescer. Não iria. Nunca!

※

As pernas pararam ao deparar-se com a avó e a tia saltando da carruagem na sua frente. Não poderia ter sido pior a maneira com que havia sido pega: cabelos bagunçados, pés descalços, segurando ainda as botinas. Era fácil determinar aonde ela estava e o que fazia, apesar do castigo.

As duas senhoras não entenderam o que fazia ali fora, com os pés sujos de lama e os sapatos na mão.

— Não acredito que tenha desobedecido as minhas ordens, Laura! — O pior não era o tom de bronca da avó, mas o olhar de decepção.

— Desculpa, vovó. Eu não devia ter ido! — As lágrimas que caíam de seu rosto não eram de remorso, eram de decepção, o que deixou a senhora confusa. O que havia acontecido? Nunca poderia imaginar que Laura havia acabado de perder o melhor amigo para a vida adulta e nada poderia ser pior para ela do que isso, quiçá a morte fosse páreo.

— Acha que suas desculpas vão resolver isso? — A tia quis tomar as rédeas da conversa, aproveitando o silêncio da menina. — Não, senhorita. Ordens são ordens! Elas existem para serem cumpridas. Sem elas, o mundo seria um caos. Não queremos que o mundo se torne um caos por causa da irresponsabilidade de pessoas como você, não é mesmo? Volte para seu quarto imediatamente e fique lá pelo resto do dia. Ficará sem comer por causa da sua transgressão.

"Transgressão? O que era transgressão?", ah, Laura não teria tempo para pensar nas palavras difíceis da tia. Queria apenas voltar para o seu castigo, de onde nunca deveria ter saído.

— Tem que aprender a ter modos! — insistia a tia, ainda que notando que a menina se distanciava dela. — Além do mais, não quero que fique influenciando meu filho com seu mau comportamento. De hoje em diante está proibida de falar com ele sem que eu permita. Entendido? Proibida de falar com Lauro!

Laura havia entrado na casa e tia Teocrácia teve que se contentar com um olhar negligente da avó, para quem prepararia o próximo sermão, sem piedade. Ao abrir a boca, a sua mãe estendeu a mão e a interrompeu antes das primeiras palavras:

— Teocrácia, minha filha, cala a boca. — E foi para dentro da casa, deixando a mulher, que nunca havia sido confrontada pelos pais antes, perplexa com o que havia acabado de escutar. Tanto que não conseguiu concatenar alguma resposta à altura.

Diário de Laura
Petrópolis, 01 de fevereiro de 1872

Vovó disse para eu escrever no meu diário sobre o meu castigo. Disse que assim eu posso pensar melhor sobre as tolices que fiz. Sei que não devo desobedecê-la. Eu só queria brincar com o Raimundo. Não gosto de ficar dentro de casa sem fazer nada. Tenho tantas histórias para contar para o Raimundo! Vovô disse que se eu me comportar bem, no fim da semana eu saio do castigo. Vou ser um anjo.

O Lauro não está mais aqui. Ele voltou para o Rio de Janeiro. A tia Teocrácia foi embora e levou ele. Ela disse que eu sou uma má influência para o Lauro. O que será que significa má influência? O "má" eu entendi e não gostei. Pensei em dar duas respostas malcriadas. Não fiz nada porque achei que o vovô e a vovó iam ficar muito tristes comigo. Sempre esqueço que a tia Teocrácia é filha deles.

A Manu passa os dias no jardim com a vovó, aprendendo a bordar. O Arturzinho fica com o vovô lendo livros. O Raimundo não aparece mais. Deve ser porque eu fugi dele na gruta. Eu não quero crescer, casar e cuidar de marido. Quero ser criança para sempre e caçar fadas!

Estou cansada de não ter o que fazer. Minha mão está doendo. Deve ser porque estou escrevendo bastante.

Petrópolis, 04 de fevereiro de 1872

Agora eu posso brincar. Não aguentava o quarto. Passei a manhã jogando xadrez com o vovô. Ele joga muito bem. Eu ganhei do Arturzinho uma vez. A Manuela não quis brincar. Disse ser coisa de menino. Mostrei a língua para ela. Ficou tão irritada que não falou mais comigo durante o resto do dia. A cada dia ela está ficando mais sem graça. Não quer mais brincar de nada. Fica me corrigindo o tempo todo quando falo "carambolas". Diz que é adulta agora, que é mocinha.

Não vejo o Raimundo há quase uma semana. Ele deve estar bravo comigo.

Petrópolis, 10 de fevereiro de 1872

O Raimundo veio brincar comigo hoje. Ele não está bravo comigo. Disse que o pai caiu doente e teve que ajudar os irmãos na roça. Ele me perdoou e não falamos mais da briga.

Hoje fomos até a cascata. Fizemos uma incrível descoberta. Tinha um homem lá. Preto que nem o céu de noite. Raimundo perguntou o que o homem fazia lá. Ele disse que estava fugindo. Ele estava com fome. Fui em casa e peguei alguns biscoitos e um pedaço de bolo. Demos a comida ao homem. Ele agradeceu e foi embora. Pediu que não disséssemos a ninguém que o encontramos. O Raimundo me explicou que ele era um escravo. Perguntei o que era um escravo. O Raimundo ficou espantado comigo. Disse que escravo são as pessoas que trabalham para nós sem ganhar nada por isso, sem liberdade para ir para onde quiserem. Será que a Nana é uma escrava? Vou perguntar para ela.

Vou dormir. Está tarde e a Manu ronca. Se ela souber que escrevi isso, vai ficar muito brava. Ela já está brava, qual a diferença?

13

"*Queridos filhos,*
É por meio desta que venho avisar da melhora de sua irmã Virgínia. O médico esteve aqui em casa hoje pela manhã e avisou que ela está curada. Contudo, ainda tem que permanecer de repouso por mais uns dias.
Papai e eu estamos com muitas saudades de vocês, meus queridos. Espero que não estejam dando trabalho aos seus avós.
Alice e Mariana já estão conosco. Só faltam vocês para termos a família reunida novamente. Semana que vem poderemos realizar este feito. Seu pai irá buscá-los dentro de alguns dias. Até lá, continuem comportando-se.
Um beijo em cada um de vocês,
  Mamãe"

A Sra. Almeida dobrou a carta e a deu para Arturzinho. O garoto guardou-a no bolso, escondendo os olhos moídos de saudades:
— Bem, é isso. — Limpou a voz. — Nós vamos voltar para casa dentro de alguns dias.
— Eu não quero ir! — Laura cruzou os braços.
— Seus pais devem estar com saudades de vocês. — A avó passou a mão na cabeça dela.
— Mas eu gostei de ficar aqui. Gostei da senhora! E do vovô também!
— Nós sempre estaremos aqui — dizia o senhor, enfiado na sua cadeira, tentando esconder as suas lágrimas. — Estaremos aqui para que possa vir nos visitar sempre.
— Laurinha — Arturzinho se sentou ao seu lado —, está na hora de voltarmos. Papai e mamãe querem que a gente volte. A Gini está melhor de saúde e também deve estar com saudades das nossas brincadeiras.

Você vai poder visitar o vovô e a vovó sempre que quiser. Além do mais, os meus estudos estão começando e eu preciso voltar.

— Está bem. Vamos voltar — disse entre as fungadas de quem segurava o choro. — Mas desde que eu possa rever o vovô e a vovó sempre que eu quiser. E quem vai me contar histórias da expedição na África? Quem vai brincar de pirata comigo? Vou sentir saudades do Raimundo também.

— Façamos o seguinte — propôs a avó —, divirta-se o máximo que puder aqui. Sem pensar em ir embora. Vá atrás das suas fadas. Seja quantos piratas quiser ser. Porque assim, no dia que for embora, vai estar cansada de viver as mesmas aventuras e irá querer novas aventuras. E quando voltar, vai ter vontade de repeti-las todas.

Laura pulou do sofá. O amanhã ainda não havia se tornado hoje e viveria tão ensolarada quanto os dias enquanto estes ainda estivessem bem longe de acabar.

Foi à caça das fadas.

Diário de Alice
Petrópolis, 17 de fevereiro de 1872

Querido diário,
acho que é esta a forma mais apropriada para se começar um diário, pois moças muito requintadas têm diários e pelo que saiba começam escrevendo neles assim. Como também sou muito elegante, aceitei esse diário com que a vovó me presenteou, apesar da cor da capa ser um pouquinho feia. Pretendo nesse diário escrever todos os meus mais profundos e importantes segredos, porque os que não são importantes não são necessários. Além do mais, um dia, quando eu me casar com um homem bem rico e bem bonito, não vou querer que ele leia as besteiras que escrevo aqui. Por isso, só vou ter coisas importantes escritas. Coisas que eu só diria para o meu diário.

Para começar, vou contar sobre a minha viagem a Petrópolis. Quando soube que papai vinha, quis vir também. Há muito tempo que eu não viajo. E meninas elegantes fazem muitas viagens. Tive de insistir muito. Acabei conseguindo. Vim a viagem toda comendo um delicioso bolo de fubá que a Nana fez. O que a vovó faz também é gostoso, mas o da Nana é melhor. Quando chegamos aqui, eu achei que iria encontrar pessoas muito elegantes. Porque, geralmente, quando pessoas viajam, elas encontram outras pessoas que viajam. E quem viaja é muito elegante. Não encontrei ninguém e achei que a viagem tinha sido muito demorada.

A vovó e o vovô foram muito simpáticos comigo. A vovó me deu esse diário e o bolo. O vovô quis me contar umas histórias da África. Eram muito estafantes — minha prima Carolina disse que meninas ricas dizem muito esta palavra: estafante. Preferi brincar com a Laura e um menino com quem ela fez amizade. Eu não sei o nome dele. É um menino bonito. Fomos brincar de piratas. A Laura foi o capitão. Fiquei assustada com a escolha dela. Ela poderia ter sido uma princesa capturada — como eu. O tal menino era um outro pirata que ia me salvar. Não terminamos de brincar porque chamaram a gente para almoçar. Depois do almoço, que estava uma delícia, a Laura e o menino quiseram me levar até as fadas. Eu sei que fadas não existem, mas a Laura fez questão de me mostrar as fadas. Não vi nada. Só um tronco enfiado no meio de um lago. Não quis ficar lá olhando para aquela coisa feia. Fomos para casa porque devia estar na hora do chá da tarde. Eram muito saborosos os biscoitos de nata que a vovó fez para acompanhar o chá.

14

Diário de Laura
Petrópolis, 20 de fevereiro de 1872

Amanhã é dia de ir embora. Estou muito triste. Hoje me despedi do Raimundo. Fomos até a cascata brincar de pirata. Prometi que voltarei no próximo verão para brincarmos. Vou ter saudades dele. Ele me deu uma flor vermelha de presente, igual a da cor da gravata dele. Vou sair de manhã cedo. Papai pediu que eu vá dormir agora. Ele disse que vai ler as minhas histórias na viagem. Estava com saudades do papai, da mamãe e até da Alice. Queria que o vovô e a vovó fossem nos visitar no Rio. Papai disse que eles estão velhos demais para fazer essa viagem. Papai prometeu que vou poder voltar ano que vem.

Ainda estalava na bochecha o beijo que Laura havia recebido de Raimundo. Vê-lo chegando, correndo, para se despedir, de manhã bem cedinho, fez com que desse pulos de alegria. Nada foi dito, no entanto. Apenas o abraço, o beijo e um aceno que ia se distanciando com o movimento do coche. Se Raimundo tivesse chegado minutos depois, não teriam podido se despedir. O trem tinha horário e o avô havia avisado que, às vezes, Sua Majestade Imperial ficava na Estação, de manhã cedinho, escutando a banda que tocava para os que embarcavam ou desembarcavam. Manuela e Arturzinho estavam tão ansiosos em ver as barbas imperiais quanto Alice, e ninguém queria perder essa chance, nem por Laura ou quem fosse.

Com a cabeça enfiada na janela do coche, Laura atirou beijos para os avós e Raimundo. Quanto mais se afastava, mais o seu coração dizia para voltar. Não podia fazer nada senão esperar o ano seguinte. Encostou a cabeça no braço do pai. Esperaria no conforto da família o seu regresso.

A tristeza passou rápido no decorrer da viagem. A discussão com Alice sobre o último pedaço de bolo, que a avó fez para a viagem, afastou Laura dos pensamentos deixados para trás — o que ficava longe, longe, longe, tão longe quanto as suas lembranças daqueles dias anos mais tarde. De repente, as impressões do pai sobre suas histórias também eram importantes, assim como a dificuldade em explicar para ela o que era um escravo.

— De onde ouviu isso? — surpreendera-se o senhor, que poderia esperar algo de Arturzinho, mas nunca de uma das meninas.

Diante da mudez do pai, Laura teve de se explicar, o que fazia sem qualquer embaraço, e captando a atenção de algumas pessoas em volta — gente que aguardava de que maneira o pai daquela menina iria fazê-la se calar.

— As pessoas falam de escravos o tempo todo, papai. Diga-me, o que é um escravo?

— É... como poderia dizer?!

— Ora, com palavras, papai.

— Sim, sim. Sabe aquelas pessoas na rua, que andam descalças?

— As negras. Que nem a Nana?

— Sim. Elas são escravas.

Isso não era o suficiente para Laura. Ser negro era ser escravo? Não podia, já havia conhecido alguns negros que não pareciam escravos e que frequentavam a loja do seu pai. E todos eles usavam sapatos e se vestiam bem. Será que era alguma coisa referente à roupa? O pai teria de explicar melhor a ela.

— Mas o que é um escravo?

O pai gaguejou, evitando os olhares dos arredores para cima deles:

— É alguém que trabalha sem ganhar dinheiro por isso.

— Nossa, papai, que bobagem! Por que alguém trabalharia sem ganhar dinheiro? O senhor mesmo disse que os homens precisam trabalhar para ganhar dinheiro e sustentar suas famílias. Como os escravos sustentam as suas famílias, então?

— Eles não têm famílias.

A menina arregalou os olhos, rapidamente enchendo-os de lágrimas:

— São órfãos? — Não havia maior dor, para Laura, do que não ter pai ou mãe.

— Não exatamente.

— Papai, não estou entendendo nada sobre o que é um escravo... O que o senhor fala não faz sentido. As roupas, a pele, sobre trabalhar sem dinheiro e serem órfãos... Nada faz sentido.

— Talvez porque a escravidão não faça sentido... — balbuciou consigo mesmo, pensativo.

Após algumas tentativas diante da insistência de Laura, que não se calaria até saber o que era um escravo — o que começava a perturbar os passageiros da primeira classe —, o Sr. Artur Almeida teve de ser mais direto:

— São pessoas que foram tiradas de suas casas e forçadas a trabalhar para os seus donos.

O escândalo no rosto de Laura foi completo, assim como de algumas senhoras nos assentos próximos — não era assunto para crianças:

— Donos? Que nem cachorros? Que horrível, papai! Como alguém pode ser dono de alguém? E Nana é uma escrava? Somos os donos de Nana, papai? — ela havia dito essa última frase com tanto terror, que o coração do pai parou.

Para piorar, ele teria ainda uma longa viagem pela frente para responder esta e outras perguntas sobre o que era um escravo. O que Laura não podia imaginar, nem ela e nem qualquer criança que fizesse esse tipo de pergunta a um pai, era que ele seria obrigado a pensar sobre o assunto e que, talvez, fosse hora dele e de D. Glória repensarem algumas coisas dentro e fora de casa.

Quando abriu a porta de casa, Laura correu para os braços da mãe. O abraço foi a melhor coisa que poderia ter recebido nos últimos dias. Um daqueles braços carinhosos que a apertavam contra o corpo coberto de renda branca e cheiro de alfazema. Quanta saudade despertada! Não pensou que ver a mãe pudesse ser tão bom. Mas um abraço foi o suficiente. Deu um outro abraço, tão apertado quanto longo, em Nana e pediu que ela fosse livre logo. Nem Nana e nem a mãe entenderam aquilo.

Laura nem se deu tempo para explicar. Foi brincar com as irmãs e com as primas que enchiam a casa de risadas e alegrias — algo que não era escutado há muito tempo. Girou em volta de Maria, correu pela sala atrás de Virgínia, puxou Manuela para brincar com ela de pular corda, pediu que Alice lhe desse um pedaço de doce, fez o pai contar histórias fantásticas, não ouviu os conselhos da mãe quanto ao barulho, acordou

Mariana com seus gritos de pirata, roubou o laço de fita do cabelo de Joaquina e escondeu-o com Carolina, desceu correndo as escadas da casa num só fôlego. Cada degrau a levava por mais um ano; um ano mais longe daquelas férias de verão não planejadas; um ano mais perto de novas férias, sempre futuras, sempre prometidas. Ao atingir o último degrau, os cabelos castanhos caíam pela cintura formada, mas o vestido continuava levantado acima dos tornozelos para não atrapalharem as brincadeiras de esconde-esconde com as irmãs, nem as apostas de corrida, escada acima, com Mariana. Laura havia atingido o andar superior e, quase dez anos depois, estava pronta para recomeçar as aventuras e reencontrar as suas histórias jogadas num diário velho e empoeirado encontrado dentro de um baú.

Diário de Laura
Rio de Janeiro, 05 de janeiro de 1881

Outro dia, procurando por um pedaço de papel para escrever uma história de terror, acabei encontrando este velho diário.
Depois de muito tempo longe, eu recorro a você como a um amigo fiel. Quase 10 anos se passaram desde a última vez que escrevi algo aqui. Foi bom reencontrá-lo e relembrar aquele verão que passei em Petrópolis. Sorte ter ouvido as palavras de vovó e ter escrito o que lá vivi para assim poder reviver.
Relendo algumas partes, vejo que muita coisa mudou. Naquela época meus avós ainda eram vivos, eu e minha irmãs brincávamos de bonecas e piratas, Arturzinho ainda nem entrara na faculdade, papai e mamãe nem cabelos brancos tinham.
É com os pés enraizados nesse passado e os olhos voltados para o futuro que hoje eu recomeço com novas histórias prontas para serem contadas.

JUVENTUDE

1881

*"Eu tenho a chave do meu castelo no ar,
mas quando eu irei destrancar a sua porta é que fica em aberto"*

(Louisa May Alcott, **Mulherzinhas**)

1

Pernas brincavam com o ar, deslizavam em traços imaginários sem sentido, olhos tomavam cuidado com as linhas criadas pelas mãos, não piscavam dentro desse mundo em que palavras formavam imagens com asas que as carregavam para longe dali. A boca apertava. A mão tremia. O vilão aproxima-se da mocinha e ela recua de medo. Podia escutar passos sinistros acompanhando os traços. As pernas pararam. Abaixou-as. O queixo encostou numa almofada presa entre o corpo de bruços e o chão. Prendia a respiração. Mordiscava o lábio inferior com o suspense. A mocinha grita de desespero e o vilão avança sobre ela. Podia sentir as lágrimas da personagem rolando por seu rosto. O herói aparece com as mãos na cintura e seu coração palpita mais forte.........

As palavras foram perdidas. Com a pena batendo na folha, formou um imenso ponto negro no lugar de letras.

Como terminaria esse mistério que a carregou por vinte dias? Como ser capaz de não sentir saudades de Anabela, Rodrigo e Vernant, o vilão? Companhias que a seguiram por noites, permanecendo pelas manhãs? Laura virou-se de costas, analisando o teto. Branco!

Os longos cabelos castanho-escuros grudavam no contorno do rosto. Estava quente aquela tarde de verão. Podia sentir o suor debaixo do espartilho afrouxado — era impossível ficar acomodada para escrever se tivesse deixado Nana puxar muito os cadarços.

Quanto mais tentava se concentrar na história, mais era o calor que lhe abafava as ideias. Começou a assobiar. Esperava que isso fizesse com que sua alma recebesse uma inspiração, de alguma forma, e soubesse como terminar o final feliz entre Anabela e Rodrigo. Por sorte, nenhuma das suas irmãs estava por perto para vê-la assobiar e dedurar à mãe, afinal, moças educadas não assobiam! Torceu o nariz. Queria ser capaz de mudar as regras — não só quanto aos assobios.

Mordeu os lábios, ainda pensativa. Suas irmãs não gostariam de ler uma história que no final o mocinho não ficasse com a donzela em perigo. Tudo pelo leitor!

Ouviu chamarem-na. Soltou um urro de insatisfação. Não gostava de ser interrompida durante o seu trabalho, mas parecia que ninguém acreditava que era capaz de trabalhar — o que a fazia irritar-se ainda mais. Desde quando escrever não era um trabalho? E um trabalho árduo, que exige muito do seu criador! Chamaram-na mais uma vez. Não poderia alegar surdez como desculpa.

Juntou os manuscritos espalhados pelo chão, tampou o tinteiro e teve de se levantar. Antes do terceiro chamado se punha de pé avisando que estava descendo. Queria que a deixassem em paz por um tempo, pelo menos enquanto escrevia. Prendeu os cabelos castanhos numa trança e saiu do quarto. Antes de fechar a porta, deu uma olhadela em seu manuscrito, caído no chão em meio aos brinquedos largados pela maturidade. Pôde sorrir satisfeita. Estava acompanhada de Anabela, Vernant e Rodrigo. Até por quantas páginas eles ainda a perseguiriam?

Laura deslizou pela escada. Só escutara os conselhos da mãe para parar de correr quando pulou do terceiro para o primeiro degrau e caiu num salto na frente do pai. No rosto dele apareceu um sorriso completando o dela. Deu-lhe o braço e os dois foram juntos — e sem correr! — para a sala de jantar:

— Como está o andamento do seu livro?

— Muito bem, papai. — Seus olhos escuros alçaram voo num extenso brilho. — Estou quase terminando. Mas ainda não sei como fazer o final. Se faço os mocinhos ficarem juntos ou o vilão triunfar, ou um final um pouco mais trágico.

— Deixe-se levar pelas personagens, pois na hora certa saberá.

— Que nem os seus conselhos, não é, papai? Sempre aparecendo nas horas certas. — Abraçou-o e deu um beijo na bochecha antes de entrarem na sala de jantar, onde os aguardavam.

❦

— Havia um riacho de águas límpidas que, por entre margens pedregosas, abria espaço pela vida. Em meio às matas virgens do passado, levava seiva e harmonia. Bolhas emergiam cristalizando o barulho que se fazia. À beira dessa calmaria, uma camponesa lamentava o amor que perdia. Cansada de esperar o amado de sua caçada voltar, rasgava as páginas de um livro que ele lhe dera. Pareciam-lhe não mais importantes as palavras ali impressas. Soavam com tal falsidade, que lhe dava apenas vontade de cegar-se. Jogou folha por folha nas águas do rio. E viu-as submergindo ou lutando para não afundarem. Procuravam encontrar um lugar para repousarem, novas mãos para as lerem. E, aos pés de um homem, elas fluíram. Ao tomar uma, o homem notou que era do livro que havia dado para a sua amada. O camponês, ainda resguardado de seu sentimento, seguiu o curso das folhas, pescando uma por uma das águas do rio. Ao final, tinha todo o livro em sua mão e, feito um buquê, ofereceu-o novamente à camponesa.

— Que linda história, Laurinha! — Mariana, a caçula da família, batia palmas enquanto ainda enxugava as lágrimas do rosto. — Cheguei até a achar que os dois nunca mais se encontrariam!

— Não seja exagerada! — Alice jogou uma almofada na irmã de onze anos. — Se, ao menos, ele tivesse dado a ela uma joia ao invés de folhas molhadas... — As duas safiras que tinha no lugar dos olhos, os quais acreditava torná-la a melhor dentre as irmãs, brilharam.

— Bonita a história. Escreve muito bem, minha irmã. — Virgínia enfiou-se debaixo dos lençóis da cama, acomodando-se. Vivia de tremeliques de frio. Virgínia sim, era a mais bela das meninas. Quieta e educada, ficava apenas a ouvir as conversas alheias e raramente comentava algo. Seus grandes olhos turquesa pulsavam em seu rosto rosado rodeado por madeixas loiras, que lhe davam um aspecto angelical.

— Sim, podemos nos orgulhar dela. — Sorria Manuela, passando a mão na cabeça de Laura. A irmã mais velha, passada dos vinte anos, tinha um reconfortante rosto redondo e pálido, rodeado por uma longa cabeleira lisa castanho-escura, e olhos escuros e expressivos e sempre maternais.

— É boa sim, mas nenhum Shakespeare — elucidou Alice, que tirava um pedaço de pão com queijo de baixo de seu travesseiro e o comia em fartas dentadas; nem parecia que havia acabado de jantar.

— Claro que sim! Tão boa quanto esse daí! — Mariana, a escudeira fiel de Laura, levantou-se da cama.

— Ora, meninas, eu ainda tenho muito que aprender. — Acanhada, Laura enfiou a cabeça entre os travesseiros da cama de Virgínia.

— Exatamente. — Uma voz grave tomou conta do pequeno cômodo

com duas camas, um armário e um criado-mudo. — E nada melhor do que a vida como nosso tutor.

Parecia que uma luminosa vida radiara, enchendo-as de brilho. As Almeidinhas — como passavam a ser conhecidas com o adentrar das idades — levantaram-se das camas, em suas longas camisolas brancas, para receber o bem-quisto convidado com sorrisos:

— Papai! — disseram quase num uníssono.

— Olá, minhas meninas. Como estão as minhas garotinhas?

— Felizes por tê-lo aqui! — Laura pegou em suas mãos enquanto Mariana jogara-se em seu pescoço num abraço que o desequilibrou.

— Vamos, vamos, deixem-me ver as minhas meninas...

Elas se puseram em fila. Começou pela mais velha, Manuela, de 20 anos. E pensar que sua primeira garotinha estava noiva! Ele passou a mão em sua bochecha. Em troca, recebeu olhos baixos e um sorriso nos pequenos lábios.

Alice tinha postura de rainha e esperava assim ser tratada aos 19 anos. Um tanto seu caráter desanimava o pai, mesmo assim, o Sr. Almeida sorriu para a filha, que lhe deu o mesmo em retorno, com uma migalha de pão pendurada num canto dos lábios carnudos.

Dois passos, dois anos e chegaria em Laura. Jeito faceiro, explícito em seu olhar escuro, de quem esconde um saber grandioso. Sorria para o pai, comprimindo os lábios, à espera de um agrado na cabeça. Ele era seu ídolo e, assim, ela garantiria que sempre seria. Recebeu o que queria, abrindo mais o sorriso.

O Sr. Almeida tentava enganar-se dizendo que todas eram lindas, porém, era em vão. Virgínia era a que mais chamava a atenção das visitas desde pequena. Ainda assim, tinha uma saúde fraca, atormentada por gripes e resfriados que tiravam o sono da mãe desde que nascera. Finalmente chegara mais forte aos 15 anos e esperava poder ir a seu primeiro baile, em breve. Só esperava que não fosse tão terrível quanto a vez de Laura, que passara a festa escondida atrás de um arranjo de flores.

O pai, muito parecido com Virgínia, de longe lhe deu um sorriso e caminhou até sua irmã, Mariana. A peralta menina agarrou-se ao pescoço do pai novamente, tirando-lhe uma risada. Pondo a caçula na sua frente, tentava imaginar como seria seu futuro. Era tão viva que duvidava que um dia conseguisse se casar por vontade própria. O Sr. Almeida pegou sua cabeça e beijou-a.

Tinha cinco motivos pelos quais poderia se orgulhar.

— Ouviu a história que a Laurinha escreveu? — perguntou Mariana, agarrando-se ao pai novamente.

— Sim, pude ouvir um pedaço.

— E o que achou, papai? — Manuela deu um passo à frente.

— Laura, minha filha — virou-se para a escritora da família, pegando em suas mãos sujas de tinta —, é uma menina muito especial. — Beijou-lhe os dedos. — Espero que saiba aproveitar esse dom que Deus lhe deu. E com ele possa aprender e ensinar. E depois a tirar essa tinta de seus dedos, antes que sua mãe veja.

Ele gerava bom humor. Rodeado de olhares de carinho e idolatria, via na face de cada filha o futuro de mães e esposas. Recebeu um abraço de todas, assim como recebia o amor delas. Não eram ricos, no entanto, nada deveria faltar às suas meninas. Ganhava dinheiro suficiente para provocar algumas regalias e coçar o ego das filhas. Estava com seus 55 anos gozando de uma vida estável e consideravelmente feliz. Sim, sabia que não estaria para sempre ali para ajudá-las, porém, o seu amor sempre as resguardaria de todo o mal que um dia pudessem vir a sofrer.

O que o trouxera naquele quarto, na verdade, não fora a saudade das filhas, ou ver como poderia garantir o futuro. Tinha uma novidade e a certeza que as faria muito felizes. Uma promessa que finalmente seria cumprida, após dez anos de juras sem resultado. As meninas afastaram-se dele para que pudesse se pronunciar. Seus olhos enchiam-se de graça quando o pai revelava o presente. Na cabeça de cada uma um desejo era remontado. Manuela esperava ouvir que contrataria mais criados para ajudá-la nos serviços domésticos — desde que os pais decidiram alforriar os escravos, restara muito serviço e pouco dinheiro para contratar criados. Alice implorava que fosse um grande baile em que pudesse estrear o vestido novo que havia mandado fazer. Como Laura queria que fosse uma viagem para a Europa! Lera tanto sobre esse continente fascinante e cheio de cultura! Virgínia esperava saber se sua prima Joaquina viria passar uns tempos em sua casa, pois gostava da forma como ela contava as histórias que lia. Mariana nem queria saber qual era a surpresa. Odiava novidades, pois elas muitas vezes a faziam ter de sair de sua cama.

— Bem, minhas queridas — deu uma pausa para ter certeza que seguiam seu pensamento —, eu e sua mãe resolvemos que não vamos passar o verão aqui no Rio.

— E os bailes? — Alice se engasgou no desespero.

— Maldição, vou ter que sair de minha cama! — Mariana abaixou a cabeça.

— Vamos para a Europa? — Duas pedras negras saltaram do rosto de Laura.

O pai negou, rindo. Explicou que a viagem para a Europa seria muito dispendiosa, e adendou:

— Iremos para Petrópolis. Como o contrato de aluguel da casa de seus avós acabou e ninguém quer alugá-la por enquanto, decidimos, eu e sua mãe, que iremos passar o verão lá e fugir das moléstias da Corte.

— Petrópolis? — Manuela repetia num tom de desprezo.

— Lá há bailes? — Ainda jazia esperança em Alice.

— Sim, muitos bailes. É para lá que o Imperador se retira no verão. Tem um ar muito agradável e ameno. Dizem que é um lugar perfeito para restaurar a saúde. — Jogou um olhar cuidadoso sobre Virgínia.

Laura queria saber quando partiam, apesar de ainda manter-se decepcionada, afinal, Petrópolis não lhe aparentava nem um pouco com a Europa. Quando pequena estivera uma vez lá, mas só lembrava de ter visto árvores e milhares de borboletas e vaga-lumes — que achava serem fadas. "Depois da manhã" havia sido a resposta do pai, o que era um tanto cedo. Haveria pouco tempo para decidir que livros levaria, se é que a mãe a deixaria ficar carregando sua pequena biblioteca particular — que já contava com oito fascículos, um luxo dado o preço dos livros, e motivo o qual a impelira a escrever as histórias que gostaria de ler mas nunca teria dinheiro para comprar.

Não tendo nada a questionar, nada a reclamar, nada a dizer, o pai deu-lhes boa noite, beijando a testa de cada filha e fechando a porta do quarto em retirada. Elas ainda mantinham um ar estupefato. As velas que iluminavam o cômodo tremularam com um vento quente que viera pela janela. Elas iriam para Petrópolis! Mariana, Laura e Alice começaram a pular e a fazer planos. Manuela tentava se conter, considerando-se a mais madura de todas, e teria de escrever uma carta ao noivo Tancredo avisando que iria viajar. Virgínia tentou se abster das comemorações, mas Mariana não deixou, puxando-a para a roda que girava em sensações de infinidade, cantando e rindo.

Aos gritinhos das meninas, o pai desceu as escadas da casa com um imenso sorriso correndo por sua face. A Sra. Almeida, espetada no primeiro degrau da escada, olhava para o segundo andar, apreensiva. Não sabia o que estava acontecendo. O marido aproximou-se avisando que com nada deveria se preocupar. Suas filhas estavam bem — bem até demais.

    Estendeu a mão para sua esposa. Ela podia lembrar daquele rapaz chegando em sua casa para jantar a convite do pai dela. Ela, uma moça alta, de semblante sério e firme. Ele, um rapaz simpático e animado com o novo trabalho numa loja. Ela questionara quem ele era. Ele ficou embaraçado, não soube responder e quase foi expulso da casa por ela, crendo ser um ladrão. Ela ouviu o pai, que desfez o mal-entendido. Ele a entendia bem. Ela também o entendeu. E faziam questão de entender-se como as mãos enlaçadas que se entendiam há anos.

2

Pelas paredes da casa um grito ecoava:
— Nana! Nanaaaa!!
Uma velha negra arregaçou as saias brancas e subiu o mais rápido. O corpanzil mal podia ser erguido pelas pequenas e gordas pernas, mas ela fazia o sacrifício de sua idade. A história de Nana, como ela mesma elucidava, era simples: crescera na família da Sra. Almeida, havia sido criada para servi-la e acabou vindo, "junto da bagagem", quando D. Glória se casou com o Sr. Almeida, e acabou por criar as meninas também. Havia sido alforriada pelos pais das meninas e, ainda assim, quis ficar com a família, pois não se via em outro lugar quando era apenas aquele que conhecia — tendo sido arrancada da sua própria família antes mesmo da Sra. Almeida nascer.

— Nana, ajude-me com meu espartilho — ordenava Alice, parada no meio do quarto em roupas íntimas e cabelos despenteados. — Nossa, que demora! Quase morri de tanto esperar. Ah, que mãos geladas! Tome cuidado! A pele das minhas costas é muito sensível. Esquente estas mãos antes de me tocar. Ah, Nana, não faz nada certo, não é mesmo? Está tudo amarrado de forma errada! Puxa mais, senão fica largo e não vai parecer que eu tenho uma cintura de vespa. Puxa! Puxa! Está surda, Nana? Quero mais apertado! Oh, o que põe naqueles bolinhos que os deixa tão saborosos?! Assim vai acabar com a minha silhueta. Ah, imprestável, amarre mais apertado! Mais apertado, sua surda!

Laura, de cócoras numa poltrona, abaixou o livro que lia ao notar o tom de Alice. Não se furtava a ficar calada quando alguém tratava mal Nana, ao que Alice pouco se importava.

— Trato como quero — ergueu o nariz no ar. — Além do mais, você deveria ser mais elegante. Olha como se veste, como se porta e como arruma seu cabelo! E ainda se acha capaz de escrever histórias. Queria ter tanta imaginação para acreditar que você escreve bem... Só faz isso porque quer aparecer. Sabe bem que ninguém tem motivos para dar atenção a você senão pelas baboseiras que escreve. É bobagem e das piores. Chega a ser patético vê-la pelos cantos da casa, achando que é escritora. Ridículo, no mínimo. Rá! — Alice perdeu o ar, ficando vermelha com o puxão que Nana deu em seu espartilho.

Laura começou a rir da face assustada de Alice. A irmã parecia que ia explodir, com as bochechas coradas. Alice, que não era de aceitar desaforos, ergueu a mão contra Nana:

— Sua...

Num impulso, Laura saltou da poltrona e pulou para cima da irmã. Acabaram ambas caindo no chão, embrenhadas uma na outra. Puxavam os cabelos que viam pela frente. Davam tapas. Mordiam qualquer parte do corpo próximo à boca.

Num canto, Nana procurava uma forma de separá-las. Irmãs não deveriam brigar assim! Não conseguiu nem chegar perto. Era possível que levasse um chute ou um soco na confusão. Se viu obrigada a chamar por alguém.

O barulho da queda havia sido tão intenso que trouxera a mãe e as irmãs — que estavam na sala recebendo um amigo de Arturzinho. Havia algumas semanas que ele só falava desse amigo que havia conhecido fora da faculdade de Medicina — o que havia deixado os pais preocupados, pois nada sabiam do rapaz. Para que não temessem por essa amizade — iniciada nos salões do Clube dos Devassos, um clube masculino, ao estilo inglês, para encontros e transações de negócios —, Arturzinho o levou para um chá em sua casa, só não poderia esperar que suas irmãs iriam atrapalhar aquela reunião.

A Sra. Almeida apenas pôs as mãos na garganta, não acreditando no que via: uma filha sobre a outra, no mais perfeito estilo de briga de quitanda.

Manuela correu para apartar a briga. Tentou puxar Laura e acabou caindo por cima das duas. Para se proteger dos tapas, rolou para longe delas, ela mesma sem ar.

Arturzinho e o amigo subiram ao perceber que os gritos e as vozes se intensificavam. O irmão mais velho não aguentou a cena, pondo a mão na frente da boca para esconder o riso. O riso se transformou em dor quando recebeu um pisão de Mariana, que lhe encarava furiosa. Que não risse de suas irmãs!

Foi a vez do amigo dele rir da atitude da caçula. Pelo pouco que lembrava delas, não eram tão "selvagens" e divertidas. Como a confusão não havia sido um acidente sério, o amigo preferiu voltar para o corredor e aguardar acabar aquela briga familiar. Era o mais educado a se fazer naquele momento.

Virgínia implorava que as irmãs parassem. Não era de bom-tom. Havia visitas! Alice, ao escutar isso e vendo que a mãe chegara, quis fazer-se de vítima. Pôs-se debaixo do corpo de Laura e fingiu estar sofrendo em vez de batendo. Com a cintura de Alice entre suas pernas e o espírito em revolta, Laura não havia reparado no truque da irmã e continuava a dar-lhe tapas e a gritar que ela nunca ousasse fazer nada contra Nana.

Aquilo poderia ter durado muito mais, mas, após um cutucão da mãe, Arturzinho finalmente entrou na roda a fim de separá-las. Levou alguns tapas de ambas as irmãs antes de conseguir desatracar Laura pelos braços. Descabelada, ela se debatia. Bufava. Mexia-se tanto, que acertou o pé dele e ambos caíram no chão. Com o barulho e os gritos de "pare" das irmãs, o amigo correu quarto adentro. Aparentemente, a situação havia ficado mais tensa. Sua primeira reação foi tomar Laura pela cintura, conseguindo puxá-la para fora do quarto.

A Sra. Almeida correu para junto de Alice, ainda no chão, a chorar. Abraçou a filha, acariciando a sua cabeça e pedindo calma.

Ao ver a atitude de carinho da mãe para com a outra, Laura parou de se debater. Seus olhos encheram-se de lágrimas diante do olhar de decepção da mãe — mais cruel do que a própria morte. Contudo, ao ver a expressão de Alice, quase sorrindo, o corpo de Laura esquentou novamente. Será que ninguém via que Alice sempre fomentava as brigas da família para depois se fazer de vítima? Laura tentou mais uma vez ir para cima da irmã, mas sentiu que lhe seguravam com firmeza, puxando-a para fora do quarto.

— Posso soltá-la, ou irá me bater também?

Ao escutar uma voz assoprando em seu pescoço, Laura tomou um susto. Eram braços de homem que a seguravam e não eram os de Arturzinho — pequenos e gordinhos. Suas costas estavam grudadas contra ele, percebendo que tinha um corpo bem-composto — diferente do barrigudo irmão. Quem era? Perguntou-se Laura antes de tentar se afastar. Não havia dado intimidade para aquela aproximação e, muito menos, para lhe falarem daquela maneira, à beira do ouvido e de maneira tão íntima. Tentou se desvencilhar do agarre, mas ele era bem mais forte do que ela, e alto — percebeu que mal tocava o pé no chão.

— Solte-me, ou lhe arranco o nariz.

— Só solto quando a senhorita se acalmar — tentava esconder o riso que fluía no seu tom de voz.

— Se o senhor não me soltar, se arrependerá.

Num gesto que o amigo de Arturzinho não esperava, Laura se forçou para baixo e pisou com os saltinhos das botinas bem no meio do pé dele. O rapaz mordeu os lábios para segurar o gemido de dor e a largou. Sem dar caso a quem lhe segurava, Laura irrompeu escadaria abaixo. Nem via o que havia à sua frente, com a alma enlameada de raiva. Entrou na sala e ficou a andar de um lado ao outro, pungindo cada vez mais ferida. Duas lágrimas escorreram pelos seus olhos. Queria ser forte e não chorar. Prendeu a si num orgulho, jogando desprezo e ódio para cima de Alice. Adorava todas as suas irmãs, contudo, não podia suportar as atitudes dela. Não conseguia mais. Alice sempre maltratava Nana, ou qualquer um que julgasse seu inferior. Era de dar tapas nela de tanta raiva que isso gerava em Laura.

Ainda se refazendo da dor — ao mesmo tempo que admirado —, o jovem amigo foi abordado por Virgínia. A mocinha de 15 anos agradeceu a colaboração e foi, em passos calmos, atrás da outra irmã. Era ela a diplomática da família, segundo Arturzinho, quem tentava resolver as complicações nas relações familiares. A que ele segurara deveria ser Laura — ou melhor, a princesa Rashta. Como ela havia crescido!

Ainda como observador, Raimundo Aragão pôde escutar a conversa que vinha do quarto com alguma curiosidade e saudosismo da época em que tinha que apartar a briga dos irmãos mais novos:

— Ah, mamãe, viu o que ela fez comigo? Laura estava completamente fora de si. E agora, como vou aparecer nos bailes em Petrópolis?

— Você mereceu, Alice — Manuela tentava compreender os fatos, já que era a irmã mais velha e se sentia na obrigação disso; além do mais, se casaria em breve e deveria estar preparada para ter uma família. — Deve ter falado alguma coisa muito ruim para ter irritado a Laura dessa forma.

— Mas isso não é motivo para ela ficar me batendo assim. Ela tem que se controlar!

— Sua irmã está certa, Manuela. Laura precisa aprender a lidar com as pessoas e a não se irritar com tudo que lhe falam. Talvez tenha sido um erro deixá-la viver de leitura e não ter uma vida social. Mas isso vai mudar.

A mãe, engalfinhada em carinhos para com Alice, não pôde notar um sorrisinho surgindo por debaixo das lágrimas, captado por Nana, do outro lado do quarto, em silêncio.

Aproveitando que estava mais recomposta e tinha a mãe ao seu lado, Alice perguntou quem era o rapaz que havia levado Laura para fora do quarto — havia o visto de relance, mas o suficiente para achá-lo bem garboso.

Dando por si, a mãe e Manuela se miraram com surpresa:

— Oh! Nos esquecemos do Sr. Aragão!

✿

A sombra de Virgínia, sem ser notada, ouvia da porta da sala o choro escondido de Laura. Com cuidado para não assustar a irmã, entrou sem bater. Virgínia fechou a porta atrás de si e foi até a irmã, estirada sobre o sofá, com o rosto enfiado numa almofada. Ajoelhou-se ao seu lado e começou a passar a mão nos longos cabelos soltos. Laura virou o rosto para ver quem era. Ao perceber que era Virgínia, desatou a chorar mais, abraçando-a:

— Eu não queria, mas ela me provocou. Ela xingou a Nana... Queria bater nela...

— Xiiii, fique quietinha. Logo tudo passa e vocês voltarão a ser amigas.

— Eu nunca mais quero olhar para a cara dela. Nunca mais! — Enfiava o rosto nos cachos loiros da irmã, procurando tranquilizar-se.

Virgínia, conhecida da vida humana, talvez pelo seu excesso de leituras, preferiu calar-se e apenas dar conforto e carinho à Laura. As coisas, por si só, se arranjariam.

O chorinho minguara ao cair da tarde e Laura acabara sendo convencida a ir para o quarto de Arturzinho, onde poderia dormir um pouco. Ao seu lado, Virgínia apenas a observava, passando os dedos em seus cabelos, incansavelmente, desfazendo os nós da sua preocupação. Os olhos azuis perguntavam-se se o que acontecera seria eterno ou não. Muitas vezes, as pessoas falam impulsivamente coisas que não tinham intenção de cumprir.

Pesava sobre Laura um cansaço e a garganta doía um pouco, pela dor de sentir-se vilã, mesmo achando que não o era. Odiava quando era acusada do que não tinha culpa. Manuela havia avisado que ela tinha que se segurar, não era mais criança e teria que ser responsável por seus atos. Laura não queria isso. Buscava voltar no tempo, ter cabelos soltos e não se preocupar com bailes e rapazes. Preferia ter a família sempre ao seu lado, vivendo aquele dia a dia que a contentava. Não pedia muito. Só não queria crescer e ser responsável. Isso a assustava — apesar de viver falando que queria morar sozinha em Paris, sabia bem que as coisas não funcionavam assim. Antes de buscar sua liberdade, tinha que conquistar a si mesma.

A porta do quarto abriu com toda força. Uma figura baixa apareceu contra a pouca luz vinda do corredor. Ambas nem notaram que a noite começava a cair lá fora e que as lamparinas da casa estavam sendo acesas. Levantaram a cabeça para o rapaz de 21 anos, de cabelos castanhos encaracolados, caindo pelos olhos também castanhos, que entrou no quarto carregando uma vela:

— Então estão escondidas aqui! Obrigado por terem assustado o meu amigo. A esta hora deve pensar que somos uma família de doidivanas. E, por mais que mamãe tenha lhe tentado assegurar que não era nada, briga de irmãs, coisas comuns, tenho por mim que não acreditou nela. Quiçá voltará a falar comigo!

Laura, esfregando os olhos irritados, sentou-se na cama:

— Sinto muito se seu amigo chegou em má hora. Da próxima vez, me avise se teremos visitas, assim procuro me controlar — ironizava, sequer se lembrando da cara do tal rapaz.

— Papai quer vê-la, Laurinha — avisou o irmão, mudando o tom de voz para algo mais solícito.

Ela respirou fundo, aspirando toda sua tristeza. Seu corpo pesado ergueu-se e seguiu para fora do quarto, passando reto pelos irmãos. Nada disse, pois esperava ainda muito ter que ouvir. Desceu as escadas da casa sem correr. Parecia que todas as pessoas fugiam de sua presença. Tampouco importava, já se via arrumando as malas e sendo mandada para um convento.

Ao fim da escada, a mãe, com uma expressão séria e solene, disse que o pai a esperava na saleta. Nem um afago, nem uma palavra de misericórdia, muito menos um sorriso. Nada. Era como se tivesse se tornado uma estranha. Isso acabou por deixar sua alma mais pesada e sôfrega. O único bem que fazia questão de preservar era o amor da família e este fugia dela por entre os dedos paralisados, tingidos de tinta.

Bateu à porta e apenas ouviu a voz rouca do pai mandando-a entrar. De cabeça baixa, nem percebeu que ele estava de pé, ao lado de uma estante de livros, com as mãos nas costas e face consternada. Antes mesmo que fechasse a porta, foi inquirida:

— Sua mãe me contou que hoje teve uma briga com a sua irmã Alice. É verdade?

A voz dela não queria sair. Se pudesse, Laura abraçaria o pai e pediria perdão, jurando que nunca mais faria isso. No entanto, tinha que mostrar que estava crescendo e a época de promessas infantis havia acabado. E que, certamente, iria acabar fazendo de novo, se tratando de Alice.

— Sim, papai.

Ele soltou um ar de decepção, o que a esfaqueou:

— Bem, devo confessar que nunca esperei isso de você, Laura Catarina Almeida. — Ele nunca a chamava pelo nome completo, a menos que estivesse muito bravo ou triste. Ela levantou a cabeça imediatamente, ainda sem coragem de encará-lo diretamente. — Nunca pensei. Imaginar que logo você seria capaz de atacar sua irmã. Sempre a achei a mais centrada de todas as minhas filhas. A que teria um ilustre futuro, fosse como mãe, esposa ou, até mesmo, como escritora. Mas como filha, me entristece essa sua atitude para com a sua irmã. Sua mãe até pensou em mandá-la para um convento, mas acho que seria um ato muito extremado. Ainda mais, sei que Alice também não é santa e algo deve ter feito para que você a atacasse. Você não atacaria sua irmã deliberadamente, não é mesmo, Laura?

Enfiando o queixo no peito e com as mãos atrás do corpo, ela respondeu:

— Papai, só posso dizer que o que está feito, está feito.

— Acha que as coisas se resolvem assim? Essa sua atitude não a faz mais madura. Sei que sua mãe vive a dizer-lhe que tem que crescer, mas que isso seja de uma forma natural para você, que seja cercado de aprendizado. Só você poderá estudar através dos caminhos da vida, o que não deve ser uma obrigação. Espero apenas, minha filha, que não odeie mais a sua irmã.

Laura ficou sem palavras. Todo o seu corpo tremia de amor pelo pai e por suas atitudes. Ele era sempre tão sensato e amoroso, que tinha vontade de jogar-se aos seus pés e pedir perdão por ter sido uma filha má. Não entendia que ele não estava preocupado com a briga em si — sabia que essas rixas eram comuns em famílias —, mas com o fato dela odiar Alice.

Ainda assim, muda, Laura retirou-se, sendo seguida pelo pai. A mãe, calada no corredor, ao lado de Alice, esperava os dois saírem. Laura nem cruzou os olhos com elas, subindo diretamente para seu quarto em passos arrastados. A Sra. Almeida ficou espantada com a quietude da filha, questionando o marido com o olhar.

O pai virou-se para Alice, solene:

— Agora minha conversa é com a senhorita.

— Papai, Laura que é a culpada! Ela que causou toda a confusão! Por acaso ela disse que fui eu?

— Não, Alice. Só digo uma coisa para você: tente se preocupar mais com o seu caráter do que com os bailes. Um dia poderá ser arruinada se continuar assim. Tem sorte de ter uma irmã como Laura, que poderá lhe ensinar bons modos. Ou acha que não sei o que anda a dizer para Nana? Não sou cego, muito menos surdo, minha filha. Agora, se me dão licença, tenho trabalho a fazer. Espero que estejam preparadas para a viagem amanhã.

Largando a esposa e a filha, estáticas ao lado da escada, o Sr. Almeida arrastou-se de volta ao escritório. Com as mãos nas costas — achava que isso o faria pensar melhor — parou no meio do cômodo. Levantou a cabeça para o teto e suspirou. Tinha medo que suas filhas não utilizassem seus conselhos e acabassem buscando os piores meios de se tornarem pessoas adultas. A vida lhe ensinara que tudo que era plantado no passado, seria colhido no futuro. O presente em que viviam era a consequência do que foram. Ou será que ele havia errado?

Diário de Laura
Petrópolis, 12 de janeiro de 1881

Existem tantas coisas que nos corroem por dentro. Sei que se tudo pusesse para fora, meu veneno tomaria o que de mar há na Terra. Parece que Alice virou o Sol de nossa família. Desde aquela estúpida briga, mamãe vive a lhe infligir cuidados. Sei que exagerei um pouco ao bater nela, mas na hora não estava consciente do que estava havendo. Era como se uma força diferente tivesse tomado conta do meu corpo. Ao deparar-me sobre ela, comecei a pensar e sentir que nem todos os impulsos fazem bem quando tomando a razão. Rezei muito aquela noite, pedindo perdão a Deus. Vi à minha frente o quanto poderia ser uma filha ruim, uma má irmã. Tive medo de que mãe um dia poderia chegar a ser. Era como se tivesse descoberto um lado cruel em mim.

Os olhares de cinismo de Alice, com aquele sorrisinho de desdém, apunhalando uma superioridade sobre todos me irrita só de pensar. Por que as pessoas não podem ser simplesmente iguais? Manuela acha que o que sinto por Alice é inveja. Também pudera, já que somos tão diferentes! Educadas na mesma família, recebendo o mesmo amor, contudo, vendo a vida de formas tão diferentes. Ela só pensa em bailes, vestidos e comida. Eu busco ser uma boa escritora. E devo confessar que a literatura tem sido um alento para mim, sorvendo-me a cada minuto nas horas da madrugada, quando a casa adormece e fico a ouvir meus pensamentos sussurrarem em meus ouvidos.

Agora, no silêncio da noite, em que ouço os animais da noite tocarem sua sinfonia além da janela de meu novo quarto, fico a imaginar como serão os dias nessa casa. Paro com a minha pena e começo a observar o que há aqui dentro. Ideias de vidas e mundos desconhecidos tomam a minha mente enquanto analiso cada móvel. Eles são de madeira escura e pesada, dando um ar sombrio ao lugar. Uma brisa fresca está entrando pela janela e fez com que Mariana se cobrisse. Resolveram pô-la para dormir comigo em vez de Alice. Acho que mamãe teme mais um ato ensandecido meu. Eu apenas aproveito a ocasião para rir. Às vezes, olho para Alice com jeito de louca, arregalando os olhos. Ela fica pálida e evita me encarar. Mariana descobriu meu truque e se diverte também. Espero que os dias aqui sejam tão bons quanto foi a viagem.

Pegamos o barco, depois o trem e seguimos numa carruagem eu, papai, Virgínia e Manuela. Na nossa frente, em outra, vinham mamãe, Nana, Alice e Mariana. Arturzinho decidiu que só chegaria no fim da semana, pois tinha que terminar uns assuntos que papai pediu para ele resolver. Aproveitaria e traria seu novo melhor amigo, Raimundo. Não sei dele, mas minhas irmãs disseram que ele é muito simpático, educado e, segundo Mariana, lindo. Diz que os cabelos encaracolados loiros e os olhos castanhos parecem vivos quando usa uma casaca vermelha. Mas o que sei? Pouco me interessam esses artifícios femininos para fugir do mundo. Antes da Ficção do que o Amor.

Mariana, ouvindo atrás das portas — como de costume, por mais que Manuela brigue com ela e Alice a incentive —, soube que meu irmão o teria conhecido num clube chamado Devassos. Como se meu pobre irmão fosse um vilão de folhetim! Não gosto de saber que haverá estranhos em nosso retiro familiar, mas o que posso fazer? Nana diz que preciso me acostumar, pois logo serão os maridos de minhas irmãs e o meu próprio. Eu rio dela. Tenho certeza de que nunca irei me casar.

É muito bom poder ter toda a família reunida. Temo apenas pelo dia em que nós não estaremos mais juntos. Quando cada um seguir seu caminho, buscar ter sua própria família. Se um pedido pudesse fazer, pediria que nós nunca nos separássemos. Apesar de que isso parece ser meio egoísta da minha parte, mas, *pelo menos, é verdadeiro.*

Subindo a serra verde, observando a mata que se abria em flor para nós, o sol harmonioso que nos acalentava, o infinito céu, pressenti que essa viagem traria muitas mudanças. Não sei explicar o quê, contudo, sei que nunca mais seremos iguais ao dia em que partimos. Desde a última vez que vim aqui muita coisa mudou. Não sei exatamente se foram as coisas ou se fui eu quem mudou. Talvez tenha sido eu, já que praticamente todos os móveis são os mesmos e os objetos estão dispostos como no passado. É estranho andar pela casa e, aos poucos, ir sentindo a memória tão viva. É como se eu pudesse tocar as minhas lembranças de criança. Sinto falta de algumas pessoas: dos meus avós, das fadas e do menino com quem eu brincava pelos jardins incríveis aventuras. O que será que foi feito dele, do Filho do Trovão — ou seria do Raio? Essa pergunta tem me perseguido muito nos últimos dias e a cada minuto invento uma resposta diferente. Não sei o porquê, mas a resposta parece muito mais interessante na minha imaginação do que na vida real.

Diário de Alice
1. Petrópolis, 12 de janeiro de 1881

Meu couro cabeludo ainda dói. Se soubesse que as mãos de Laura, além de escreverem mal, serviam também para lutar, nunca a teria irritado. Ainda mais agora que acho que ela está ficando doida, porque, às vezes, me encara com os olhos arregalados como se fosse me estrangular.

Estou com o corpo dolorido e tudo é culpa dela e de Nana. Essa velha negra me irrita. Não sabe que seu lugar é na senzala? Até acha que é gente na tentativa de conversar comigo. O pior de tudo é que papai e mamãe a apoiam em suas liberdades, só porque cuidou de mamãe quando ainda era solteira, ou algo assim. Não fez mais do que a obrigação. Escravo é para ser escravizado, domesticado, e não para cuidarmos dele. Se tivesse de ser diferente, a escravidão deixaria de existir. Só fico a pensar como as tão refinadas europeias aguentam a vida sem as escravas. É de arruinar qualquer ânimo quando me lembro que meus pais alforriaram os nossos escravos. Agora, eu e minhas irmãs devemos ajudar nos afazeres de casa, pois não há dinheiro para ter tantos criados.

Tocando no assunto de aguentar, tenho que o fazer agora mesmo. Além de ter sofrido uma terrível viagem, desconfortável, em que a carruagem mais sacudia do que andava, e a todo instante Mariana caía em cima de mim, tenho que ficar num quarto com Virgínia e Manuela — e ainda tendo de dividir a cama de casal com a Gini! Isso é um tanto humilhante. Papai deveria ter pensado melhor na hora de ter decidido nos arrumar nessa casa de cinco quartos. E há outra injustiça. Arturzinho ainda nem chegou e tem um quarto só para ele. O mesmo acontece com o amigo bonito dele, que nem da família é! Ao menos, poderei conhecê-lo melhor — apesar de não ter grandes expectativas, depois de saber que não é de nenhuma família de renome, nem rico. E uma coisa é certa: nunca me casarei com um pobretão qualquer.

A casa que era dos meus avós é um pouco longe da cidade de Petrópolis, o que garanto que também não é tão lastimável, já que lá não parece haver tantos bailes. E tivemos que pegar uma estradinha de terra desagradável. Isso porque, no meio do caminho, Mariana ergueu o braço bruscamente para apontar um cipreste. Quase arrancou meu nariz só porque nunca vira uma árvore antes. Mamãe mandou que fizéssemos o sinal da cruz, dizendo que aquilo era mau sinal. O que poderia haver de ruim numa árvore velha, feia, no meio de um descampado?

Chegamos tão tarde à casa, que só tivemos tempo de tomar uma sopa e nos acomodarmos nos nossos quartos. Amanhã trataremos de conhecer a casa e a vizinhança, se é que há alguma.

3

Um imenso céu azul abria-se entre os picos verdes de Petrópolis. Não havia nuvens capazes de cingir aquela imensidão celeste tirando-lhe a claridade. Os pássaros eram ouvidos de galho em galho, em cada árvore, a todo instante. Faziam a sinfonia da natureza, tornando-a mais viva. O sol derramava um calor novo, mais carinhoso sobre as faces dos viajantes. Aos olhos maravilhados de Laura, tudo parecia uma fantasia saída de livros. Começou a gostar da ideia de ter feito a viagem. A cidade serrana não era nenhuma Europa, mas ela acreditava que, mesmo assim, encontraria uma aventura para escrever. Ao mesmo tempo, sentia que deveria aproveitar ao máximo a família. Receava que essa fosse a última vez que teria suas irmãs unidas, pois Manuela estava noiva do primo Tancredo e esperavam apenas ele se estabelecer profissionalmente para poderem cumprir o planejamento feito pelos pais — tia Teocracia e a mãe, na verdade — quando ainda dormiam em berços. Via a irmã receber as cartas do noivo com comedida animação; pouco o conheciam, sabiam apenas que havia ido estudar em São Paulo e que deixava a mãe às raias da loucura com a "ideia estapafúrdia" de lutar pela Abolição — ideais que a própria Manuela dizia ser incapaz de tentar entender. Laura revirava os olhos quando alguma de suas irmãs demonstrava certa preguiça intelectual, ainda mais quando se tratava de Escravidão. Não era porque eram mulheres que deveriam ser menos inteligentes do que os homens. Só de pensar nisso, queria gritar ao mundo para ver se alguém ouvia sua voz.

— AHHHHHHHHHHHHHHHHHHHHHH!!!!!!!! — mostrava toda a sua potência.

A Sra. Almeida largou o tricô de lado e levantou os olhos querendo saber o que estava acontecendo. Na mesma sala, Manuela e Alice se entreolharam. O Sr. Almeida largou seu jornal e foi ver. Parou diante da janela. Sua esposa, apreensiva, percorria o tricô com as mãos num nervoso e a olhá-lo, sem paz alguma:

— Que se passa, Artur? Quem grita? Aconteceu algum acidente?

Um pequeno sorriso surgiu no rosto do pai. Voltando-se para as senhoras que aguardavam uma explicação, ergueu as sobrancelhas, sentou-se em seu lugar, abriu o jornal e calou-se. Elas trocaram olhares tentando entender a reação dele. Alice, tomada por toda a curiosidade possível, perguntou:

— Que bicho era aquele, papai?

— Não era um bicho. — Nem tirava os olhos do jornal, procurando nas letras encontrar bases para não rir. — Era a sua irmã Laura.

— Mas essa menina está ficando louca mesmo — reclamava a mãe. — Temos que conversar a respeito disso, Artur.

— Ela não está ficando louca, minha cara. — Abaixou o jornal, sorridente. — Está apenas ficando... — rodopiou os olhos até alcançar a melhor definição —... livre.

As senhoras calaram-se. Manuela tentou segurar uma risada, contudo, não conseguiu. A mãe logo a repreendeu. Uma nova risada seguida de uma tosse. Os olhos preocupados da Sra. Almeida percorreram a sala de móveis simples e rústicos, pousando os olhos numa figura pálida, deitada numa marquesa, a ler um livro.

— Está sentindo-se bem, Virgínia?

— Sim, mamãe. Apenas a garganta que me incomoda um pouco.

— Pobre menina, vive doente. Tão fraquinha! Nem sei o que fazer com você...

Foi interrompida por mais um grito vindo de fora. Deixou cair o tricô no chão:

— Essa gritaria está afetando os meus nervos. Se ela quiser continuar atrás de sua liberdade, que vá procurá-la em silêncio! — E reparou, com o canto dos olhos, que o marido ria baixinho atrás do periódico.

❦

De braços abertos, diante dos pássaros em revoada, Laura enchia os pulmões na tentativa de limpar sua alma. Adorava aquela sensação de leveza. Quando ia dar o terceiro grito, ouviu chamarem o seu nome. Virou-se para a casa, procurando de onde vinha aquela voz. Dera-se de encontro com a cabeça de Manuela enfiada para fora da janela da sala:

— Mamãe pediu para parar de gritar!
— Mas eu não estou gritando!
— Está si... — Manuela foi interrompida pela mãe. Com as mãos nos ouvidos, a senhora pediu que se sentasse antes que os nervos dela pulassem pela boca.

Laura soltou um ar de inconformada, teria de ir até eles saber o que queriam com ela:

— Se Maomé não vai até a montanha, a montanha vai até Maomé. — Pôs as mãos nas costas e, em passos largos e firmes, foi até a casa, assobiando.

Subindo os três degraus que davam no alpendre, Laura pousou os olhos sobre uma janela fechada, no final. Não lembrara de ter visto um quarto que possuísse aquela janela. Todas que davam para o alpendre eram da sala. Enrugou a testa, formando imagens aterradoras de uma donzela presa num quarto escondido, sob os maus cuidados de seu ambicioso tio. Deu uma piscadela. Aquela daria uma boa história! Só de pensar em aventurar-se mais uma vez no mundo das letras a fez suspirar de tristeza. Como desejava ser uma boa escritora! Sentia seus dedos atados, a cabeça vazia. Queria um dia poder ver seus livros impressos. Queria ver as pessoas folheando-os e aprendendo algo, como ela quando devorava mais e mais páginas de célebres autores. Estufou o peito. Estava convicta que um dia chegaria lá — ou não.

Na sala, as irmãs mantinham um silêncio cortante à espera de um lampejo para acender suas alegrias. O segundo dia de viagem lhes parecia um pouco repetitivo. Não viram de imediato as mudanças que esperavam encontrar. A família se via reunida na mesma sala, presa em sussurros da alma, perturbada por Laura. Sempre fazia barulho aonde ia e logo era executada por milhares de olhos compenetrados nos bordados e costuras.

Assustada com aquela inquisição familiar, Laura deu dois passos para trás e foi em busca de uma aventura própria. Talvez fosse escrever um pouco, ou procurar por Mariana. Dera-se conta que a irmã mais nova sumira pela casa.

※

Os olhos castanhos de Mariana arregalaram-se. Deu pequenos passos até o canto da cozinha. Tinha de tomar cuidado para não fugirem. Sua visão tateava com carinho a pelugem macia e novinha. Seus dedos enrijeceram, prontos para aterrissarem sobre a cabeça dos gatinhos. Nunca vira filhotes tão bonitinhos!

Uma criada trouxera-os numa cesta de palha, dizendo que foram abandonados na estrada. Se sua mãe soubesse da existência dos animaizinhos tentaria, de alguma forma, livrar-se deles, e isso era o que menos queria. Identificara-se com eles, com seus olhos arredios e perdidos. Tomou um dos três no colo. Roçava o seu queixo, mordiscava seus dedos, brincava com ela. Eles deviam estar com fome. Gritou à Nana, pedindo que pusesse leite numa vasilha para os três gatinhos. Nana não queria, alegava que a mãe dela brigaria com ela por terem deixado os gatos na casa. Mas Mariana estava certa que eles ali continuariam. Apertou o gatinho contra seu colo e ela mesma foi preparar o leite. Ficava feliz vendo-os beber tudo o que tinha na tigela. De cócoras e mão apoiando a cabeça, pensava que era a mãe deles a partir de agora.

Quase caiu no chão, com o coração a pular para fora, quando Laura pulou em cima dela gritando:

— BU!

— Olha o que fez. — Apontou para os gatinhos que correram para fora da cozinha.

— Ora, sabe bem que mamãe não gosta de animais dentro de casa.

— Sei disso, mas eles são tão lindinhos. Não vai contar a ela, vai? — suplicava Mariana, já de pé, batendo nas saias para tirar a poeira.

— Hum, não sei... — Pôs o dedo no queixo e começou a mexer os lábios. — Talvez... Talvez eu não conte nada. Seria bom poder cuidar deles... Temos que tomar cuidado; se Alice descobrir, provavelmente contará à mamãe.

— Obrigada, Laurinha! — Pulou no pescoço da irmã, quase lhe tirando o equilíbrio.

Aos olhos de Nana aquilo não daria muito certo. Resmungou para dentro e por entre as pesadas mexidas no doce de goiaba.

A novidade dos gatos passou a velharia rapidamente e as duas irmãs resolveram aventurar-se naquela tarde de sol. Laura se lembrara das incursões que fazia à mata atrás das fadas e achou que Mariana gostaria de ir junto.

As irmãs tentaram chamar Virgínia pela janela, mas desistiram ao obter uma tosse seca como resposta.

Preocupada, a Sra. Almeida pôs a mão na testa de Virgínia, constatando que estava febril.

— Não acredito que esteja novamente doente!

— Não me é nenhuma novidade, mamãe.

— E seu pai ainda nos traz para cá... — ao ouvir ser pronunciado, o Sr. Almeida apenas levantou as sobrancelhas e prestou atenção na conversa atrás de si —... onde nem sei se há médico!

— Há médico sim, minha cara. — Abaixou o jornal, levantando-se de sua cadeira. — Posso perguntar ao nosso vizinho qual é o melhor da cidade e mandar buscá-lo. Já que sou eu o culpado do tormento de seus nervos, devo eu acalmá-los também.

— Mas eu nem cheguei a reclamar dos meus nervos.

— Antes mesmo que o fizesse, tomei a precaução de declarar a minha culpa. Nunca se sabe quando seus nervos vão se manifestar, mas se sabe por que iriam.

— Às vezes você me surpreende, meu marido.

— A senhora não me surpreende, nem seus nervos, minha esposa.

As meninas começaram a rir discretamente, segurando-os através das palmas das mãos.

— Onde estão Laura e Mariana? — quis saber a mãe a olhar à sua volta.

— Devem estar investigando os confins da casa, mamãe — uma voz acanhada saiu de Manuela, metida a bordar um lenço, parte do seu enxoval.

— Essas duas deveriam ter nascido meninos — exclamou ela, pondo-se na janela à procura das duas.

— Essa era a ideia, minha querida, essa era a ideia — gracejava o pai, largando o jornal sobre a cadeira.

Não conseguindo mais encontrar o caminho que a levara até o riacho, Laura decidiu que seria melhor ela e Mariana ficarem pelo jardim. Quando se lembrasse onde era a entrada da mata, iriam ambas desvendar os mistérios das fadas — ou vaga-lumes. E mais uma vez o menino de índio se fez presente nos pensamentos de Laura. O que teria sido feito do Filho do Trovão — ou do Raio? Como um raio, voou rapidamente da sua mente, volitando nas asas de uma borboleta azul. As borboletas dançavam por entre as plantas, enquanto Mariana e Laura pulavam atrás delas. Laura, sendo boa em inventar brincadeiras, criara uma para afastar o tédio. Cada uma dizia uma cor e quem achasse mais rápido a cor que a outra havia escolhido, ganhava.

Corriam querendo ver se alguma borboleta carregava as cores escolhidas. Riam muito, sem dar conta do tempo que começava a passar rápido. Quando se viram cansadas, jogaram-se no gramado mais próximo. A ideia de uma cobra picá-las estava bem distante, pois naquele mundo maravilhoso em que viviam não havia cobras, nem insetos, nem nada real que as pudesse ferir. Laura tinha os olhos distantes da Terra e os braços por trás da cabeça fazendo uma espécie de travesseiro. Começou a assobiar uma música qualquer. Mariana tentou acompanhá-la, mas não conseguia assobiar. A irmã até tentou ensinar, contudo, tudo acabou em boas risadas e cócegas.

De repente um barulho de relincho fez as duas pararem. Laura pulou do chão junto de Mariana. As irmãs procuraram por um cavalo. Avistaram uma figura negra parada na estrada próxima, por entre o caminho dos ipês. Antes mesmo que pudessem comentar alguma coisa, a figura sumiu da mesma forma que aparecera. Com medo do que viram — assombração ou má-intenção —, Laura e Mariana preferiram voltar para casa. Chegaram rapidamente e bufando de cansaço. Manuela até ralhou com elas achando que estavam disputando uma corrida:

— Estão muito crescidas para uma coisa destas!

A irmã mais velha não entendeu por que as duas, jogadas nos degraus da escada, começaram a rir dela. Também não tinha tempo para descobrir, havia muitos bordados para fazer. Seu coração jovem sentiu uma pitada de inveja da liberdade, mas preferiu negar o fato, mexendo com a cabeça na negativa.

4

Uma carruagem adentrava pelas colinas em meio à vastidão verde, rompendo o céu azul, sacolejando. Paradas no alpendre, a família Almeida esperava saudosa o filho mais velho que chegava. Os olhos brilhantes de Laura, ao lado do pai, foram os primeiros a captar o coche. Apertou o braço dele, avisando. As outras irmãs mantiveram uma empolgação moderada — menos Mariana. Não aceitando apenas um sorriso no rosto, tratou de correr e pendurar-se no irmão que mal acabara de saltar do veículo.

— Mariana, acho melhor não sufocar seu irmão. — O pai descia as escadas, rindo da filha mais nova. — Não queremos que ele morra tão cedo, não é mesmo?

A menina se afastou dando espaço para a mãe. Com a mão no peito e o rosto iluminado, a Sra. Almeida desceu do alpendre, pronta para receber o filho e o seu amigo. Ao reparar que ninguém mais saltava do coche, estranhou:

— E quanto ao seu amigo? O Sr. Aragão?

Arturzinho rateou:

— Não pôde vir. Negócios urgentes... — Ia adicionar "no clube", mas se lembrou que seria inapropriado tanto para os ouvidos da sua mãe quanto para os das suas irmãs.

— Um tanto melhor! Só seremos nós, como nos velhos tempos — respondeu Laura, aliviada, pois desde que haviam comentado que teria sido o amigo quem havia apartado a briga entre ela e Alice, só pensava como iria reagir a ele e ao fato de ter lhe furado os pés com os saltinhos da botina.

— Fez boa viagem, meu filho?

— Sim, mamãe. Linda a paisagem.

— Como pode? Só há árvores — murmurou Alice, prostrada no alpendre, ao lado de Virgínia, escondendo a tosse atrás da mão.

— Preparamos o seu quarto, caso queira descansar.

— Espere! Se o amigo dele não veio, há um quarto de sobra e não precisamos nos apertar mais! Ah! Que sorte a minha — animou-se Alice, quase a rodopiar de felicidade.

— Bem, meninas, o dia está se esvaindo. Vamos entrar, senão todas pegaremos friagem — anunciou a Sra. Almeida, já se encaminhando para a sala.

O resto da família foi passando pela porta, risonha e falante.

Parada diante da casa, vendo essa cena, estava Laura. Sua alma cantava radiosa quando via sua família unida. Não havia nada que os separaria, não poderia haver. Um vento frio a fez estremecer. Estranhou, olhando para o horizonte onde o sol se punha banhando o céu de vermelho. "De que se esconde? Do futuro? De que adianta nascer se vai morrer?" Irritou-se em apenas imaginar que nem sempre aqueles risos que ouvia dentro de casa continuariam. Fechou os olhos fazendo uma prece: que Deus nunca os separasse, que por todos os caminhos percorressem, que todas os problemas resolvessem, mas sempre unidos. Temeu, quase chorando, só em pensar que um dia seus pais morreriam.

— Laurinha, venha — gritou Mariana, parada na porta, a lhe estender a mão.

Ergueu a cabeça e abriu um sorriso. Desde que não fosse tão cedo, problema não haveria de ser. Levantou as saias e deixou os cabelos esvoaçarem soltos enquanto corria para dentro da casa e fechava a porta dos medos atrás de si.

※

Depois do jantar, Manuela convenceu a todos que tinha dotes musicais. Tocando o piano, fazia um dueto com Alice, enchendo-se de notas e sentimentos que ainda não haviam experimentado. Uma elevação de si mesmas, a esperança de um porvir regado de felicidade, traziam em suas vozes. Laura, abraçada a uma almofada, enchia-se de lágrimas. Vendo isso, Arturzinho se aproximou dela, sentando-se no sofá ao seu lado. Ela tentou disfarçar, escondendo o rosto na almofada:

— De que adianta tentar apagar tais lágrimas? — falava baixo para não importunar.

— Eu tenho medo — murmurou ela, sem o encarar.

— De quê?

— De que nunca mais continuemos assim. — Levantou as sobrancelhas.

— Não seja tola. Esse dia sempre existirá para nós e sempre será assim — abraçou Laura, beijando o topo de sua cabeça.

Nos braços dele, a mocinha sentiu um aconchego que lhe era amigo antigo. Fechou os olhos e viu-se rodeada pelo irmão, protegendo-a das crueldades de alguns meninos da rua com quem teimava em brincar às escondidas e sempre se via com os cabelos cortados por eles.

Palmas irromperam pelo seu regresso. Limpando as lágrimas, sufocadas pelo fato de não querer mais pensar sobre isso, Laura bateu palmas também. Como ela e o irmão estavam atrás de todos, não foram vistos nem ouvidos, o que deixou Laura mais tranquila. Achava que todos pensariam que ela era uma moça tola e romântica — tudo o que ela mais abominava.

Mariana, sentada no chão perto da mãe, deu um pulo para o meio da sala:

— Vamos contar histórias?

— Não seja infantil, Mariana. Não fazemos mais coisas como estas. — Alice empinou o nariz, tirando uma uva de uma cesta em cima do piano e pondo-a na boca enquanto pegava mais três com a outra mão.

Arturzinho se levantou do fundo da sala, para surpresa de todos:

— Vai ser bem divertido! Eu mesmo quero poder contar umas historietas macabras que tenho ouvido por aí...

Alice engoliu as uvas em seguida, abrindo um sorriso:

— Também tenho algumas histórias.

A Sra. Almeida e seu marido resolveram se retirar. Estavam cansados e não tinham nenhuma história de terror para contar — ou as que tinham não eram do terror que agradava aos mais jovens, eram coisas da vida real que poderiam ser mais aterrorizantes do que fantasmas e criaturas fantásticas que viviam na noite. De braços dados, o casal foi para o quarto, conversar o que seria de seus filhos, e deixaram para trás um ar de perfeita harmonia, como se um não pudesse existir sem o outro.

— Bem, então vamos começar. — O filho foi se arrastando pela casa, apagando as velas da sala, para apenas deixar uma acesa.

Mariana, tremendo, pulou para junto de Laura. O grupo resolveu reunir em roda e com a vela no meio. Não querendo sentar-se no chão, Alice puxou uma cadeira para si, sendo a única "acima" de todos.

O primeiro a contar uma história foi Arturzinho. Criava uma atmosfera apreensiva com seu falar misterioso e olhar de suspeita, amplificado pela luz flébil e tremeluzente da vela:

— Havia uma casa no meio do nada e habitada por ninguém, de barulhos e surpresas era feita. Diziam que lá um homem se matara e desde então a casa se empesteara de...

— AHHHHHHHH!!!!

O grito assustou a todos, inclusive ao próprio contador. Laura pediu desculpas. Mariana havia apertado o seu braço com força. Alice, com a mão no peito, crucificou as duas com o olhar. Pediram desculpas para que a história prosseguisse.

— ... em noites sem lua poderiam ser ouvidos gritos de agonia vindos de dentro da casa. Outros, mais corajosos, que se aproximavam da casa, diziam ver um vulto branco que se arrastava pela escuridão da casa com uma vela na mão e correntes na outra, a gemer...

Os rostos apreensivos não desgrudavam das palavras de Arturzinho até sumirem na escuridão.

A vela havia apagado.

Gritinhos de medo ecoaram. Arturzinho pediu que não entrassem em pânico, deveria ser apenas uma corrente de ar. Manuela explicou que todas as janelas da sala estavam fechadas e não havia como tal acontecer.

Foi quando, da escuridão, surgiu uma luz tremulante. Vinha do corredor. Manuela e Virgínia se abraçaram. Mariana, agarrada ao pescoço de Laura, mal deixava a irmã respirar. Alice, parada em sua cadeira, nem se mexia de medo.

Eis que uma voz surgiu no ar:

— O que fazem aí?

O grupo congelou. Não havia quem pudesse responder algo. Pela porta, uma figura de branco foi aparecendo aos poucos, num longo vestido e os olhos acesos.

Carregando uma vela, Nana parou diante deles:

— O gato mordeu a língua de todos? Perguntei o que fazem aí no escuro?

Relaxando os corpos, os jovens se entreolharam e começaram a rir. A ex-mucama nada entendeu, apenas mandando que fossem dormir, no que eles concordaram.

Ao se levantar, Laura sentiu uma fraca corrente de ar passando pela barra de sua saia. Olhou para o lado e viu que vinha da parede. Não soube explicar o fato, mas também não ficaria sozinha na sala para tentar descobrir. Seguiu os outros em passos apressados.

Em algum momento da madrugada, em que o luar banhava sua cama, Laura revirou-se no entrelugar dos sonhos, no universo do quase despertar. Pôde, então, perceber todos os pelos do seu corpo eriçados como se a observassem do meio da escuridão. Virou-se de costas para o outro lado, tentando apertar os olhos o máximo que podia e rezando que não fosse nada. Saiu do estado da sonolência para o da vigilância. O temor havia acordado todos os seus músculos, contraídos de medo. Demorou um pouquinho para que novamente rumasse em direção ao sono. Quando mais relaxada, quase entrando no estado de sonolência novamente, uma coisa fria encostou em sua perna. Laura deu um pulo para fora da cama, caindo no chão.

Entre os lençóis brancos e os volumosos travesseiros viu uma mulher deitada. Seria um fantasma? Nunca havia visto um! Seria a sua avó? Remexeu-se de animação, afinal veria o seu primeiro fantasma. Chegou mais perto, com cuidado, para ver o rosto enfiado nos lençóis.

E reconheceu Mariana.

— O que faz aí? — sussurrou, ainda excitada.

— Estava com medo. — A caçula virou o rosto amassado pela noite.

— Medo de quê?

— Daquele homem que vimos na colina. Posso dormir com você?

Laura se deitou na cama, acomodando-se ao lado de Mariana:

— Pode sim, mas desde que não coloque mais este pé frio nas minhas pernas. Achei que era assombração.

As duas se acomodaram, abraçando-se. No aconchego, Laura entrelaçou os seus pés quentinhos aos da irmã, fazendo com que Mariana adormecesse com um sorriso no rosto.

5

O sol mal se firmara no céu e as meninas convenceram Arturzinho de ir passear pelas alamedas da chácara. Virgínia, já sem tosses ou preocupações, preferiu ficar com a mãe e descansar — uma recaída poderia ser pior. Os cavaleiros errantes, como Laura denominava-os, estavam mais uma vez reunidos para a próxima missão. Correndo na frente iam Mariana e a irmã escritora, mais atrás seguiam Alice e o irmão. Com um cansaço imenso nas pernas, Manuela era a última. Buscava ultrapassar as barreiras impostas pelo corpo, queria acompanhá-los até o fim, mas, ao pé de uma colina, parou para retomar o fôlego. Seus olhos foram subindo o verdume e chegaram ao pico. Quatro sombras contra o sol se dispunham a mirá-la:

— Venha, Manuela! Ande, Manu!

Tomou coragem, mordendo os lábios, arregaçou as saias e escalou a colina. Chegou no topo e lá de cima pôde contemplar o lugar. Uma imensidão rodeada por pedras pintadas no desfecho do céu, tons de uma natureza que só aos olhos poderia ser ali retratada. Respirou fundo. Uma brisa passou pelas suas madeixas escuras, presas num coque comportado. Ainda podia ouvir os risos de dias passados, em que seus cabelos vibravam ao vento e as aventuras arrebentavam com seus pés — como agora.

— Vamos descer! Temos muito ainda o que conhecer — Laura puxou Manuela pela mão.

— Espere, Laurinha! Não tenho condições de seguir muito mais. E ainda temos que guardar forças para o caminho de volta.

— Eu não estou cansada!

— Nem eu! — gritou Mariana, logo depois de Laura.

— Façamos o seguinte, eu volto com Manuela e vocês três continuam o passeio — estipulou Arturzinho. — Essas botas novas estão massacrando meus pés.

— Essas sapatilhas são um suplício! — Laura mostrou os sapatos que estavam nas suas mãos, e que estava caminhando há algum tempo somente de meias. — Carambolas! Deveria ter posto botinas! Por que não pensei nisso?

— Quanta elegância — comentou Alice, retirando um biscoito de dentro do bolso do vestido.

— Melhor não mostrar isso perto de mamãe e, muito menos, da tia Teocrácia, senão será massacrada — avisou Arturzinho, bem-humorado.

— Arruinou um excelente par — murmurava Mariana, que teria herdado aqueles sapatos.

— Assim ninguém nunca se casará com você — atestou Manuela.

— E por que não? Casamento é amor. Se a amam, irão se casar com ela, sim. — Mariana defendeu a outra.

— Para se casar não é preciso o amor, Mari. Este pode vir com os anos de convivência entre duas pessoas. — Manuela procurou uma pose de mulher madura para combinar com o seu discurso.

O irmão nada comentou, não pretendia casar tão cedo agora que havia conhecido os prazeres masculinos da vida de solteiro.

Mariana quase caiu para trás, tomada pela surpresa. Alice ficou quieta, apenas a encarar Manuela com total falta de apoio. E Laura foi a mais escandalosa de todos:

— Não acredito no que ouvi! Por isso que as mulheres não têm o mesmo poder e direitos dos homens! Não podemos nem escolher quem queremos amar!

— Laurinha, seja menos teatral. Isso um dia a punirá — esnobou Alice, falando de boca cheia.

— Alicinha, seja menos cheia de si. Isso um dia a punirá — retrucou em falsete.

— As duas, nem comecem a brigar aqui! — Manuela pôs-se na frente. — Senão serei obrigada a contar a papai e mamãe e sabemos bem qual será o destino de ambas: o convento!

Laura e Alice abaixaram a cabeça. A irmã mais velha ressaltou que deveriam voltar para casa, pois parecia que estava perto da hora do almoço. Arturzinho, confirmando no relógio de bolso, foi tomando o retorno e Alice resolveu ir junto. Vendo-se a sós com Laura, Mariana também desanimou e correu atrás dos irmãos mais velhos.

Sozinha, Laura demorou um pouco para aceitar que a aventura

terminava ali. Sentiu-se obrigada a também ir embora — mas só recolocaria os sapatos quando perto da casa.

Mediante as reclamações de Laura, que queria ter continuado, o grupo resolveu pegar um outro caminho. Acabaram passando ao lado do cipreste — que era avistado da estrada — e de uma imensa casa de pedra que parecia abandonada. Fascinada, Mariana nem viu seus pés rumando na direção da porta. Seus olhos vibravam com a intensidade de uma saudade que não sabia explicar.

Os irmãos, mais adiante, pararam para ver o que havia acontecido com ela. Alice chamou-a e a menina teve de seguir seu curso.

Aquele casebre não era de todo estranho para Laura, Arturzinho e Manuela. Lembraram-se do senhor que lá morava, com cara de estrangeiro, e do medo que ainda podia percorrer seus ossos só de olhar para aquele lugar e do susto naquela tarde. Trocaram silêncios e continuaram a caminhada. Para afastar as más lembranças, Laura deu o braço à Mariana e as duas foram saltitando e cantando atrás de Alice, Manuela e Arturzinho. O irmão ria-se delas, saudoso dos tempos que poderia fazer o mesmo. Já as outras não pareciam sentir falta alguma, criticando uma para a outra.

Mariana resolveu dar uma última espiadela na triste casa de pedra e notou algo que a fez parar.

— Olhe só, Laurinha. — Apontava a casa. — Parece que há alguém na janela do andar de cima.

— Melhor irmos. — Alice puxou o grupo. — Mamãe não gosta quando nos atrasamos. E é feio ficar apontando para as coisas, Mariana, é muito deselegante!

Sob a vista atenta, foram embora. Laura voltou a puxar o coro, dessa vez seguida pelos outros irmãos. Mariana, contudo, acabara perdendo-se em outros pensamentos no meio de um verso. Nada mais entendia, se é que sabia o que deveria entender. Acreditava que a pessoa ainda estava ali, atrás das cortinas escuras, observando-os. Não podia ver quem era, mesmo assim, temeu quem quer que fosse. Grudou-se no braço de Laura, cantarolando a música bem baixo, ainda fervilhante em dúvidas que domavam sua língua mais do que a canção.

❦

A agulha passava pelos minúsculos pontos do tecido, num vai e vem homogêneo, quase chato de se ver. Nem a cor verde-escura da linha trazia-lhe qualquer alegria. Um nó no fim e depois partiu o fio. Mariana ergueu o seu bordado para ver como estava. Ainda faltavam as pétalas da flor, contudo, o caule parecia um pouco torto. Soltou um gemido de insatisfação. Tanto sua cara quanto sua boa vontade se fecharam. Ouviu um barulho no canto da sala. Levantou os olhos, sob o rosto enrugado, e fechou as sobrancelhas:

— O que procura aí, Laurinha?

A irmã, tateando a parede da sala, lhe lembrava uma doidivanas.

— Quero saber onde dá aquela janela. Eu não lembro dela quando era menor.

— Que janela? Como assim?

Encarando a irmã, Mariana tentava entender por que Laura colocava o ouvido contra a parede e mexia as mãos sobre a superfície fria em círculos:

— Que está fazendo?

— Creio que aqui há uma passagem secreta. Nos livros eles fazem assim.

Mariana revirou os olhos e retomou o bordado. Uma cena atípica, se tratando da caçula. Normalmente ela se empolgaria com o mistério e ajudaria Laura a desvendar. Mas, desde que havia visto aquela casa, era como se Mariana houvesse crescido dez anos em segundos.

— Não vá me dizer também que eu fiquei louca — reclamou Mariana.

— Como assim? — Laura se sentou ao lado dela, apoiando o queixo na mão e analisando a parede.

— Alice e Manuela não querem nem me ouvir. Mamãe, muito menos. Virgínia disse que devo estar vendo coisas. Arturzinho e papai acreditam que ainda sou mais criança do que adulta.

— Nisso eles estão certos.

— Até você, Laurinha? — Largou o bordado, mais frustrada do que desanimada.

Ao perceber que poderia ter deixado a irmã magoada, Laura voltou-se para ela:

— O que a perturba tanto, Mari? Está assim desde o almoço.

— Sabe o que é? Promete que você vai acreditar em mim? — Laura afirmou e confirmou. — Bem, quando voltávamos, eu vi algo que até agora não sai da minha cabeça. Se lembra da casa que mais parece um castelo de pedra?

— Como iria me esquecer?! Vou até escrever um livro sobre ela!

— Hum, na janela do segundo andar da casa havia um homem nos observando.

— Tem certeza disso? Papai disse que aquela casa está vazia há anos!

— Tenho sim. Eu juro que vi. — Ficou aflita, apertando as mãos de Laura.

A outra se levantou do sofá, com os olhos arregalados:

— E se era um prisioneiro foragido? Ou um jovem infeliz e sem amigos? Melhor, um assassino arrependido de seus horripilantes atos? Será que era um fantasma?

— Ele me parecia bem real.

— Sabe o que isso dá? — Nem esperou Mariana negar. — Uma ótima história! Preciso escrevê-la agora mesmo. — E correu sala afora.

— Mas, Laurin...

— Depois conversamos!

Mariana apenas ouviu os passos apressados da irmã subindo as escadas da casa.

— Que maravilha! — Fechou a cara e cruzou os braços.

Mariana não conseguia mais comprimir sua impaciência. Ficar entre paredes podia ser muito angustiante quando se é ainda jovem. Sem mais nem menos, desistiu de ficar na sala e foi para o alpendre. Quem sabe lá arrumaria alguma coisa para fazer? Maldita hora em que esquecera as bonecas na casa do Rio. Agora, pelo menos, teria alguma coisa para fazer. Desceu ao jardim e chutou a grama. Infeliz e miserável, cruzou os braços. Nada à sua volta fazia com que tivesse vontade de brincar. Preferiu se jogar no chão e ficar deitada olhando para o céu, como Laura fazia. Seus imensos olhos castanhos deram-se de encontro com as nuvens que iam fechando o tempo. Em pouco tempo surgira uma tela em *dégradé* cinza. Quis assobiar. Saíram alguns sons que nem podia dizer se eram assobios ou assopros. Deixaria os assobios para Laura. Além do mais, se Manuela a visse assobiando, com certeza daria um sermão, igual ao que dava para Laura: "Só garotos e pessoas deseducadas assobiam, Mariana de Cássia Almeida".

Duas gotinhas geladas caíram em seu rosto. Dando-se conta da garoa que começava, Mariana preferiu se abrigar. Não estava com humor para mais reclamações sobre a sua conduta. Foi para dentro da casa, girando. Quem sabe assim chegaria cansada de tanto brincar? Pelo menos, era divertido ver o mundo girar à sua volta. Numa das rodadas, notou que havia alguém montado num cavalo no alto de uma das colinas perto da casa. Parou abruptamente, fazendo com que sua cabeça doesse. Fechou os olhos e quando os abriu, aguardando o mundo frear, não havia mais ninguém lá. Será que era o fantasma do cavalo negro? Não ficou para descobrir. Enfiou-se no cômodo que tivesse mais pessoas para lhe fazerem companhia e aguardou o medo passar.

❋

A chuva batia contra as telhas da casa, ecoando uma sinfonia eterna e uniforme. Gotas reunidas que entediavam o olhar de Alice, estendida na janela. Sobre a terra soavam espadas de luz, numa luta incessante pela conquista do céu, urrando pelos vales com odes de poder, o que acabou assustando Mariana — sentada no chão da sala a ler uma história de terror que Laura havia escrito naquela manhã.

❋

Havia sido daquele ambiente calmo, no meio do turbilhão que fora se fazia, que os olhos azuis enevoados, de quem não teme a morte, observavam as águas que caíam em fúria, formando uma cortina esbranquiçada. Rios escorriam por seu rosto fino de estrangeiro e sua pele arrepiava com os pingos mais frios, no entanto, nada parecia perturbá-lo. Os cabelos loiríssimos grudavam, assim como as ricas roupas contra o corpo magro, e a aba de seu chapéu começava a entortar com o peso da chuva. Do alto da colina em que estava, o homem em feições de estrangeiro podia observar aquela casa colonial em que a família Almeida se hospedava. Como se suspensa no tempo, aquela casa abençoava o homem com as lembranças de um passado feliz, que nem sempre ele se possibilitava recordar. Montado em seu cavalo, o homem galopou na direção contrária dos pensamentos. Havia muito o que fazer, ainda.

*

Um raio caiu atrás do monte e um trovão ecoou assustando a todos:
— Valha-me Deus! — A Sra. Almeida fez o sinal da cruz.
— Se Deus faz isso é porque ele está bravo? — Mariana deixou a todos espantados com a sua pergunta inocente.
— Não. Ele está apenas limpando a Terra das impurezas — explicou a mãe.
— E numa Terra dessas — Laura completou — há de lavar até desgastar o solo.
Ninguém pôde aguentar e risadas se uniram atravessando as paredes e indo parar nas orelhas de Nana, compenetrada em fazer o pão caseiro, cantando um ponto de proteção para a família. A chuvarada era sinal de coisa ruim.

6

No papel branco, Laura expunha todos seus pensamentos. Não tão velozes como a ideia primeira, mas num compassar que a deixava satisfeita. A pena deslizava, enchendo aquela branquidão como se enchia de vozes e sentimentos. Sentia o mundo abrir-se dentro de si e tudo o que via acabava se transformando em letras. A casa na estradinha velha transformava-se num castelo perdido no meio da Europa Central e o homem na janela não passava de um fantasma à espreita de uma visita invasora. Aquilo a agradava, fazia-a mais viva, parte do mundo. Laura tinha em seus livros o seu lugar, onde pudesse ser ela mesma, onde pudesse fazer o que queria, onde pudesse ser quem quisesse. Quantas vezes era herói e vilão, quantos sentimentos que antes nunca sentiu e sua pena transmitia tão bem ao papel!

O Sr. Ouro Verde — o nome da imagem vista por Mariana, de acordo com a memória de seu pai — em nada parecia se assemelhar com Ornath, o personagem de Laura, por ele inspirado. Não tinha os cabelos brancos ralos, nem os olhos cinza-claros que nem pareciam existir. Era alto, de cabelos loiríssimos e olhos azuis pequeninos. Uma descrição que lhe remetia à imagem um tanto apagada de um homem que uma vez visitara seus avós quando tinha sete ou oito anos.

— Um homem muito reservado, apesar de tudo — comentava o Sr. Almeida, durante o jantar.

— Não acredito que foi visitar ele, papai — balbuciava Laura, com os olhos fixos.

— Devemos ser educados com todos, ainda mais com os nossos vizinhos — a mãe ressaltou.

— Conte mais sobre ele, papai! — Mariana vibrava a cada sílaba sobre o Sr. Ouro Verde. — Então ele não foi viajar? Era ele mesmo que eu vi na janela e que NINGUÉM acreditou em mim?

— Sim, sim. Parece que chegou recentemente de uma longa viagem que fez com o seu protegido.

— Protegido? — as meninas começaram a se interessar, menos Mariana, ainda pregada na imagem do homem na janela.

Sentada ao lado do pai, na mesa da sala de jantar, fingindo estar preocupada em comer, Mariana analisava o que o pai havia dito. Se pudesse, pediria que contasse novamente sobre o encontro. Queria captar algo que talvez tivesse fugido da sua percepção. Ter uma história recontada era como se reviver o fato e tê-lo mais próximo a si — algo que não saberia exatamente explicar, mas o entendia de *coeur*. Diferente de Laura, não queria fazer dele uma personagem, queria apenas poder imaginar quais mistérios envolveriam aquela pessoa. Adorava adivinhações deste tipo. Tinha o costume de brincar com Laura um jogo que inventaram em que a irmã escritora criava uma personagem, contava sua história e Mariana deveria investigar os mistérios por trás dela. Passavam tardes e mais tardes chuvosas brincando disso. No caso, não era apenas uma brincadeira, era alguém real e com um mistério real.

— Não sei ainda muito sobre. Foi o dono da venda que me contou muito *en passant* — explicava o pai às filhas, interessadas na possibilidade de novos conhecidos e, quiçá, algum jovem interessante aparentado do vizinho misterioso.

— Papai — Alice miou com a boca cheia —, quando vai nos levar até a cidade? Eu não aguento mais ficar nessa casa sem fazer nada!

— Eu também! — Manuela enfiou uma garfada na boca, logo em seguida.

— Vamos ver... Vamos ver...

— Mas como é a casa dele, papai? — Alice perguntava com a boca ainda cheia. — Os móveis são elegantes? Tem quadros? Adoraria morar numa casa repleta de quadros com molduras douradas. Chique a valer!

— Pareceu-me um tanto simples, apesar da fachada imponente.

— Então ele não deve ter muito dinheiro — concluiu Manuela.

— Pouco nos interessa as posses dele. Achei-o uma pessoa de boa fé e isso já nos basta. Convidei-o para vir visitar-nos quando quisesse.

Nada mais foi dito a respeito do Sr. Ouro Verde durante a refeição, e Mariana teve de mergulhar suas ideias nas saborosas mastigadas da sobremesa. Depois do jantar, em seu quarto, sob a luz mortiça da vela, Mariana delirava em incontáveis pensamentos sobre o homem. Impaciente em manter para si o silêncio, virou-se para Laura — que lia um livro deitada na cama:

— Como acha que é esse Sr. Ouro Verde? Por que tanto ronda a nossa casa?

— Não sei. Ele ronda?

— Queria muito conhecê-lo. Deve ser que nem os heróis dos seus livros. Acho que deve ser muito bonito, inteligente e simples.

Abaixando o livro, Laura soltou um tom de desconfiança para Mariana, abraçada em seu travesseiro como a um namorado:

— O que está traquinando? Não acha muito jovem para morrer de amores? Ademais do fato dele ter muitos anos a mais do que você.

— Como pode saber?

— Papai mencionou que era amigo dos nossos avós e que eles compraram essa casa da família dele. Deve ter, no mínimo, a idade de nossos pais.

— Só estava a pensar como ele deve ser. — Fez beiço.

— Ora, tome tenência, Mariana. Ainda é muito nova para pensar em rapazes.

— Ora, digo eu! Tenho idade suficiente para pensar no que quiser!

— Oh, se é assim, então pense o quanto mamãe vai ralhar conosco se não formos dormir agora. Além do mais, papai nos prometeu levar à cidade amanhã.

— Por certo! Depois de tudo que Alice fez e implorou! Até chorar a infelicidade em ser membro dessa família no ombro de mamãe ela chorou. "Nunca iremos arrumar marido se ficarmos trancadas em casa. Nunca, mamãe! É isso que quer para as suas filhinhas? Todas solteironas e desprezadas pelo tempo?" Mamãe até bateu na madeira quando ouviu esses lamentos. Mas não nego que estou feliz em ir até a cidade.

— Que bom que a atuação de Alice serve para alguma coisa...

Laura pôs o livro de lado, aconchegou-se em seus lençóis e apagou a vela, escurecendo o quarto, mas não a mente de Mariana. Um sonho ainda veio perturbá-la. Estava no meio da chuva, sem enxergar nada e com muito frio. Chamava por Laura e a irmã não respondia. Foi então que ouviu o relinchar e, do meio da cortina d'água, saiu um homem montado num cavalo negro. Não podia ver a cara dele, o que fazia a sua nuca arrepiar. Teve medo, muito medo, mas não tinha para onde fugir. O cavaleiro pegou-a pela cintura e puxou para cima do cavalo e galopou para os confins. Ao acordar suada, a própria Mariana não era capaz de entender por que não lutou para se livrar do cavaleiro misterioso. Ele era como um conhecido antigo que a resgatava.

Um barulho de passos foi ouvido pela menina que mal pusera a cabeça de novo no travesseiro. Levantou-se e espiou o quarto por cima do lençol — enfiado até a altura do nariz. Nada parecia ter entrado no cômodo. Olhou para a cama ao lado. Laura estava deitada de bruços e com o travesseiro caído no chão. Uma perna fugia do cobertor e tinha a boca aberta, por onde escorria alguma saliva. Por que a irmã se mexia tanto? Quem sabe o barulho que tenha ouvido fora do travesseiro? Quis se enganar. De costas para a porta do quarto, encolheu-se toda. Teria que dormir com a cabeça enfiada debaixo dos lençóis.

❦

Na manhã seguinte, durante o desjejum, Mariana perguntou se alguém ouvira algum barulho e todos garantiram que fora a sua imaginação.

Enquanto tomava seu café a Sra. Almeida notou que faltavam pães para todos. Chamou Nana, que veio à sua maneira.

— Nana, quantos pães foram feitos ontem à noite?

— O de sempre, senhora. Dez pães.

— Mas aqui só tem sete pães. Alguém por acaso veio aqui mais cedo apanhar algum?

Ninguém da mesa se acusou. Nem mesmo Alice, apesar de todos os olhos recaírem sobre ela.

— Bem, senhora, ontem mesmo eu fiz tudinho, pus no prato e deixei descansando em cima da mesa da cozinha para que hoje de manhã já fosse servido. Estavam até quentinhos quando terminei!

A Sra. Almeida dispensou Nana e ficou matutando em silêncio. Acabou privando-se do seu pão para que outros pudessem comê-lo.

❦

Com a barriga satisfeita, Laura foi para o alpendre da casa aproveitar a luz natural e escrever um pouco antes de bater em retirada para o passeio pela cidade. Seus olhos doíam pela noite passada em que ficara tendo que espremê-los para ler um romance sob a luz de um cotoco de vela. Mal pusera a primeira ideia no papel e Mariana se aproximou dela:

— Laura, quero lhe contar uma coisa muito, muito, muito estranha.

— O que pode ser muito, muito, muito estranho? — Deu toda atenção a ela, que se sentou ao seu lado num dos degraus do alpendre. — Conte-me o quanto antes, pois tenho que terminar essa história ainda hoje, antes que me fujam as ideias, ou que papai nos chame para sair.

— Ontem à noite, eu ouvi um barulho na casa. Pareciam passos. E hoje de manhã os pães sumiram. Devemos ter um ladrão em casa.

— O que não me surpreende. Anteontem Alice estava reclamando que um dos lenços que estava bordando sumiu. E Manuela encontrou uma agulha em cima do piano. — Laura coçou o queixo e deixou seus olhos a levarem para longe. — Isso tudo é muito estranho mesmo, mas, enfim, a vida é estranha! — Deu com os ombros, retornando ao seu texto. — Deve ser Arturzinho a nos pregar peças. Sabe que ele adora fazer isso — falava sem tirar os olhos das palavras que ia escrevendo. — Lembra-se daquela vez que pôs um lençol e veio nos assustar fingindo que era um fantasma? Não se preocupe, é apenas mais uma de suas brincadeiras de mau gosto. Agora me deixe escrever no pouco tempo que tenho, enquanto Manuela e Alice terminam de se aprontar. Sorte a nossa que temos elas para nos atrasar para esses encontros sociais. Quanto menos perto da sociedade, um tanto melhor! Depois mostro para você o que escrevi.

Mariana teve que se contentar com as explicações de Laura. Pelo menos, estas não a assustavam tanto quanto as milhares de outras que formulara em sua cabeça.

Diário de Alice
Petrópolis, 19 de janeiro de 1881

Eu vi o Imperador! Eu vi o Imperador! Eu vi o Imperador! E tenho quase certeza de que ele me viu também e deve até ter sorrido ao notar meus lindos olhos azuis. Como foi maravilhoso ser apreciada pela sua majestade imperial! Minhas amigas vão morrer de inveja quando eu contar! Bem que disse a papai que um passeio à Petrópolis faria bem.

A cidade em si deixa muito a desejar, com seus canais e poucas lojas. Por fim, só entramos numa e que era bem démodé. O importante, realmente, foi o Imperador. Se não fosse por ele, o passeio teria sido tão desastroso quanto permanecer em casa.

Finalmente pudemos conhecer o famoso Sr. Ouro Verde. Famoso não sei por que, pois me pareceu ser um homem velho, com cara de estrangeiro e repleto de mau humor. Disse que estava acompanhando o Imperador, que adora passar as manhãs na ferrovia, apreciando a música da banda que toca na Estação. Que me importa! O que importa de fato é o Imperador ter acenado para mim de volta.

Acho que o vi com a mão levantada. Será que ele vai me convidar para um baile em seu palácio? Esperarei ansiosa o convite.

Até agora a única carta que chegou foi a de tia Teocrácia comunicando seu desejo de vir se juntar a nós. Espero que esse desejo se esvaia. Não acho elegante o jeito impertinente e cheio de desdém que nos trata. Só porque seus filhos estão longe, não quer dizer que pode educar os filhos dos outros. É como se ela mesma fosse símbolo de educação.

Diário de Laura
Petrópolis, 19 de janeiro de 1881

O passeio para Petrópolis foi frustrante para quase todas. Eu não encontrei nenhuma livraria! Manuela e mamãe não se interessaram por nenhum vestido, e Virgínia ficou todo o tempo parada olhando para as árvores floridas. As únicas que ficaram contentes foram Alice e Mariana. Alice ficou feliz porque a carruagem do Imperador passou em alta velocidade por nós. Até adeusinho ela deu e jura ter visto o Imperador retribuir. Nem eu, nem as outras, vimos se havia alguém dentro da carruagem imperial.

Quanto à Mariana, o ser que desejava ver estava bem próximo. Papai nos fez entrar numa espécie de termas para nos mostrar como era o processo de cura pelas águas. Quando saíamos, ele foi cumprimentar um senhor que por lá passava. Pelos cabelos e olhos claros, de quem parecia estrangeiro, me lembrei imediatamente quem era: Sr. Ouro Verde. Mal falei para Mariana e ela não parou de encará-lo, a ponto de deixá-lo sem graça. O Sr. Ouro Verde falou muito pouco e não se deixou apresentar. Disse que tinha pressa em se despedir de alguém. Não entendi direito, porque o homem falava bem baixo. Parecia incomodado com tanta mulher olhando para ele. Antes de ir embora, me encarou. Até fiquei arrepiada com a intensidade daquele olhar. Carambolas, que medo! Lembrei-me que eu o conheci sim, há alguns anos, e que tinha olhos tristes. Desta vez, no entanto, não pareciam tão tristonhos como antes. Alguma coisa em sua vida havia mudado. Vou imaginar o quê.

Diário de Laura
Petrópolis, 21 de janeiro de 1881

Não sei se é minha imaginação, pelo fato de tanto ler, ou um sentido a mais, cuja existência eu ainda desconhecia. Resta-me confessar que ando a criar fantasias um tanto perturbadoras em minha cabeça sobre as pessoas. Nem as conheço e logo ganho o impulso de tudo querer saber delas e até alguma coisa adivinhar por métodos não racionais. É confuso para mim admitir que, de alguma forma, o caráter do Sr. Ouro Verde estava tão bem delineado em minha mente depois do jantar. Mas não foi somente isso que me fez agora escrever nessas páginas minha consternação. Junto da imagem de um homem que se faz esconder por temer o regresso de seu passado, o qual, devo confessar, estou muito curiosa para descobrir, peguei de surpresa um olhar a mais em Mariana. Um olhar de maturidade, de entendimento, de caridade. Eu nunca a havia visto dessa forma. Só espero que ela não venha nos trazer a infeliz notícia de que se apaixonou por um estranho com o triplo — ou quádruplo — da sua idade. Apesar de que isso seria, de certa forma, excitante. Mamãe acharia que sua família caíra na ruína. Papai procuraria ver em que errara na criação da filha. E meus irmãos fariam um escândalo, imaginando os piores futuros para si mesmos. Já eu, talvez a apoiasse. E ainda aproveitaria para escrever um livro sobre o romance proibido dos dois, pois assim ele seria contado por nossa família. "A paz que de nós é retirada, não a ganharia quem a roubou", esse poderia ser o lema dos Almeida, mas acho que ainda preferem o: "colhemos o que plantamos".

Passei a noite a imaginar como seriam os pretendentes de minhas irmãs. Sei que ainda somos jovens demais para nos casarmos, porém espero não estar viva para ver esse dia. Penso também em Arturzinho. Ele se diz indisposto a casar, vive de festanças com os amigos, ainda mais agora que passa mais tempo num tal clube de cavalheiros do que em casa, ou praticando os estudos de Medicina. Queria eu poder participar de um clube! Seria bem mais divertida a minha vida; uma boêmia a conversar sobre literatura. Só de pensar a minha caligrafia treme!

Manuela tem o seu pretendente, Tancredo, filho de nossa tia Teocrácia. Cresceram juntos e seria a felicidade da família vê-los unidos, só imagino o porquê, afinal, mal se conhecem, o que diria de se amarem! Pobre papai se ele me arrumar um pretendente que não seja de minha total escolha! Pobre de mim se aceitar um pretendente! Não quero me casar e ponto final! Serei a eterna solteirona da família, se precisar. A única coisa que me interessa é ter meus livros publicados, minha família ao meu lado e só. Para tanto, devo sempre manter a moral intacta e não desvanecer nas águas traiçoeiras do amor — este só existe em livros.

Alice, esta será um árduo fardo para quem a desposar! Sendo que ela preferirá o marido mais rico e bonito que existir que banque a sua gulodice. Coitado do seu esposo! Ainda terá que aguentar seu gênio escondido atrás de olhos azuis. Pobre infeliz! Já Virgínia é um enigma tanto para mim quanto para qualquer membro da nossa família. É muito solitária, nunca sabemos se sobreviverá à próxima doença.

Duvido que um dia chegue a se casar por causa de sua saúde fraca. Se fosse por sua beleza, teria uma fila de pretendentes de dar inveja à Alice.

A caçula da família, minha querida Mariana, se casará um dia se deixar de ser rebelde. Ela nega aprender piano e as lições de francês, mas sei que no fundo deseja ser uma dama e conquistar seu lugar como esposa de alguém. Por que será que existem mulheres que se contentam com isso? Viver para um homem? Não sou capaz de entender, muito menos de assim me fazer.

Os últimos dois dias também foram bem conturbados. Meu irmão foi embora, pois recebeu uma mensagem urgente do seu amigo. Quando um mensageiro trouxe a carta, Alice quase caiu em cima de mamãe, jurando que era um convite do Imperador para ela. Ficou muito decepcionada ao saber para quem era a carta e até se fez de miserável, subindo para o quarto e dizendo consigo mesma que devia haver algum engano, provavelmente não encontraram o endereço correto. Outra carta veio logo em seguida, o que fez Alice, novamente, ficar atiçada. Mas essa era endereçada à mamãe e a todas nós. Tia Clara e nossas primas Joaquina e Carolina vinham para passar alguns dias com a gente. Será muito divertido tê-las aqui!

Vou dormir agora, que amanhã será um grande dia. Ainda não sei o porquê, mas pressinto isso.

7

Um tombo e alguma coisa se quebrando. Foi esse o barulho que acordou Laura. Nenhum movimento de sombras se fez no quarto. Parecia tudo normal. Até mesmo Mariana estava ressonando em sua cama, falando coisas incompreensíveis. Laura tentou fechar os olhos e voltar a dormir. Deveria ter sido apenas parte de um sonho que não se lembrava. Eram raros os quais poderia contar na manhã seguinte para Virgínia — a grande intérprete de sonhos da família. Dissera, certa vez, que sonhava tanto com árvores florescendo, que Virgínia vira aquilo como indício de uma vida cheia de bons frutos. Laura bem que queria isso mesmo. E quando o sono voltava a atacar suas pálpebras, um novo barulho, dessa vez mais forte, a fez sentar na cama, sobressaltada. Mariana também acordou.

— Acho que tem alguém lá embaixo.
— Laurinha, será que é um fantasma?

A irmã se levantou da cama, pondo um xale por cima da camisola.

— Não sei. Seja o que for, está lá embaixo. Se for fantasma, um tanto melhor, pois nunca vi um. Já se for um ladrão, não saberei o que fazer. Talvez o convide para tomar café.

— Enlouqueceu?

— Não, estou brincando — dizia enquanto abria a porta do quarto, com cuidado para não fazer barulho e afugentar o seu fantasma.

— Laurinha, aonde pensa que vai?

— Ora, vou descobrir o que é que faz tanto barulho.

— Vou com você — Mariana agarrou-a por trás.

— Se for para ficar grudada em mim e me atrapalhar, é melhor que nem venha — falava bem baixo para não assustar o intruso.

A escuridão da casa e o estalado da madeira as amedrontava ainda mais. Não levavam uma vela para não serem delatadas, mesmo assim, assustavam-se uma com a outra se entregando com gritinhos.

— Pare de pôr essa mão gelada no meu braço — reclamava Laura.
— Desculpe.
— Temos que fazer silêncio. *Shiiiiiiu...*

Aos poucos os olhos iam se acostumando e a escuridão abria-se como uma cortina no início do espetáculo. Desciam as escadas com cuidado para não fazerem barulho. Mariana começou a reclamar do chão frio e Laura pediu silêncio. Do último degrau, Laura viu uma figura negra passando pela porta da sala. Ficou paralisada. Se fosse fantasma, seria branco brilhante, não? Ou aquela sombra era bicho ou invasor. A princípio, tudo o que parecia pertencer a uma aventura imaginária tornara-se um temor real. O perigo a fez estremecer e um gosto azedo explodiu na boca. A irmã mais nova, que já se dizia sem medo, resolveu ir na frente. Laura puxou-a pelo braço, mas Mariana se desvencilhou e continuou. Resolveu ir atrás, em passos contidos, agarrada na camisola da outra.

Pararam na porta diante da sala. Não parecia haver nada lá a não ser a sombra dos móveis. Haviam se confundido com algo. Laura soltou uma respiração de alívio e da escuridão formou-se uma imensa figura negra que não era móvel, mexendo-se pela sala em agitação, indo na direção delas.

Os gritos de Mariana e Laura puderam ser ouvidos por toda a casa.

Rapidamente desceram pelas escadas os pais e as irmãs, cada um carregando uma vela e um susto. Nana, a primeira a chegar, tentou tranquilizar a Sra. Almeida antes que entrasse na sala, o que deixou a senhora ainda mais nervosa, achando que o pior havia acontecido com suas filhas. O Sr. Almeida pediu que Manuela, Alice e Virgínia aguardassem no andar superior e foi ele mesmo averiguar o fato, cruzando olhares assustados com Nana.

Diante deles havia um homem alto e negro. Estava sentado numa cadeira, de mãos no colo e olhar perdido para o chão. Mariana olhava bem para ele, com certa curiosidade. Nunca vira um homem tão grande e tão escuro como aquele! Na luz, ele não era tão terrível, apesar da feiura, das roupas rasgadas e de algumas marcas de carne esfolada nos tornozelos e pulsos. Notou, perto dos lábios rechonchudos, as migalhas dos pães sumidos de Nana, mas era no seu olhar que detinha maior atenção. Havia muita dor, algo que ela não era capaz de entender e que parecia aumentar a cada questionamento do Sr. Almeida.

O escravo não falava nada. Nem ao senhor, nem à Nana. Não haviam conseguido tirar uma só palavra dele. Nana tentava, insistente, com algumas palavras de diferentes línguas africanas. Silêncio apenas. O Sr. Almeida estudou a possibilidade de ter fugido de alguma das propriedades das redondezas:

— Veja o estado desse homem, Nana. Está subnutrido, com os ossos aparentes, as mãos e pés deviam estar amarrados, pois estão em carne viva.

Atiçada, uma das criadas entrou pela sala, agitada, falando uma língua irreconhecível pelo resto do grupo. Finalmente o escravo respondeu no que seria a mesma língua. O Sr. Almeida pediu uma explicação. A moça abaixou a cabeça:

— Sinhô, desculpe nós. O José é escravo da fazenda do lado. Fugiu 'té cá pra pedir ajuda. Achei que *num* tinha mal *deixá* ele cá uns dias. Maltratam ele muito! Sempre ajudo o pobre, mas dessa vez não podia *ajudá*. Então, escondi o José cá.

— Pois fez muito mal, Maria! — Nana se enfezou, colocando as mãos na cintura e apertando as bochechas. — Não sabe que o Sr. Almeida pode ser punido por esconder escravo fugido? O que tem nessa sua cabeça mole, menina? Quer ver pai de família preso porque você não pensou?

— Leve-o para bem longe — ordenou o senhor, calando a Nana. — Esqueça que ele esteve aqui, que eu também me esquecerei. Antes, dê-lhe roupas, comida e um sapato para conseguir caminhar. Devemos ter algo nos baús do meu pai.

Um agradecimento apenas no olhar bastou para o Sr. Almeida. Reparando que os filhos estavam à espreita, junto à porta da sala, o pai mandou que todos voltassem às suas camas e que a criada cumprisse ela mesma a tarefa de levá-lo para fora da propriedade. A Sra. Almeida deu o braço para o marido e teve que responder as milhares de perguntas que Alice fazia do andar de cima, sem querer descer para ver a confusão.

Mariana se revirava na cama. Fechava os olhos e sentia o sofrimento daquele homem. Devia ser muito ruim ser escravo. E quanto à Nana? Ela não parecia infeliz como ele... Será que Nana era feliz? Será que Nana era escrava? O que era exatamente um escravo?

— Psiu! Laura! Psiu!

— O que foi, Mariana? Deixe-me dormir... — Colocou o travesseiro sobre a cabeça.

— O que é um escravo?

A pergunta, um tanto inusitada, despertou Laura. Para ter certeza do que havia escutado, retirou o travesseiro da cabeça:

— Como?

— O que é um escravo?

Laura se sentou na cama, estranhando aquela pergunta. Nunca havia pensado que Mariana não soubesse o que era um escravo — apesar dela mesma só ter descoberto há pouco tempo. Apesar da própria nunca ter avaliado muito o que era a escravidão, apesar de considerá-la terrível, pois não acreditava que uma pessoa poderia "ter" outra, feito um objeto, Laura tentou explicar:

— Achei que significasse pessoas negras e achei que a Nana era escrava, mas a Virgínia disse que não. E também não quis me explicar muito sobre.

— Escravo é mais do que cor de pele, é uma condição. Escravo é quem não possui liberdade e nem direitos.

Mariana arregalou os olhos, assustada:

— Eu sou escrava, então?

— Não, você é criança. É diferente — bocejou. — O escravo é uma pessoa que nasceu para servir a outra pessoa e toda a sua vida é dependente das escolhas de outra pessoa. Entendeu?

— Manuela é escrava?

— Manuela? Não! Por que diz isso?

— Porque ouvi de mamãe e de tia Teocrácia que quando uma moça se casa, ela começa a depender do marido e das escolhas dele, as quais deve obedecer sem questionamentos.

— Não, isso é porque somos mulheres.

— E mulheres não podem ser escravas dos maridos?

Laura engoliu o outro bocejo.

— Vou tentar explicar de outra maneira... Escravos são pessoas que foram trazidas de outro continente há muitos e muitos anos para servirem pessoas muito ricas, mas esses escravos não possuem qualquer direito, nem sobre si mesmos, como se fossem crianças para o resto da vida.

— Ou mulheres?

— Sim, crianças ou mulheres pelo resto de suas vidas, só que podendo ser mais maltratadas.

— Bem piores! Viu como o escravo estava? Todo ferido, Laurinha! Como alguém pode ter feito isso? E quanto a Nana?

— A Nana já foi escrava, mas papai a libertou, pois ele é a favor da abolição. Ele acredita que todos são iguais perante os olhos de Deus e do Homem.

— E por que papai não libertou aquele homem?

— Porque aquele homem não era propriedade de papai. E se ele o mantivesse escondido aqui, poderia ser preso, além de pagar uma imensa soma em dinheiro. Não se pode ajudar, nem esconder escravo fugido, é contra lei.

— Que lei mais injusta!

— Um dia isso há de mudar.

— Como você sabe, Laurinha?

— Escutei de Arturzinho que estão lutando pela libertação de todos os escravos. Cada vez mais as pessoas estão se conscientizando do quão errado é ter um escravo e que deve alforriar os seus. Existem clubes e grupos para isso. Inclusive, soube que Arturzinho faz parte de um que acredito que seja secreto — falava baixinho, em tom de segredo. — Desconfio que tenha voltado por causa do tal clube, pois recebeu um telegrama.

— Como você sabe o que continha?

— Nosso irmão não é uma pessoa atenta e largou sobre o criado-mudo. Li: Venha (ponto) Clube D (ponto) R A. Clube dos Devassos.

— R A? O amigo dele, o Sr. Aragão! Como sabe que esse clube é secreto?

— Não sei ao certo. Estava escutando atrás da porta ele conversando com alguém, dizia que não podiam saber das ações do clube, que eram secretas. Não poderia haver pior pessoa para contarem um segredo do que para o Arturzinho... — zombou Laura, ajeitando-se na cama para retomar o sono.

— Será aquele amigo dele? O de casaca vermelha e cabelos aloirados?

— O que sei dos amigos dele?! — Um bocejo indicou que era hora de voltar a dormir. — Deixo para que Alice se ocupe deles.

— Laurinha, o que posso fazer para ajudar a libertar os escravos?

— No momento, a única coisa que podemos fazer é rezar para que ocorra logo. Somente isso.

— Não é o suficiente...

— Não o suficiente, porque nada será o suficiente até a abolição. Agora durma.

Mariana virou-se para o lado e não soube quando o sono bateu e cortou os seus pensamentos acerca do que era a escravidão e dos seus horrores.

Amanheceu sob os passos corridos de Mariana. A menina, ainda em camisola, pulou na cozinha e puxou Nana pela cintura, abraçando-a. A criada tomou um susto, imaginando que havia aprontado alguma coisa e se escondia das irmãs.

— Que passa?

O rosto, vermelho pela corrida, e os olhos repletos de lágrimas, encararam Nana em tristeza. Mariana tentava se controlar para conseguir perguntar à velha criada a dúvida que a fez revirar na cama boa parte da noite, atirando-a num pesadelo constante:

— Nana, você é feliz?

Aquilo era inusitado. Nana mordeu as bochechas para abrir um sorriso que se transformou num riso:

— Hah, menina, pare de pensar bobagens e vá brincar!

— Você não respondeu a minha pergunta.

— E desde quando pra isso se tem resposta?

Balançando a cabeça, mantendo o riso, Nana foi para o fogão terminar de preparar o almoço, deixando Mariana parada no meio da cozinha, confusa. Achava que era simples dizer se era ou se não era feliz. Mariana passou o dia andando de um lado ao outro, pensando na enigmática resposta de Nana. Podia ser ela feliz tendo sido escrava? O que era exatamente um escravo? Ou o que era a felicidade? Nana disse que para a felicidade não se tinha resposta. Será que ninguém pode ser feliz? Ela era feliz! Ou será que o que sentia quase todos os dias não era felicidade? Só não era feliz quando estava triste ou com dor, mas duvidava que alguém seria feliz doente ou brava ou triste. Será que Nana estava sempre com dor e não contava para ninguém? Nunca viu Nana doente, como nunca viu seu pai ou sua mãe. Será que quando se é grande as pessoas não caem doentes? Ou será que elas não são mais felizes? Laurinha disse que não queria crescer, deve ser então porque gente grande não é feliz, porque ela era a sua irmã mais feliz!

— Chegaram! Chegaram! — gritou Laura pela sala, arrebatando Mariana de suas dúvidas. Atiçava os braços no ar, apontando para a janela de onde vira o coche das primas se aproximando ao cair da tarde.

As primas finalmente haviam chegado!

8

O som alegre do piano saía acompanhando o compassar das meninas. Laura abraçara Mariana e Joaquina, cantando o máximo que seus pulmões pediam. A caçula inventava vozes, o que destoava um pouco, além de deixar Alice perturbada enquanto cantava "afinadamente". Manuela, ao lado de Virgínia, ao piano, virava as partituras e, timidamente, deixava algumas notas fugirem de sua boca. Carolina era apenas sorrisos, achando-se a prima-dona entre todas, formando pose de cantora de ópera — apesar de sua música ser uma marchinha.

Os pais, sentados no sofá diante delas, eram só aplausos.

— Espero que elas não queiram ser uma família de cantoras — comentou baixinho o Sr. Almeida para a esposa e a cunhada.

Elas se olharam. Tia Clara mandou um sorriso de lado e bateu palmas pela música que havia terminado. A Sra. Almeida trocou um olhar repressivo com o marido, e abriu um sorriso para as filhas. O Sr. Almeida riu da atitude da esposa. Ao fim das palmas, levantou-se do sofá com certa dificuldade e foi contemplar as jovens talentosas. Beijou a mão de cada uma e disse que o Teatro São Pedro não poderia recebê-las, senão, poderia desabar com tamanha ovação. Elas adoraram a gentileza e, simpaticamente, aceitaram o toque de recolher sem muitas reclamações. As novidades que traziam da Corte poderiam esperar até o amanhecer.

*

O sol fazia a curva no céu antes mesmo do almoço. Para aproveitarem o seu reinado, as Almeidas decidiram passear pelos campos e apresentá-los às primas. A única que não quis ir foi Manuela, considerando-se velha demais para esse tipo de coisa, preferindo ajudar a tia Clara na cozinha, fazendo biscoitos. A Sra. Almeida não se alarmou, sabia que as filhas não poderiam ficar presas dentro de casa como no Rio de Janeiro, e permitiu que fossem, desde que aceitassem as suas recomendações:

— À vista de qualquer chuva, ou algo que possa ser prejudicial, voltem imediatamente para casa. Laura e Alice serão as responsáveis se algo lhes acontecer. E não vão muito longe, nem falem com estranhos! E voltem a tempo para almoçar! — no fim da frase teve que gritar, pois as meninas já estavam longe da casa.

Carolina, Laura e Virgínia andavam atrás, conversando sobre a paisagem, as árvores da alameda que percorriam, o tempo fresco e a saudade de um lugar para passearem quando voltassem ao Rio de Janeiro. Mariana saracoteava pela estradinha de terra, correndo de ponta a ponta, indo e voltando até as irmãs, reclamando que andavam muito devagar. Alice e Joaquina, de braços dados, cochichavam sobre os moços que haviam visto nos bailes, sobre os que achavam bonitos, dos melhores flertes que haviam levado. Mariana, curiosa com o que elas falavam, meteu-se atrás das duas, apenas a ouvir. Depois soltou um grito, assustando-as.

As outras três começaram a rir da cena em que Alice corria atrás de Mariana, dizendo que lhe daria uma boa lição, e Joaquina, com a mão no peito, se refazendo do susto.

— Volte aqui, sua menina malcriada! Já que papai e mamãe não lhe ensinam boas maneiras, serei eu a primeira. Vai ver como é sentir a chinela — bufava de raiva.

— Você só que vai ver! — A caçula parava e mostrava a língua. — Ninguém quer se casar com você mesmo! — Quando Alice vinha em sua direção, voltava a correr dela. — Oh, Pedro Ricardo! Oh, Manuel! Oh, João-dos-olhos-bonitos! — Punha a mão no peito e representava forçosamente a dor de uma perda. — Por que não me querem? Por que não me desposam? Oh, acho que vou morrer, Joaquina, se ainda não me casar este ano!

A prima Joaquina não resistiu à interpretação e começou a rir. Laura e Carolina pouco seguraram as risadas. Somente Virgínia se mantinha séria, sem mostrar se gostava ou não daquilo, mais atenta a analisar a situação e o que dela viria a seguir. Alice quase pegou Mariana pelos cabelos, mas esta ainda conseguiu se desvencilhar, indo para trás de Virgínia e de Laura.

— Vai fugir, é, sua mal-educada?

— Está bem. Parem vocês duas — ordenou Virgínia. — Daqui a pouco teremos que voltar para casa e não queremos nos atrasar, não é mesmo?!

— Não volto até essa menina vir me pedir desculpas — gritava Alice, saindo das botinas.

— O que juro que não acontecerá. — Mariana mostrou a língua. — Oh, Manuel! Oh, Ricardo! — Pôs a mão na testa e fingiu desmaiar.

Um calor subiu por Alice. Suas faces queimaram. Quis atacá-la mesmo com as irmãs em sua frente. Percebendo que a situação havia ficado séria e que Alice, por ser maior do que Mariana, certamente deixaria a outra bem machucada, Joaquina e Laura largaram os risos e tentaram segurar a descontrolada. Por pouco resistiriam. Alice estava possuída, os olhos saltando das órbitas, o rosto em brasa, salivava. Gritava, estrebuchava, dava um espetáculo que começou a amedrontar Mariana. Ela reparou o que acabara provocando, e saiu correndo para longe delas o máximo que conseguia com aquele maldito espartilho, puxando as saias à altura dos joelhos.

Laura ainda conseguiu segurar Alice pelo braço, impedindo-a de ir atrás:

— Você não vai a lugar algum até se acalmar.

— Você viu o que ela me fez? Não duvido nada que tenha sido ela a sumir com meu xale novo!

— Ela é apenas uma criança. Queria o quê? — explicava Carolina.

— Criança ou não, pouco me interessa. Ela deve tomar cuidado com o que fala! Está na hora de ter uma boa lição!

— Não fique ressentida com a sua irmã. — Joaquina procurava acalmá-la, passando a mão em sua cabeça. — Ela só estava brincando... — E segurou uma risada ao se lembrar dos nomes que Mariana citara, pois eram exatamente pelos quais Alice morria de amores.

— Irmã? Ela não é mais a minha irmã! Não quero uma menina assim como a minha irmã! Viu só como me trata? E ainda sumiu com o meu xale novo!

— Não seja dura consigo mesma, nem com ela. — Carolina queria melhorar a situação, pois, com o rabo do olho, via Mariana ouvindo-as, escondida atrás de uma árvore. — Sei que fala da boca para fora.

— Não falo não! Mariana não é mais a minha irmã! Não o é!

O olhar de convicção de Alice arrepiou Mariana, tragando o sorriso costumaz de seu rosto. Perdeu toda a vontade de brincar, encostando-se atrás da árvore e por ali ficando.

Alice avisou que voltaria para casa e foi seguida por Joaquina, Carolina e Virgínia. Laura foi a única que ficou para trás, dizendo que as seguiria depois. A irmã temperamental, escorada pelas primas, foi embora, como se cansada de uma luta incessante que a deixava nervosa:

— Pobres nervos — ironizava Joaquina ao ouvir a prima reclamando deles a cada metro percorrido.

Laura assobiou para Mariana que, vendo a estrada livre do perigo, foi para junto dela. Poderia falar com ela, comentar que o que fizera havia sido errado, porém Mariana sabia disso. A falta de palavras foi a melhor escolha para o instante, apenas o calor humano seria capaz de reconfortar uma consciência presa na culpa. Mariana não conseguia esconder a sua tristeza ao receber um forte abraço e um beijo no topo da sua cabeça loira. Não resistindo ao ver seu rosto pálido — sempre tão rosado! —, Laura decidiu comentar que se lembrava do susto que sofreram ao encontrar o escravo fugido na sala. A caçula não deu muita atenção ao que dizia, até que Laura tocou — de propósito — no nome do Sr. Ouro Verde. Formulou uma teoria de que o escravo seria dele e estava fugindo porque devia levar bengaladas. Ao invés de sorrir — como Laura esperava —, Mariana pareceu acordar da sua catarse e entrar em fúria. Alegava que, antes de tirar conclusões precipitadas sobre a aparência das pessoas, deveria tentar conhecê-las. A irmã mais velha se sentiu pequena, bem pequena ante aquele imenso coração.

Mariana pediu desculpas e deixou um sorriso amarelado ir tomando conta de seu rosto. Bem que seria engraçado ver aquele homem sisudo correndo atrás de alguém e empunhando sua bengala:

— Isso daria uma boa história, não é mesmo?

— A vida daria uma boa história — retrucou Laura, envolvendo-a pelos ombros.

Abraçadas, retomaram a estrada de terra, coberta de folhagem verde que caía das copas das altas árvores com o vento. Um manto colorido que diante delas se formava e, no alto, o sol ia desfalecendo aos poucos, junto ao frio vento que assoprava as nuvens para cima de seus raios.

❦

Combinado não contar aos pais sobre a briga, as meninas voltaram para casa. Temiam que, se eles soubessem, além de decepcionados, as castigassem.

Ao avistarem a casa no fim da última colina, trataram de alegrar-se. Alice foi a única que fez questão de parecer miserável. Cruzou os braços e, sendo empurrada por Joaquina, veio em passos miúdos.

Antes mesmo de pisarem no alpendre, tia Clara surgiu. Abanava uma carta nas mãos e tinha os olhos radiando num brilho. Nenhuma das recém-chegadas poderia imaginar quão boas seriam as novidades.

— Não sabem o que acabamos de receber!

— Uma carta? — Mariana enrugou a testa, prevendo que o seu futuro seria baseado em cartas ansiosamente esperadas. Não gostou do que viu, preferindo imaginar aquilo tudo como uma exaltação desproporcional de sua tia.

— Sim... Não. — Sumiu o sorriso. — Um convite! Para um baile!

— Deixe-me ver isso! — Alice puxou o papel da mão da tia, abrindo o envelope apressadamente. Nos seus ombros, Joaquina e Carolina se empinavam para ler também. — Aqui diz que é para um baile que haverá em Petrópolis. O baile do barão de Camaquã!

— Isso é nome de barão? — Mariana estranhou.

— Que me importa! O que importa é que será uma festa. Finalmente vamos a uma festa! Teremos dança, comida, usaremos nossos vestidos e conheceremos gente nova! — Só faltava Alice pular para o alto a cada palavra dita, acompanhada das primas.

Joaquina, que batia palminhas a cada frase da prima, perguntou a data. Alice confirmou que seria dali a dois dias, no sábado. As meninas começavam a imaginar as roupas que usariam, como arrumariam os cabelos, quantas músicas dançariam. Deveriam estar impecáveis. Tinham que se apresentar o mais elegante possível, pois eram do Rio de Janeiro, da Corte!

Mariana cogitava a presença do Imperador. A tia deixou claro que ele não deveria aparecer, para a tristeza dela. Muito desejava um dia conhecer D. Pedro II — por alguma razão acreditava que se dariam muito bem, pois ambos gostavam de refresco de pitanga. Ainda quando mais nova, logo depois de aprender as letras, havia escrito uma carta à Sua Majestade Imperial contando sobre a sua vida. Não via nada em comum entre os dois, apenas ressaltando o fato de serem brasileiros e o gosto pela bebida saborosa, vendida na Carceller, mas teve esperança de receber a resposta que nunca veio. Se o encontrasse no baile, aproveitaria para perguntar pela carta.

— Mas há uma coisa, meninas: sua mãe ainda não pediu permissão ao seu pai. Terão de convencê-lo a deixá-las ir. Senão, terão de ficar em casa. O que temo que seja bem possível, dadas as circunstâncias...

— Do que fala, tia Clara?

— Recebemos, pela manhã, mais uma carta. Essa veio do Rio de Janeiro, de sua tia Teocrácia.

— Não me diga que ela morreu? — Alice arregalou os olhos, posicionando-se entre a alegria e a tristeza, sem saber para que lado pender.

— Não, se a carta era dela, Alice — pontuou Virgínia.

— Ela não está morta, nem perto disso, graças a Deus! Dizia que teve de reter sua vinda para Petrópolis por problemas de saúde. Parece que está muito gripada e uma viagem dessa não é recomendável.

As ouvintes quiseram saber de que maneira estaria relacionado com o fato de terem problemas de convencer o pai de deixá-las irem ao baile. Tia Clara achava que ele devia estar muito abatido pela doença da irmã, afinal, estava bem velha.

— Quarenta anos é muita idade — emendou.

Sem dar muita importância, as meninas marcharam rumo ao pai. Alice, Joaquina e Virgínia se incumbiram de falar com ele. Laura e Carolina preferiram subir para o quarto e lerem algumas histórias que a escritora havia criado. Mariana correu atrás de Alice, pedindo para ir junto.

— Para quê? Só para perturbar papai e acabarmos sem ir à festa? Vá ficar com sua irmã Laura... — E virou-lhe a cara, encerrando o assunto.

❀

Seguidos de muitos "papai querido", "o senhor, tão bondoso", "o melhor pai do mundo não iria pedir mais", "oh!", "por favor", "tão cedo não ouvirá pedido algum de nós", "prometemos nos comportar", "não compraremos um vestido tão cedo", "agradecida até o próximo baile", as meninas saíram da sala sob os sorrisos das mães. Vitória feminina!

Cruzaram no caminho com Laura cabisbaixa — a pensar nas críticas que Carolina dera ao seu livro — e nem dera assunto quando Joaquina a parou para contar as boas novas:

— Iremos ao baile! Será maravilhoso, não? Eu posso me lembrar perfeitamente do meu primeiro baile! Foi tão lindo! Dancei a noite toda e só com pares bonitos! Será que dessa vez teremos pares jovens? Estudantes?! — Ria-se, repleta de intenções.

— Fico feliz por você. O meu primeiro baile foi tenebroso.

— Ora, por quê? Ninguém quis dançar com você? A comida lhe caiu mal? Os sapatos ou o espartilho apertavam demais? O que poderia ter transformado o primeiro baile de uma moça numa desgraça?

— Ter sido um baile — comentou Alice. — Laura não suporta bailes.
— Como alguém pode não suportar bailes?
— Não suportando, carambolas! — Laura respondeu, subindo correndo as escadas para mudar algumas coisas nos seus escritos.
— Que estranha essa minha prima!
— Estranha? Ela é maluca, isso sim — disse Alice enquanto enfiava um pedaço de pão doce na boca. — Maluquinha que nem a tia Teocrácia — falava de boca cheia. — Quando ficar mais velha, vai ser igualzinha...
— É louvável não ser tão apaixonada por bailes — lecionou a mãe, que se acercava delas na companhia de Manuela. Ao perceber que havia sido escutada falando mal da irmã, Alice se engasgou. A mãe, no entanto, não se apiedou desta vez, aumentando o tom de bronca. — Uma mulher não pode viver de festas, Alice. Tem que saber utilizar sua vida com total equilíbrio. Bailes são bem-vindos, mas não em excesso. Nós temos que ser responsáveis com nossa família e o nosso lar, sempre à frente dos acontecimentos domésticos e sociais. Devemos ser mais impecáveis na criação dos filhos do que nas festas e de boa ajuda para o marido nas horas comuns do dia. É inevitável, mas nós mulheres devemos ser ao mesmo tempo: mães, filhas, esposas, vizinhas, amigas, irmãs, conselheiras, educadoras, donas do lar, patroas, donas de nosso próprio ambiente.

As filhas e sobrinha ficaram presas num silêncio, ao mesmo tempo, amedrontador e duvidoso. Seria o futuro delas esse descrito pela Sra. Almeida? Manuela foi a que havia mais gostado das minúcias da mulher ideal ditadas pela mãe. Espelhava o seu futuro nela, queria ser como sua mãe, uma mulher de pulso e carinhosa, que soube como educar seus seis filhos, cuidar da casa e do marido e sem perder o seu charme de mulher.

9

Num ir e vir de luzes, quebrada em mais de mil raios, relampejava aos olhos mais conquistadores a pedra azul no meio dos brilhos da pulseira. Parecia ter sido extraída do mesmo lugar dos olhos de sua dona, faiscante e tão atraente quanto, e tão casual em beleza como a — suposta — joia que complementava a sua pequena mão. Poderia servir de modelo a um artista, sentada num canapé, volitando sobre todos com o seu leque branco. Abanava-se sem muita vontade, mais por descaso do que por nervosismo. Era o seu primeiro baile, mas parecia ser o vigésimo. A calma resplandecia em sua face bem-feita, emoldurada por cachos loiros arranjados no alto da cabeça. Fizera questão de prender os cabelos — queria mostrar que deixara de ser uma criança — e de usar um decote, o que chamava a atenção dos jovens, não tanto pelo que o vestido determinava a não esconder, mas pela elegância de quem era mais bela do que as próprias vestes.

Quantas foram as vezes que ouvira atenta as irmãs contando sobre os bailes que iam! Devido à sua saúde fraca, jogada na cama, a ler um livro, Virgínia apenas imaginava como seria o seu primeiro baile de acordo com as descrições das irmãs.

A graça do sonho, no entanto, não se perdera na realidade, do contrário, era tudo como imaginava ser.

Pousou a mão no colo e a pulseira ofuscou ainda mais as pessoas que por ela passavam — quisera ser uma joia de verdade, mas seus pais não tinham dinheiro para isso, contudo, pelo menos, nela, qualquer vidrilho ganhava ares de preciosidade. Ficou quieta em seu lugar, apenas a observar o que ao seu redor ocorria. Mesmo sendo o centro das atenções, Virgínia tiraria sua coroa de imperatriz para aproveitar o momento em aguardo por algo que ela mesma ainda não sabia o quê.

Laura, ao seu lado, metida num emburrado vestido azul-celeste, não gostava de vê-la irrequieta diante de uma festa e, muito menos, de escutar os comentários dos rapazes a respeito da beleza de Virgínia, de quem seria ela, se estava comprometida. Um ou outro jovem tomou coragem e tentou convidar Virgínia para uma valsa, mas Laura, melhor do que um cão de guarda, se intrometia, afastando o invasor. Variava apenas a desculpa: ou a irmã estava muito cansada e amanhã partiriam para o Rio de Janeiro, não podendo se excitar; ou a saúde de Virgínia era frágil demais para que dançasse; ou os seus pés doíam em demasia e a pobre nem podia andar; ou era manca, apenas. Para um, que lhe parecia bem preocupado com o bem-estar das pessoas, olhando desconfiado para cada pessoa que espirrasse ao seu redor, enfiando um lencinho no nariz ao sinal de uma tosse, Laura falou baixinho:

— Ela tem uma doença rara, contagiosa. Se eu fosse o senhor, não viria chamá-la para dançar.

— Oh, mil perdões, eu não imaginava! — Puxou o lenço e cobriu o nariz e boca.

Virgínia arregalava os olhos, tentando entender por que Laura não a deixava dançar. Não havia um motivo próprio, queria apenas a companhia da irmã, assim o baile poderia ser um pouco menos sofrível. Mas seu plano desandou quando um jovem senhor — de barba e bigodes acobreados — veio diretamente a Virgínia, ignorando os comentários de Laura, e a convidou para uma dança, para a qual foi aceito de pronto.

Tão somente estavam no meio da pista de dança e encantavam a todos com a beleza e perícia no bailar. O casal flutuava em harmonia, deixando a todos emocionados com aquele espetáculo — incomum. Virgínia tinha a graça natural que, junto da sua beleza, muito bem comporiam com a elegante rigidez do jovem senhor.

Não havia quem não os admirasse, pois eram incontestes o rei e a rainha do baile — à exceção de Laura, claro. De braços cruzados, a irmã reclamava do fato da própria Virgínia se deixar deslumbrar por festas e rapazes. Soltou um ar indolente, ajeitou as manguinhas do vestido e decidiu procurar pelas outras. Sem ter muito que virar a cabeça, avistou Carolina, que dançava com um velho senhor. Seu semblante deixava transparecer o quanto estava entediada, segurando bocejos tortos e olhares de consternação. Manuela se perdia em sorrisos e conversinhas de pé de ouvido com um rapaz com quem havia dançado duas vezes — o que para Laura era um absurdo. Não muito distante estavam Joaquina e Alice rindo alto. Provavelmente tentavam chamar a atenção do grupo de jovens com quem conversavam. O que seria tão engraçado? Laura se aproximou também querendo fazer parte da conversa, mas logo se viu excluída do assunto. Só falavam de roupas e comentários maldosos sobre as pessoas ali presentes — o que não lhe interessava, definitivamente.

Um amargor foi descendo pela garganta, precisava beber algo. Laura pegou um copo sobre a mesa de bebidas e serviu-se de vinho tinto antes que o escravo fizesse. Seus pais permitiam que tomasse um cálice de vez em quando, pois garantiam que fazia bem ao sangue e as deixava aquecidas no inverno. Tomou um pequeno e quase imperceptível gole quando foi surpreendida, quase se engasgando.

— Que despropósito — comentaram.

No susto, Laura derramou algumas gotas no vestido, já imaginava o quanto Manuela reclamaria com ela — afinal o vestido era dela:

— Carambolas! — Tentava se limpar, sujando as luvas brancas de Alice.

Retirou as luvas para não piorar a situação. Poderia ouvir Manuela brigando com ela, mas ter que ouvir Alice, e com razão, era o pior dos castigos. Virou-se para os lados para reclamar do susto e notou um rapaz ruivo, encostado na mesa, olhando fixo para a pista de dança e de braços cruzados com um copo na mão. Refletia a mesma infelicidade de Laura: era penoso estar naquele baile. Laura olhou em volta para ter certeza que falavam com ela, ou se havia sido apenas uma interjeição jogada no ar.

— Como podem ficar falando tanta animosidade? Isso me deixa um tanto consternado ao pensar que o ser humano pode ser tão birbante. Não acha? — Ele deu um gole, ainda sem olhar para ela.

— Si... sim...? — Teria de procurar no dicionário o que significava "birbante".

— Deve estar tão aborrecida quanto eu. Esta festa de macacos nem daria o prazer de descrever num livro.

— O senhor escreve? — Deu um passo à frente, chamada à conversa.

— Sim. Chamo-me Carlos Aguiar. — Nem uma espiada para o lado, nem um sinal de cumprimento. O rapaz ruivo e uma parede teriam a mesma educação.

— Eu me chamo Laura Almeida.

Laura levantou a mão para cumprimentá-lo, como faziam os senhores de negócios, o que teria escandalizado a mãe e as irmãs se a vissem.

Quanto a Carlos Aguiar, voltou-se para ela como se visse diante de si um ser incomum — quiçá, a ser estudado. Nunca havia visto uma mulher fazendo isso, ainda assim, acabou aceitando o aperto de mão, sem muita força:

— Prazer. — Reparou algo estranho na mão dela, trazendo-a para seu campo de visão. Eram manchas de tinta nos dedos. — Escreve?

Como ele descobrira? Era adivinho? Laura reparou que havia tirado as luvas e a sua mão direita tinha o indicador sujo.

— Ah! Sim, ao menos, tento. — Escondeu a mão nas costas, envergonhada por não ter escutado o conselho de Mariana sobre esfregar bem as mãos, e ainda por ter-lhe respondido: "Para quê, se vou usar luvas o tempo todo?".

— Também confesso que sou um mísero retratista de nossa sociedade — continuava Carlos Aguiar —, mas pouco me leva a crer que posso ser chamado de escritor. É um desafio, não? Entender o ofício e se sentir parte dele, ainda que não se sinta meritório.

Não trazia nenhum sentimento em suas palavras e a expressão de seu rosto não mudava, deixando Laura cada vez mais fascinada pelo mistério que emanava até em relação aos seus pensamentos — por mais que não os entendesse exatamente.

— O mesmo acontece comigo... — era melhor dizer isso do que ficar calada. Ao perceber que ele aguardava que continuasse, Laura adendou: — Deve ser porque nós não confiamos no nosso trabalho como escritores. — E abriu um sorriso ao notar que ele empalidecera, antes de pigarrear.

— Não, não é isso. Sou um escritor de fato, pois escrevo, mas não me considero assim porque me falta algo que só pode ser captado por quem escreve também. Já publicou algo? Nunca ouvi falar de você antes. — Ele bebeu mais um pouco de vinho e, finalmente, encarou-a.

— Não. — Laura abaixou os olhos para o copo, levantando-os em seguida, como se tomada por uma renovada energia. — Mas são muitos os meus projetos e já tenho um livro terminado que deverá ser publicado em breve!

Ele voltou a bebericar o vinho e a olhar a cena de dança que transcorria diante deles para, depois, expor seus pensamentos novamente, sem qualquer empatia:

— Projetos são a parte mais patética do homem, não acha? Por que imaginar algo que nunca poderá existir? Por que não ir direto na fonte e praticá-lo ao invés de ficar imaginando sua constituição? É realmente patético planejar.

Nenhuma resposta saiu da boca de Laura. Nem tinha ideia do que falar, envergonhada, diminuída diante da erudição dele, do jeito de conhecedor das pessoas. Enquanto outros poderiam considerá-lo insuportável, diante de Laura foi surgindo um ídolo, cujas ideias faziam tanto sentido quanto a altiva fronte e os gestos bem medidos. Talvez porque era a primeira vez que ela se sentia tensa, fraca, intelectualmente incapaz de falar algo que ele poderia considerar inteligente — ela queria, muito, ser inteligente diante dele, sem saber o porquê.

— Sabe o que me intriga? Que uma moça como aquela, na pista de dança... — Carlos Aguiar encarava Virgínia, que pouco conversava com seu par, apenas o ouvindo pouco comovida pela história que lhe era contada. —... Bonita, capaz de chamar a atenção de todos os homens enquanto os faz enlouquecerem com o seu desdém. Quão injusto é ter esse poder. Quantos homens aqui estão neste instante projetando novas diretrizes para conseguir chegar até ela e acabam vendo-a cair por terra quando ela partir ou evitá-los?! Ou quando aceitá-los com um olhar, no momento seguinte, pode mudar de ideia e menosprezá-los. Essa essência de projetar é ridícula porque é sobre algo incerto e o tempo que se perde nisso poderia ter sido gasto atuando sobre o desejo final.

Nem um piscar de olhos. Laura não acreditava em tão perfeita relação de palavras. Como poderia existir alguém como ele? Antes que seu coração palpitasse mais forte do que o normal, viu a benquista nova amizade despedindo-se. Não sem antes cumprimentá-la num novo aperto de mãos e repetir o seu nome, facilmente memorizado. Como o seu nome ficava bonito no tom de voz dele! Laura deu-se conta do movimento do tempo. Pediu as horas a um senhor ao lado. Ao saber quase meia-noite, buscou as irmãs e primas. Estava na hora de voltarem para casa. Por mais que corresse e afobasse seu coração, a impressão que teve do rapaz não podia ser ignorada — não até o segundo encontro, pelo menos. Por enquanto, ele viraria o herói de alguma história sua.

※

O reencontro se dera mais cedo do que nas linhas da sua narrativa.

No dia seguinte, Laura passeava por uma das alamedas próximas à casa dos avós na companhia de Mariana e da prima Carolina. Contava à caçula os detalhes do baile — ao menos, o que se lembrava — e, em especial, a comida servida e os vários pares de Virgínia. Carolina procurava dar vida às roupas e às pessoas presentes e Laura contrapunha com piadinhas bem-humoradas. Quando Mariana quis mais informações, tivera que recorrer à Manuela ou à Virgínia, já que Alice e Joaquina — a quem Mnemosine, a deusa grega da Memória, dera todo o seu dom — ignoraram a pequena curiosa, discutindo a festa só entre elas e evitando falar perto como uma punição pela inesquecível briga com Alice.

— Eu não entendo uma coisa — bufava Carolina, cansada dos comentários maldosos de Laura. — Por que fica aí a fazer escárnio das pessoas no baile? Não é porque você não gosta, que os outros também terão que odiar. Acho que foi tudo muito agradável. E alguma coisa deve ter sido boa, senão, não teria passado a manhã assobiando pelos cantos.

— Ora, eu não estava assobiando! — Laura arregalou os olhos, pálida, como se tivesse sido pega cometendo algum delito. — Estava apenas... apenas... inventando... uma música...

— Sim. Para os seus dotes musicais? Ou melhor, os amorosos.

— O que você quer dizer com isso? Não estou entendendo.

— Mas eu estou, e perfeitamente — Mariana se intrometeu. — Normalmente, nos dias seguintes aos bailes, você fica a resmungar de tudo, principalmente das pernas, por ter passado tanto tempo em pé no mesmo lugar e sem ter sido convidada para dançar uma só vez. Hoje de manhã não abriu a boca se não fosse para sorrisos ou fazer gracinhas. Você deve ter conhecido alguém no baile ontem e queremos saber quem foi.

Laura abaixou a cabeça, odiava a perspicácia de Mariana. Jogou os braços para trás das costas e ficou pinçando com as mãos a ponta da longa trança que caía pelas espáduas.

— Não sei de onde tiraram história tão absurda! — Dava voltinhas em si mesma. — Não tinha ninguém interessante por lá.

— Eu o vi! Conversando com você, perto da mesa de bebidas! Então, era ele? Parecia tão bem-apessoado — animara-se Carolina.

— Como ele era? — Mariana dava pulinhos no lugar. — Conte! Conte! Quero saber sobre o primeiro amor de Laura!

Foi impossível que Laura não corasse e as outras não notassem.

— Deixem de ser intrometidas! — Laura enfureceu-se, andando na direção de volta para casa. — Cansei! Estou indo para casa. Imagina, eu, apaixonada?! Impossível! Tolice de vocês!

— Bem, prima, confesso que era hora de sentir algo por algum rapaz. Eu mesma me correspondo com um que conheci durante a missa no Outeiro. Ficamos sentados no mesmo banco, apenas a duas pessoas de distância. Trocamos diversos olhares e sorrisos. Depois, na confusão da saída da missa, entregou-me uma poesia. No domingo seguinte, fui eu que lhe entreguei uma cartinha com uma mecha do meu cabelo e, assim, estamos nos correspondendo há quase dois meses.

— Oh, romance! — Mariana jogou o braço contra a testa fingindo um desmaio. — Não vejo a hora de me apaixonar — falava em falsete. — Roberto! Ricardo! José! Marcelo! São tantos que uma carta minha esperam!

Carolina deu-se a rir da encenação, parando apenas ao ouvir trotes. As três foram para o canto da alameda, esperando o cavaleiro passar.

Um homem vinha cavalgando em alta velocidade. Mal puderam enxergar o seu rosto, passando como um borrão colorido. Laura, brava pelo acidente que ele poderia ter provocado, levantou o punho fechado e esbravejou:

— Olha por onde vai, seu anencefálico! — Havia aprendido essa palavra recentemente, a qual guardava com carinho no coração e determinada a usá-la na primeira oportunidade.

O cavaleiro parou — possivelmente a tendo escutado — e tocou a ponta de seu chapéu como uma espécie de pedido de desculpas.

O coração de Laura bateu rápido a ponto de apertar os próprios braços. Era ele? Carlos Aguiar! Não conseguiu ver direito por causa do chapéu que usava, porém, acreditava que sim, por causa dos cabelos ruivos.

Para a surpresa das três jovens, alguns metros depois o cavaleiro deu retorno.

Vinha mais devagar, desta vez, e quanto mais perto chegava, mais forte batia o coração de Laura — confirmando a sua incerteza. Ao ter Carlos Aguiar, em roupas de montaria, diante de si, no alto do cavalo pintado, Laura perdeu a fala junto da respiração e todo o seu rosto se tingira de carmesim.

O sorriso dele havia deixado tanto Carolina quanto Mariana coradas e sem voz. Carlos Aguiar era um espécime raro de beleza masculina, com o rosto forte, o nariz afilado e os cabelos ruivos caindo pelos olhos grandes e castanhos. Era também educado e atencioso.

— Bons dias! Peço perdão por tê-las tirado da estrada. Jovens senhoras não podem ficar andando sozinhas. Faz não só mal à delicadeza de vossas figuras como ao nome. Por menos, bocas sediciosas poderiam difamá-las.

Enquanto as duas não sabiam como responder a ele, Laura quis ser "relembrada":

— Bons dias, Sr. Aguiar! — Deu um passo à frente. — Nós...

Ele contraiu o cenho, sem tirar os olhos de cima de Laura como se tentando compreender algo. Sem muito, retirou o chapéu e fez uma mesura:

— Um bom passeio para as senhoritas. — E foi-se embora, levantando poeira.

Aquilo havia sido uma punhalada no coração agitado de Laura. Ele não a havia reconhecido.

— Que homem estranho! Nem se apresentou direito... — comentava Carolina com Mariana, até ser cutucada por esta. Ao dar-se conta, ela pigarreou e tentou refazer a frase, mas foi interrompida por Laura.

— Ele não deve me ter reconhecido. Deve ter sido a trança. Dizem que pareço criança com ela.

A prima e a irmã caçula trocaram olhares. Talvez houvesse mais ali do que Laura teria gostado de revelar.

Diário de Alicia
Petrópolis, 30 de janeiro de 1881

Não só as modas mudam, as pessoas também. Está certo que eu não mudei desde a última vez que vim a este purgatório. Ainda bem! Só o meu nome que mudou. Agora peço que todas me chamem de Alicia em vez de Alice. Acho muito pobre meu nome real e o outro traz um certo requinte que eu gostaria de ter. Além do mais, o nome é o nosso cartão de visitas. Se você se chama Furâncio das Dores, será, com certeza, mal recebido nos melhores círculos sociais e ainda estará fadado a ganhar apelidos indesejados. Caso o seu nome seja Roberto de Alcântara Tavares, terá as melhores companhias. Ninguém gostaria de estar visitando alguém com o nome de Furâncio das Dores. Foi por isso que eu decidi mudar meu nome.

As meninas demoram a lembrar disso, o que me deixa furiosa. Por que é tão difícil? Quase não fiz mudanças, só acrescentei duas letras. O que posso fazer se o cérebro delas não funciona?!

Mantendo o tema cérebro, estou muito desgostosa com a festa que fomos em Petrópolis. Esperava um pouco de paz e diversão e acabei encontrando um baile pobre em tudo. O local era tenebroso e as pessoas, essas eram piores. Não sabiam de nada do que estava acontecendo ultimamente na Corte! Havia algumas senhoras muito tacanhas que ficavam a reclamar de mim e de minhas primas só porque conversávamos com alguns rapazes. O que também não foi grande coisa. A comida estava razoável. Meu paladar sofreu um pouco com o vinho, porém a sede iria ser pior. Nem vi minhas irmãs. Virgínia esnobava a todas nós só porque era a que tinha mais convites para as danças. Laura ficava metendo-se nos cantos mais escuros para não ser vista; também não faria grande diferença se estivesse à vista. Mal-educada, feia e sem trejeitos de dama, nenhum rapaz vai querer sequer conversar com ela. Manuela parecia nem ter ido à festa. Deve ter querido manter-se longe das diversões, já que soubemos, pela manhã, que o seu "querido noivo" caiu doente e tia Teocrácia está muito preocupada — afinal, faz dois anos que perdeu o marido para alguma doença.

E Mariana, essa sim quase chorou, jogando-se aos pés de mamãe para ir, mas só ouviu "nãos". Bem feito! Quando chegamos, ela pulava em volta da gente querendo saber como foi. Nana também veio escutar, daquele jeito de quem nada quer, e o qual me irrita. Eu nem me dei ao trabalho de contar para elas. Laura e Carolina se encarregaram disso.

Hoje fomos à cidade, por fim! Laura não queria ir porque estava tentando terminar de escrever um dos seus livros entediantes. No mínimo, um futuro fracasso. Parece que ainda não cresceu, apesar de ser forçada a prender os cabelos num coque comportado quando sai à rua. Mariana não pôde ir, teve que ficar com tia Clara e mamãe.

Papai alugara duas carruagens para nós, assim levaria as filhas mais velhas e as primas. No primeiro carro fomos eu, Joaquina e Manuela. No outro estavam papai, Laura, Virgínia e Carolina. Virgínia iria vir conosco, porém, como ficaria muito apertado para mim, acabou indo para a segunda carruagem.

Nós ríamos muito, imaginando como seria Petrópolis. Nunca havíamos parado de fato nela, enclausuradas naquela casinha perdida do mundo. Papai nos deixou numa pracinha pobrezinha. Meia dúzia de árvores, alguns bancos e muito orgulho. Não sei o porquê, já que o Passeio Público é tão maior e mais agradável. Dali sai a rua principal com pouco mais de dez casas de comércio e um hotel. Manuela e minhas primas estavam animadas vendo as pessoas passarem. Virgínia e eu nos entreolhamos, pouco satisfeitas. Laura quis ir com papai fazer as compras que mamãe pedira e resolver alguns negócios. Obviamente ele não refreou a vontade dela, como nunca faz. Enquanto os dois se demoravam nas lojinhas da rua principal, nós outras ficamos apenas a conversar sobre as roupas das pessoas que por nós passavam. Tão entediante era, que fui obrigada a disfarçar vários bocejos. Virgínia, calada, resolvera andar um pouco com Carolina e Joaquina. Manuela ficou ao meu lado, encostada numa ponte sobre um canal feioso. Não sei o que era pior, o silêncio dela, ou a falta de assunto da minha parte. Resolvi ir atrás das outras. Como alguém poderia ser tão antissocial?

Quando papai e Laura voltaram, parecia que fazia horas desde que haviam ido. Contendo-me para não reclamar, enfiei-me no coche. Não estava nada contente. Virgínia, menos calada, veio o tempo todo conversando com Joaquina sobre as cores de vestidos que combinavam com sua pele. Laura, dessa vez, veio conosco. Ficou o tempo todo muda. Claro! Não sabe nada sobre as tendências da moda. Desde que chegou em casa, a única frase que proferiu foi: "Eu devia ter dito isso antes". Até agora está assim; vaga pelos cantos, não querendo incomodar.

Bem que poderia ficar assim para sempre. Realmente, seria uma boa ideia.

Diário de Laura
Petrópolis, 30 de janeiro de 1881

Eu ainda não acredito na minha idiotice! Por que sempre tenho que guardar as coisas para mim? Por que não tenho a capacidade de falar o que as pessoas merecem ouvir? Por que só penso depois respostas boas que poderia ter dado num momento de conflito? Ah, por que eu sou assim? Devia ter dito várias coisas para ele! Ainda estou vermelha de raiva só de pensar nisso. Tento esconder da minha família, nem sei o que pensariam de mim se soubessem de toda história. Passo quieta perto deles para que nem reparem na minha existência e na frustração comigo mesma. Quando sozinha em meu quarto, ando de um lado ao outro, só pensando nas coisas que eu deveria ter dito na cara dele. Antes eu fosse um homem para dar-lhe uma lição. Quem pensa que é? Se fosse tão sábio, teriam erguido uma estátua sua, ou, pelo menos, teria publicado um livro. Nem isso ele foi capaz de fazer! Mas falar dos outros é muito simples! Por que eu tive a infeliz ideia de ir ajudar papai nas compras? Antes tivesse ficado com as meninas. Prefiro mil vezes a companhia de Alice, ou Alicia, do que do Sr. Carlos Aguiar. Ah, que raiva!

Quando entramos naquela loja de doces, deveria ter imaginado. Contudo, a tola ficou surpresa e, ao mesmo tempo, contente em rever "o Sr. Aguiar". Ajeitei meu cabelo e fui até ele – sorrindo ainda! Que raiva que me dá imaginar o quanto sou tola! Mereci o que aconteceu lá. Na minha "ingenuidade", eu levantei a mão para cumprimentá-lo. Ele nem sorriu, parecendo demorar a descobrir de onde me conhecia. Ao se dar conta, tentou pôr um sorriso no rosto, e apertou a minha mão perguntando como eu estava. Se não estivesse em minha razão, teria caído no chão no mesmo momento, como as donzelas dos livros. Segurando-me no pacote de tecidos que carregava nos braços, tremia, quase sem saber o que falar. O Sr. Aguiar ficou quieto, esperando que eu comentasse algo. Gaguejei algo como "Ah... eu.... eu.... o... vi... estra... da... gos... to... de...de... de... torta". Alguns séculos de silêncio. Uma análise nem um pouco discreta e ele: "O que você sabe sobre o amor?" Tola como só eu posso ser, não entendi. Então, ele montou em sua pompa e disse que sabia que eu estava apaixonada por ele. Fiquei perplexa diante de tamanha presunção. E ele continuou, pediu que eu entendesse sua posição, já que eu era muito ingênua, interessante, mas "um tanto guiável". Fulminou-me com: "A senhorita é muito imatura na questão de relacionamentos".

Como ele sabia? Quem ele pensava que era para me dizer isso? Tinha o mundo aos seus pés, por acaso, ou era o dono da verdade? Quem lhe deu o direito de ficar achando-se a melhor das criaturas? Além de ser ultrajante, é mal-educado, pois nem pediu desculpas por ter praticamente me ignorado na estrada!

"Não é preciso pôr a mão no fogo para saber se ele queima", respondi, mentalmente, depois que fui embora da confeitaria, de cabeça baixa, sem falar nada.

Ele deve estar rindo da minha tolice até agora. Comprovei que suas teorias estavam certas. O pior é ter que admitir isso. Talvez seja por isso que estou com tanta raiva dele: por ter descoberto meus defeitos. E de mim, por tê-los. Por isso, prometo a mim mesma: nunca mais cair na tolice de me encantar por quem for.

10

Parada diante da parede da sala, com a mão aninhando o queixo e os pensamentos perdidos em divagações, Laura procurava descobrir como encontrar a porta secreta que levava ao quarto de onde saía a janela estranha. Complexo? Isso tornava a história mais interessante.

Suas constatações a levaram a crer que ali havia uma sala escondida e isso a empolgava de mais a mais. Em meio a suas reflexões, nem reparou que as irmãs pararam a costura para tentar entender o que ela fazia ali. Manuela, Carolina e Alice, sentadas no sofá, com os seus crochês, a observavam, imaginando quando a mãe a mandaria para o Hospício Pedro II. Virgínia, deitada numa marquesa, lia um livro e dividia sua atenção com a irmã. E Joaquina procurava compor alguma coisa no piano, ignorando o mundo ao redor.

Mariana era a única que não estava lá, e talvez fosse quem pudesse a compreender. Acomodada no chão gelado da cozinha, brincava com os gatinhos que havia encontrado. Apesar do corpo presente, também vagava por outro lugar. Mal prestava atenção aos bichinhos que se enrolavam em volta de seus dedos, pedindo carinho. Nana, dando ordens para as criadas, parou por um minuto. Nunca vira Mariana tão quieta num canto. Esparramada, parecia-lhe ter perdido todo o vigor.

Aproximou-se dela, tomando cuidado para não pisar nos felinos:

— Já avisei que sua mãe não vai gostar nada disso.

— Como? — A menina ergueu o olhar perdido.

— Esses gatos! Não acho uma boa ideia ficarem aqui na cozinha. Ai de mim se ela descobrir...

— Não se preocupe, Nana. Existem coisas que a gente não vê porque não quer. — Abaixou a cabeça, deixando o gatinho mordiscar seu dedo.

A forra pôs as mãos na cintura e deixou a cabeça pender para o lado. Nunca havia visto Mariana com aquela atitude de gente adulta. Ela devia estar doente, pois era essa a única explicação razoável para não estar pulando, gritando, arrumando alguma confusão.

— Menina, o que anda aprontando?

— Nada, Nana. — Olhou para a janela, por onde um sol de fim de tarde vinha dourar o rosto. — Exatamente, nada. Estou apenas entediada. Laura não quer brincar porque está mais interessada numa passagem secreta do que em qualquer outra coisa. Alice e Manuela se dizem adultas demais para brincadeiras. E Virgínia não quer sair, pois diz que está muito quente e tem medo que venha a passar mal.

O sorriso de Nana se enfiou no meio de suas bochechas:

— Ora, desde quando precisa de suas irmãs para brincar?

Aquelas palavras surgiram como uma verdade impensável. Mariana abriu um sorriso de gratidão e saiu pela porta dos fundos correndo na direção de uma imensa árvore que ficava no meio do quintal. Sob a sombra de seus galhos alguns cachorros descansavam. Decidiu apostar corrida com os vira-latas. Pelo menos, passaria o tempo desbravando o local.

❧

Um ar de inquietação tomou Alice. Sentada perto da janela, onde pensava ter uma luz melhor para sua costura, mais reparava o que acontecia do outro lado do que aquém. Pendeu o rosto sobre a mão e soltou um segundo gemido. Dessa vez, mais alto para que as irmãs a pudessem ouvir.

— O que foi, Alice? — perguntou Manuela, virando-se para ela.

— Alicia, por favor — corrigiu-a. — Não é nada. E é o nada que me chateia. Não há nada para fazer neste lugar! Mamãe resolveu ir à cidade com tia Clara e nem nos perguntou se queríamos ir. Papai saiu para cavalgar com o Sr. Ouro Verde e nem nos chamou! E estamos todas aqui, confinadas nesse lugar estafante, fazendo coisas estafantes, à espera de mais coisas estafantes.

— Acho que é você que está ficando muito estafante! Mamãe avisou que não poderíamos ir pois não havia espaço no coche e o outro está sendo consertado. Além disso, sabe muito bem que não podemos ficar cavalgando por aí que nem os homens.

— Isso sim que é uma injustiça! — Laura jogou-se numa poltrona, de pernas abertas, cansada de tanto pensar no quarto secreto. — Não sei por que nós mulheres temos que viver na "estafação" enquanto os homens se divertem sem nós! — Pegou uma mecha do cabelo e começou a brincar com ela, sem notar que seu corpo escorregava para fora do assento.

— Primeiro, seria muito bom se você se sentasse como uma dama, Laura. — Virgínia se intrometeu, abaixando o livro. — E depois, pelo próprio fato de sermos mulheres, devemos saber o nosso lugar na sociedade e fazê-lo bem, pelo menos.

As outras concordaram com Virgínia. Laura pulou da poltrona, infeliz. Com as mãos nas costas, andava de um lado ao outro com passos largos e pesados de propósito, pois sabia que irritaria as irmãs ao fazê-lo.

Aproximou-se de Alice, sendo imediatamente rechaçada:

— Que quer?

— Nada. Só vim olhar a paisagem. — Esticava o pescoço para o bordado da irmã.

— Não precisa vir para cá para olhar a paisagem! — Escondeu a costura em seu colo. — Pode fazê-lo muito bem de onde estava sentada.

— Por que você tem que ser tão sem graça quanto os seus bordados?

— Por que você tem que ser tão estafante quanto as suas histórias?

Laura ainda não esquecera as confusões que Alice fizera com Nana e Mariana. Mal podia ver o sorriso no rosto rechonchudo da outra que tinha vontade de arrancá-lo com os dentes. Já Alice a encarava com a satisfação de saber fazer-se de vítima melhor do que qualquer outra pessoa, caso fosse necessário.

— Talvez fosse interessante se fizéssemos uma peça. Como fazíamos quando mais novas. E para você, A-li-CIA, tenho um papel ideal: o da megera. Cairia como uma luva, ainda mais porque você se diz tão boa atriz...

— Meninas, por favor, não comecem! — uma voz de ordem ecoou na sala.

Os rostos viraram para a porta. Era a mãe que chegava.

As meninas foram recebê-la e à tia Clara com alegria. Esperavam ouvir as boas novas da cidade. A Sra. Almeida se sentou no sofá, sentindo todos seus ossos estalarem num tom de alívio, e pediu que as meninas a ouvissem com atenção. Recebera cartas do Rio de Janeiro. De imediato todas se puseram à sua volta para melhor escutá-la. A senhora tirou um papel da bolsa e os olhos luziram.

Debruçada no espaldar da cadeira, com a cabeça sobre o ombro da mãe, Laura procurava ler a carta.

Antes de começar, a Sra. Almeida notou a falta de Mariana. E Laura prontificou-se de ir buscá-la. Indo o mais rápido que podia, Laura encontrou apenas os gatinhos vagando, Nana e mais duas mulheres cozinhando. Pegou uma das criaturinhas que se enfiara debaixo da mesa e, fazendo agrado nele, perguntou à Nana aonde estava Mariana. A velha criada avisou que brincava lá fora. Levando o gatinho no colo, Laura foi atrás da caçula. Para encontrá-la bastava seguir o latido dos cachorros.

A irmã, com seus cachos desfeitos, disputava um pedaço de pau que um cachorro havia abocanhado. Resmungava para o cão devolver sua varinha mágica, senão o transformaria num sapo. Ao escutar Laura chamando-a, acabou soltando o pau sem querer.

— Maldição! — disse ao dar-se conta que o cão fugira com o pau.

— Venha! Mamãe está procurando por você.

— Sim! Vou indo!

— Ainda bem que vem vindo, porque imaginasse se fosse voltando? — Laura riu sozinha da sua piada, acariciando o gatinho com o seu próprio rosto. — Ela tem novidades da Corte. Parecem ser boas.

— Novidades? Que espécie de novidades?

— Bem, ainda não sei porque ela não leu a carta. Está só esperando você chegar para começar.

— Então, o que estamos fazendo paradas aqui? Vamos! — E tratou de correr casa adentro.

Antes de seguir para a sala, Laura largou o gatinho junto de uma tigela de leite, debaixo da mesa na cozinha. Era tão bonito, tão inocente, que ela queria apertar e guardar para sempre. Ao entrar no cômodo, viu Mariana sentada aos pés da mãe. Tinha a sua família reunida — ou quase. Uma mão tocou seu ombro e um sorriso se abriu. Mais uma vez o pai chegara sorrateiramente para fazer-lhe um agrado.

A mãe, já com a carta aberta, avistou Laura e o marido parados na porta.

— Venham, estamos apenas esperando vocês!

Aquilo significou o mundo para Laura, apagando qualquer arroubo apaixonado, ou de frustrada paixão. Sua família era mais importante e estar com eles era mais importante ainda. Apaixonar-se era apenas um obstáculo para continuar junto da sua família — isso era certo e daquela maneira marcou seu coração e a sua mente. Abriu um imenso sorriso e correu para trás da mãe; queria também poder ler a carta e se reconfortar no som da voz materna.

A Sra. Almeida abriu com cuidado o papel e começou a decifrar as pequenas letras:

"*Prezada família,*

Venho através desta dar-lhes as últimas notícias da Corte, o que a mim foi incumbido. Primeiro, antes de mais nada, devo avisar-lhes que Tancredo, meu querido filho, melhorou de saúde, portanto, decidi não mais visitá-lo em São Paulo. Fico feliz em saber que, dentro em breve, ele estará de volta e poderá nos trazer muitas mais alegrias, antemão planejadas". — Parou a leitura. A Sra. Almeida desviou um rápido olhar para o rosto vermelho de Manuela. Será que a moça estava feliz com a ideia de um casamento próximo? No entanto, pouco pôde constatar. A filha nada revelara através de seu semblante, senão interesse do que estava escrito na carta. "*Os dias ainda andam muito morosos e a febre amarela tem nos mantido trancados em casa. Contudo, o medo de que um dia ela chegue até nós já é um fato passado. E assim espero. Foram muitas perdas, em quase todas famílias que conhecemos. Paremos de falar de coisas nefastas e falemos da vida social, dos bailes*". — Alice e Joaquina se ajeitaram no assento para poderem ouvir melhor. — "*As grandes festas que marcam o início do verão foram uma marca essencial para mostrar o quanto estamos civilizados. A festa dos Afrânio de Mello em nada teve a dever aos bailes franceses. Este ano foram convidadas todas as pessoas de maior influência. Não havia quem não tivesse ido. Até seu filho Arturzinho apareceu, só que acompanhado de um amigo, o que causou um certo constrangimento por parte dos anfitriões, pois não se leva desconhecidos dessa maneira. Seria prudente que vocês, como pais, tomassem uma medida. Essa atitude foi lastimável e deveria ser recriminada. Ademais, amigo dele é visivelmente de uma classe inferior. Não tanto pela educação, mas algumas atitudes que revelam esse problema. E, pelo que vi e ouvi, ambos estavam falando sobre Abolição, o que foi deveras enervante. Não presenciei, mas soube que o tal Sr. Aragão teria desferido um soco no Sr. Joaquim Viana se não fosse Arturzinho apartá-lo*". — A Sra. Almeida ficou engasgada com a notícia e limpou a garganta diante dos olhos compassivos da irmã.

— Quem é este Sr. Aragão? — perguntou Laura, apoiando-se no ombro da mãe. Não lembrava de nenhum amigo de Arturzinho que tivesse esse sobrenome.

— Aquele com os cabelos encaracolados, o que parece um anjo — pontuou Virgínia, surpreendendo a todos com uma boa memória para alguém que sempre parecia à parte do mundo, metida em suas leituras.

— Acho-o tão bonito! — Suspirou Mariana, atirando-se para trás, a fingir um desmaio. — É destemido. Imagina querer arrumar briga numa festa para defender os escravos!

— Destemido não, mal-educado, isso sim — resmungou Alice.

A caçula ia rebater, mas o pai deu o ponto final à conversa, surpreendendo a todas:

— Devo concordar com a sua irmã, Mariana, não se pode fazer uma coisa dessas, ainda mais numa festa em que nem se é convidado.

A fim de evitar maiores discussões, D. Glória continuou a carta na esperança de outras notícias: *"O outro comentário, que durou semanas, foi sobre o cardápio, que não foi um dos mais bem-escolhidos, mas também não podemos reclamar dos dotes de boa anfitriã. Poucas as brasileiras que sabem, de fato, dar uma festa com requinte europeu".*

— Ela não diz quem estava? Como as pessoas estavam vestidas? — exaltou-se Alice.

— Não, nada mais. — Virou o papel.

"A boa nova do dia é que Lauro finalmente chegou de São Paulo pronto para me fazer companhia. Parou por um tempo seus estudos de Direito. O pobre precisa descansar, anda muito agastado com os estudos. Como é bom ter um filho em casa! Aproveitando a estadia dele aqui, resolvemos ir visitá-los em Petrópolis. Não sei ao certo quando esta carta chegará, mas espero apenas não chegar antes dela. Seria muito embaraçoso uma surpresa destas. Mando um beijo para meu irmão, para você, minha cara Glória, e para as meninas. E obrigada por me hospedarem".

— Quem convidou essa mulher? — Alice pulou do sofá.

— Antes de virmos para cá, perguntei se sua tia Teocrácia nos queria fazer uma visita. — A mãe dobrava a carta com alguma consternação. — Seria bom para não ficar pensando tanto no estado de saúde de Tancredo.

— Agora que ele está melhor, não precisa vir.

Uma expressão desgostosa tomou conta dos rostos das meninas. Manuela, para se mostrar mais crescida, procurou fazer algum comentário amenizador:

— Acho que a companhia de tia Teocrácia será muito boa para nós.

Uma risadinha vinda de Joaquina foi abafada pela expressão repressiva da sua mãe. Mariana revirou os olhos em martírio — sabia que teria de ceder sua cama a alguém! Laura ficara paralisada de tristeza e surpresa, imaginando o quanto que a tia iria lhe falar sobre como se portar como uma dama e arrumar um pretendente. Aquilo mais parecia um pesadelo para as Almeidinhas. Nem sempre podiam contar com a presença da tia, sempre presa a reuniões nas casas de famílias abastadas, mas quando vinha lhes visitar, e a mãe as obrigava a ficarem na sala, só jogavam pensamentos ao largo e rezavam para a penitência pouco durar.

Diário de Alicia
Petrópolis, 03 de fevereiro de 1881

Tia Teocrácia chegará e minhas primas foram embora. Vou sentir saudades de Joaquina, a única pessoa que, sem dúvidas, é elegante e inteligente na minha família, além de mim. A única com quem me divirto e tenho paciência de trocar algumas palavras.

Ainda não sei qual notícia poderia ser pior do que a chegada de tia Teocrácia. Sim, sei o que seria pior: eu não me casar com alguém bem rico. No entanto, isso não vem ao caso agora. Pois sabendo de minha pessoa, o quanto sou bem-dotada em aparência e superioridade, garanto que serei a primeira a me casar na família. E acho que seria até um tanto engraçado me ver casada com um lindo e rico marido enquanto as minhas irmãs morrem de inveja de mim. Mas deixo o casamento para meus sonhos, por enquanto.

Certamente a visita de tia Teocrácia nos fará pensar duas vezes antes de falar qualquer coisa. Ela vive a nos corrigir, a nos impor moral e exigir boa conduta. Sei que é uma mulher elegante, apesar de todo aquele peso que faz com que estrague tão lindos vestidos e joias, que frequenta lugares muito refinados, mas isso não a faz a rainha de Sabá. Como a vida pode ser tão injusta? Ela tem tudo que eu gostaria de ter, menos a minha beleza. Tia Teocrácia é a irmã mais velha de papai e, com certeza, se casou por dinheiro com o rico almirante Camargo Pinheiro. Não que a família de papai não tivesse boas condições econômicas, contudo, não podemos dizer que eram as mais confortáveis possíveis. Não vou começar a pensar nisso, senão demorarei muito e passarei horas a fio gastando meu confortável sono em pensamentos que muito me entristecem.

Ainda soubemos que além dela ter um quarto só para si, trará um de seus filhos: Lauro, o caçula. Pouco me lembro do meu primo. Nos víamos quando pequenos em alguns Natais, festas de Ano Bom e em raros aniversários. Lembro que gostava de se portar como um adulto e falava de uma forma muito polida. Com a morte do pai, resolveu fazer Direito no Largo de São Francisco, em São Paulo, como o general havia desejado. Depois dessa troca, não o vimos mais. Nem lembro do rosto dele, mas se for parecido com Tancredo, devo revelar que será um bom partido para mim.

Que peso toma o meu corpo! Não devia ter repetido a sobremesa, porém, estava tão apetitosa aquela goiabada! O pior de tudo será a presença, nem um pouco leve, de tia Teocrácia. Não sei como vou aguentá-la. Que Deus me ajude! Porque acho que ninguém será capaz de pôr um sorriso em meu rosto enquanto ela estiver aqui com sua arrogância e orgulho.

11

Sorriso nos lábios, braços esticados à espera de um abraço, e uma frase presa na garganta:
— Titia querida! — Alice foi até tia Teocrácia, que saltava do coche com a ajuda do irmão.

A senhora, alta e corpulenta, com os cabelos presos sob um chapéu de rendas negras e vestindo o apreciado luto, apenas espiou a figura que saltitava em sua direção. Nem um olá, nem um cumprimento menor que pudesse ser. A senhora passou reto por Alice, indo na direção da cunhada, plantada no alpendre:

— Vejo que ainda tem muito o que ensinar a suas filhas.

— Também é bom revê-la, Teocrácia. Gostamos muito que tenha aceitado o nosso convite.

— Se você e meu irmão prestassem atenção na metade do que falo, não estariam nessas condições financeiras e, provavelmente, teriam uma casa só de vocês em Petrópolis, não precisando se hospedar nessa velharia.

Passou por D. Glória, subindo a escadinha que dava no alpendre e deslizando um olhar intolerante pela fachada.

Laura, parada ao lado das irmãs, sentia seu sangue alcançar os cabelos. A tia podia ser bem desagradável quando queria. Por mais que fosse amante da verdade acima de tudo, não poderia suportar uma verdade que fosse jogada à desmoralização de uma pessoa — principalmente se esta pessoa fosse o seu pai ou a sua mãe. Ainda procurava uma forma de que a verdade pudesse ser contada sem que isso acontecesse, mas não havia encontrado a resposta, e tinha certeza que sua tia Teocrácia também não a obtivera.

A Sra. Almeida pediu que elas entrassem. A tia foi na frente, sendo seguida da cunhada e das sobrinhas. O Sr. Almeida, por último, de mãos cruzadas nas costas, jogou as sobrancelhas para Laura, que preferira ficar no alpendre. A filha bem o entendeu, o que não conseguia compreender era como aquela mulher pudera se casar com um homem tão inteligente e simpático quanto o almirante! Sem tentar imaginar mais o porquê, Laura deu um pulo do alpendre para o último degrau da escada, desequilibrando-se. Antes que pudesse tocar o chão, foi segurada por braços fortes e seguros, acompanhados por uma voz amável:

— Cuidado ou verá o chão mais perto do que se pensa!

Sem palavras que pudessem completar uma frase, Laura atirou seu corpo para fora das mãos de seu apanhador:

— Quem pensa que é?

Estava corada — e com raiva de si mesma ao estar com o rosto vermelho de vergonha.

De longe pôde ver que era um rapaz alto, esguio, de olhar obsequiador. Os cabelos castanhos escuros caíam levemente pelo rosto delgado, quase feminino, fazendo par com seus olhos escuros. Em roupas elegantes, de quem teve uma vida de luxo e fazia questão de ostentá-la, ele abriu um sorriso, mostrando uma perolada arcada dentária.

Laura, imbuída de quietude e apreciação, não se mexeu. Apenas uma frase foi capaz de formar:

— Quem é você? — Saiu de sua boca como que com vida própria.

— Creio que não se lembra mais de mim. — Alargou o sorriso, se aproximando dela. — Sou Lauro, seu primo. Já esqueceu que há alguns anos me mostrou fadas aqui mesmo?

O corado sumiu de seu rosto, tomado por dois olhos arregalados:

— Isso foi há dez anos! Como pode se lembrar tão bem? Tem uma memória tão boa que chego a sentir inveja.

— Como poderia esquecer da minha prima aficionada por fadas? É fato que esquecem de mim e das malas... — Ergueu os braços, mostrando-se parado diante do coche, envolto a bagagens. —... mas de você, acho que nunca seria capaz. Era a única de minhas primas a brincar comigo. Devo ter sido um primo um tanto calado e sisudo. Resumindo, muito enfadonho!

— De fato o era! — Ao reparar que, mais uma vez, as palavras saíram sem querer, Laura engoliu-as com um sorriso e continuou, mesmo assim. — Nem o reconheci! Está tão... tão... eloquente! — Ambos riram. — Não posso dizer que era dos mais agradáveis, também não reclamo de nossas brincadeiras. Oras, por quem deve estar me tomando! Eu aqui, falando mal de você quando éramos pequenos. Miserável, no mínimo! Perdoe-me, de verdade. Acho que fiquei um pouco surpresa com a sua mudança. De menino calado e educado a um eloquente rapaz. Não quero dizer que seja mal-educado! Quando fico nervosa vivo a falar besteiras. — Rodou os olhos. — Desculpas, novamente.

— Aceitas, todas elas e as que estão por vir. — Alargou o sorriso, o que muito bem lhe caía no rosto, deixando-o mais bonito. — Bem, por um minuto achei que seria mal recebido aqui. Estava arrependido de ter vindo; pelo visto, agora vejo que fiz bem em não seguir minha insegurança.

Num desembaraço a mão de Laura se levantou na direção do primo na espera de um aperto. Ele logo entendeu, tomado por uma alegria radiante. Cumprimentados, apenas ouviram Manuela aproximando-se deles, esbaforida.

— Que aconteceu com você? — Laura foi mais rápida na pergunta.

— Mariana. Cadê Mariana? Tia Teocrácia quer ver todas nós e não consegui encontrá-la.

— Ela não estava presente quando ela chegou? — estranhou a irmã.

— Ninguém a viu desde o almoço! Para algum lugar ela se debandou...

— Quem tem asas curtas, não voa muito longe... — deduziu Laura, passando a mão no queixo, sob o olhar risonho de Lauro. — Vou encontrá-la! Pode deixar comigo! — Ela já ia embora quando reparou Lauro parado do lado de Manuela. — Ah, Manu, esse é o nosso primo Lauro, o odiado e esquecido.

Manuela olhou para o primo procurando uma explicação. Lauro apenas sorriu e balançou a mão como se deixasse para depois as explicações.

❧

O sol ainda estava firme tanto quanto a convicção de Laura em encontrar a irmã caçula. Da mesma maneira que o sol era consumido pela iniciada noite, os seus pés o eram pela errância. Onde havia de estar Mariana? A boca estava sedenta e longe da casa se encontrava. O quanto ainda teria que andar? Será que Mariana havia voltado para casa? Laura tinha esperanças de que ainda a encontraria, submergindo uma força que ela mesma acreditava não dispor mais: teria de achá-la!

Os sons da noite, que outrora reconfortavam-na nas madrugadas varridas por palavras, em nada agradavam nesse momento, tocando uma fuga sem motivo aparente. Nem sinal de Mariana! Ela sumira como as suas energias. Melhor voltar para casa e pedir que a ajudassem a encontrá-la. Era impossível sozinha e na semiescuridão. Cabisbaixa, ia aproximando-se da casa, sem dar atenção que, no meio da noite que se firmava, a casa tinha todas as luzes acesas e vozes transbordavam pelo gramado. Mais próxima, notou o que pareciam risos. Do que estariam rindo? Não estavam preocupados com o desaparecimento de Mariana? Deveriam estar certos de que traria a irmã. Como faria para contar que tinha falhado na sua busca?

Fortificada por sua revelia, Laura entrou na sala. Mal passara da soleira e enrijecera os músculos. Todos se encontravam em volta de Lauro, que contava suas aventuras em São Paulo entusiasticamente, mal lembrando daquele menino franzino que tinha medo do próprio espirro — será que um dia, quando ainda menino, Lauro chegou a pensar numa cena destas?

Avistou Mariana, ao pé da tia, rindo de seus causos. Laura não sabia se apenas se sentava no sofá e também participava da reunião, ou se brigaria com Mariana por ter sumido e com Manuela por ter feito um pequeno escândalo com o desaparecimento. Preferiu desaperceber-se. Estava cansada demais, com sede demais, com os pés inchados demais. Não teve sorte, o pai comentou a sua presença e todos se voltaram para ela. Manuela, Virgínia e a Sra. Almeida ficaram mudas diante de Laura. Tia Teocrácia arregalou os olhos por detrás do *pince-nez* enquanto, próximas a ela, Virgínia e Mariana tentavam segurar o riso, assim como Alice e Lauro — mais indiscretos com suas risadas.

Laura não entendeu aquele alvoroço, indo na direção do espelho que ficava na entrada. Foi então que reparou que estava com o rosto com terra, folhas pendiam dos cabelos despenteados e a barra do vestido estava suja de lama. Pouco faltava para se assemelhar a uma aborígene. Torceu os lábios e retornou à sala. Sentou-se entre a tia, ainda boquiaberta, e a mãe. Postou as mãos no colo, feito moça educada, e olhou para Lauro para que continuasse a sua história com um sorriso em falsete.

O primo teve que se conter e não ser tão mal-educado. Pigarreou com a mão na frente da boca e, evitando olhar para Laura, continuou de onde havia parado.

Algo havia batido forte em Lauro e temia que, se trocasse olhares com ela, poderia corar.

Os pés de Laura sapateavam de leve o ar. A cabeça pendia para trás querendo encontrar um aconchego e um bocejo a denunciou. Precisava fazer algo antes que dormisse ali mesmo na sala. Estavam todos concentrados em seus afazeres.

Sem querer incomodar, escorregou do sofá para perto do primo. Lauro tentava ler um livro, mas não conseguia. As letras tinham uma concorrente: Laura. E quando elas voltavam a ter a atenção dele, eram obrigadas a serem relidas para que fizessem sentido. Ele abaixou o livro ao sentir a prima empoleirada por cima de seu ombro, de novo:

— Sou todo ouvidos — falou baixo para não atrapalhar a costura silenciosa das senhoras e o sono de sua mãe, na outra extremidade do sofá.

— Estava pensando...

— Você pensa? Fico surpreso com isso — gracejou.

— Não seja debochado — disse alto, sendo navalhada por olhares.

— *Shiu*, fale baixo. — Ele diminuiu o tom. — Não quer incomodar as senhoras, não é mesmo? Se quiser, podemos ir para fora da sala para conversarmos?!

— Ora, não precisa de tanto. Só quero saber se está com vontade de fazer alguma coisa.

— Que tipo de coisa?

— Não sei... Poderíamos preparar uma peça para apresentar para a família. O que acha?

O primo ficou por alguns minutos calado. Fitava-a intensamente. Sob a análise dele, Laura corou. Não era o rapaz mais lindo que conhecia, mas tinha algo de bonito que a deixava perturbada:

— Diga logo o que acha! O gato engoliu a sua língua? — falou alto, e toda a sala voltou-se para ela.

Alice pediu silêncio, pois tentava terminar alguns pontos do seu bordado.

— Está bem. Está bem. É sempre divertido brincar de teatro.

Um imenso sorriso surgiu no rosto de Laura, que quase gritou de tanta felicidade. Se não fossem as convenções, teria pulado no pescoço do primo e agradecido.

Foi para o meio da sala, com as mãos nas costas, pinçando a longa trança, e anunciou os planos. Prontamente Mariana saltou da cadeira em apoio à iniciativa. Virgínia e Alice aceitaram participar, restando à Manuela um olhar calado de quem era adulta demais para peças familiares. A festa que as meninas fizeram foi tão grande, falando ao mesmo tempo, discutindo quem seria quem, que roupas usariam, aonde encenariam, qual seria o cenário, que acabaram acordando a tia Teocrácia.

— O que foi? O que aconteceu? — perguntava D. Teocrácia, alvoroçada. — Acabou a guerra?

— As crianças que vão fazer um teatro — explicava a Sra. Almeida com uma paciência que, às vezes, lhe parecia santa. — Melhor vocês fazerem isso lá em cima. O que acham?

Aceitaram, tomando o rumo de um dos quartos, aonde poderiam planejar e falar o quanto quisessem e no tom da liberdade das suas emoções.

— Manuela, não vem conosco? — perguntou Mariana, ao perceber que a mais velha ficava junto da mãe e da futura sogra.

— Não, não. Tenho que terminar de bordar alguns guardanapos.

— Bordados, oras! Sei que vive a fazer caras e bocas na frente do espelho que eu já vi — retrucou Laura, sem entender por que Manuela lhe fazia trejeitos e caretas para que se calasse. — Vamos, senhoras e senhor. Temos uma peça para montar antes do jantar! — Laura foi na frente, pisando forte e erguendo o queixo.

Mariana puxou Lauro pelo braço e subiram logo atrás. Virgínia e Alice nem esperaram muito e as seguiram, a discutir quem seria a atriz principal. Manuela deitou um longo olhar de pesar sobre o bordado. Pelos seus ouvidos entravam os ruídos da peça que era montada no andar de cima e as reclamações de tia Teocrácia por causa do barulho dos móveis sendo arrastados.

A Sra. Almeida não pôde deixar de notar a tristeza que se abateu sobre a filha mais velha. Sabia dos conflitos de uma jovem na idade dela — estava entre querer ser madura e ainda ser jovem. O coração de mãe, então, arrumou uma solução — uma das antigas, diga-se:

— Manuela, ao que indica, suas irmãs estão desmontando a casa. Poderia me fazer um favor? Deixe o bordado e vá cuidar delas por mim. Sabe que Laura e Mariana passam dos limites quando estão juntas.

Sem pensar nem uma vez, Manuela subiu as escadas. Não queria demonstrar a felicidade em poder participar da bagunça. Nos primeiros degraus seu passo era mais devagar, como os de uma moça comportada, nos últimos, levantava as saias para chegar mais rápido e não perder nada.

Aproveitando-se a sós, tia Teocrácia ajeitou-se no sofá e avisou para a cunhada em ares soturnos:

— Cuidado com a forma com que educa essas meninas, Glória, elas ainda lhe trarão muitos desgostos. Não quero nem pensar no que Laura poderá se tornar com esse jeito impulsivo!

— Pois então não pense, minha cunhada. Deixe que disso eu me encarrego.

A senhora pomposa ajeitou-se na cadeira e soltou um muxoxo de revolta. Família mal-educada e mal-agradecida, isso sim! Pobre do seu irmão que teve que cair nesse pandemônio. Podia se lembrar do dia em que havia aparecido em casa dizendo-se apaixonado. A família dava vivas, pois, até então, Artur Almeida não havia se mostrado inclinado a nenhuma moça. Depois de apresentada à família, Teocrácia entreouvira os comentários dos pais: "Muito refinada, talvez até demais para o nosso Artur!", "Não sei se gostei dela, pois parece distante demais da vida diária", "É muito calada, apenas isso", "Pessoas caladas são observadoras e, consequentemente, perigosas. Quando abre a boca é para ser direta e até soa impertinente, tamanha é sua convicção em mostrar-se certa", "Artur saberá amá-la", "Quem ele não ama?".

12

Laura jogou as folhas de papel no ar, deixando-as cair sobre si mesma:

— Espero não ter que explicar mais uma vez o seu papel na peça, Alice — colocara as mãos na cintura, impaciente.

— A-LI-CIA! Quantos MILHÕES de vezes terei que re-pe-tir? É A-LI-CIA... — A irmã virou-se para trás ao ouvir risadinhas. — Quem ri de mim?

Mariana — debaixo da cartola velha do pai e de uma pena de tinteiro, amarrada com uma fita em seu buço, como se fosse um bigode — enfiou-se atrás do primo e prendeu o riso, enquanto Lauro se segurava diante da irritação de Alice.

Laura jogou-se no chão impaciente, sentando-se. Seria impossível treinar uma peça com eles até a hora do jantar, já que planejava apresentá-la depois da refeição.

Manuela parecia entretida diante do espelho, fazendo caras e sussurrando alguns dizeres tirados de um folhetim, amarrando um pedaço de tecido em volta do pescoço.

— Tive uma ideia esplêndida, Laurinha! — Virgínia tirou a touca de renda, pertencente à sua personagem. — Se colocássemos a Manuela no lugar da Alice como protagonista?

— Quê? — Manuela e Alice disseram em uníssono.

— Não cederei meu papel a quem quer que seja!

— Eu não pretendo representar. — As faces pálidas de Manuela ganharam cor. — Só vim aqui ver como estavam se comportando... — Desamarrou o tecido rapidamente, entregando-o para Virgínia, estirada numa cama.

— Só sei que serei uma donzela em perigo — brincou Mariana, jogando-se nos braços do primo, ao fingir um desmaio.

— Terá que ser o conde. Já está caracterizada — retrucou Alice, mal-humorada.

— Como Mariana gosta de donzelas em perigo! Acho que no fundo adoraria estar em perigo para um cavaleiro misterioso vir salvá-la — observava Virgínia, com algum humor.

— Claro que não! — Mariana ajeitou a cartola, que caía em seus olhos. — Serei uma grande aventureira e irei desbravar o mundo!

— Já ouvi isso antes... — comentou Manuela, transpondo um olhar para Laura, visivelmente perturbada com toda aquela longa discussão, inútil para a sua obra.

— Chega de conversa! — Laura ergueu-se do chão num pulo. — Temos que correr com os ensaios, senão só apresentaremos essa peça no Natal! Você, Alice... cia, será a mocinha que está fugindo de seu amado pois acha que, na verdade, ele é seu irmão, pois o conde... — apontou para Mariana —... lhe disse isso só para poder tê-la para ele. Lauro... — ele bateu continência para ela —... será Rodolfo, que irá atrás da sua amada, mas não sabe por que ela o rejeita. Virgínia será a mãe de Alic... ia, que conseguirá avisar a Rodolfo dos planos do conde, seu marido, e ajudará a contar à filha a verdade. Mas... — apontou para si — o conde contratará um assassino para matar você... — apontou para Lauro. —... e você! — apontou para Virgínia. — Entenderam? Dúvidas? — Nem um som emitido, todos a encaravam como se suspensos. — Que ótimo! Vamos começar a ensaiar.

— Estou com fome — anunciou Alice, sendo acompanhada por todos os outros.

Frustrada, Laura encostou a testa na parede e fechou os olhos. Pelo visto, a peça teria que ser apresentada outro dia. Pôde escutá-las saindo do quarto, fazendo barulho, dividindo a fome. Estava tão concentrada em se lamentar da falta de seriedade artística, que nem reparou no primo, parado à porta, à sua espera, de mão estendida a ela.

A colher ia e voltava em movimentos contínuos, formava ondas, e pequenos fios dourados do prato revelavam-se por entre a sopa rala. Miúdos olhos os analisavam para ter certeza do que eram feitos.

— Saiba que não é ouro — avisou o Sr. Almeida, tirando os olhos da carta que lia durante a refeição.

D. Teocrácia quis disfarçar. Levantou a cabeça e comeu o resto da sopa em silêncio. Sentada ao lado dele — que tomava a cabeceira —, observava que o resto da família notara a sua curiosidade. Não tinha vergonha disso, mas também não queria ser tachada de interesseira. Voltou a apenas saborear a sopa, que não estava tão ruim para o seu paladar.

— O que tanto lê, papai? — Laura não se aguentou, mostrando que a curiosidade estava no sangue daquela família.

O Sr. Almeida terminou de ler a carta, dobrou-a e a pôs sobre a mesa. Seus dedos tamborilavam sobre ela, num ritmo perdido. Pensava em algo. Mariana, que cochichava com Lauro no outro lado da mesa, parou de rir das gracinhas do primo e prestou atenção naquele jeito estranho do pai. Nunca o havia visto tão consternado, até então.

— Diga-nos, Artur, o que diz essa carta que Teocrácia trouxe do Rio? — Sua esposa também não gostara da reação dele, prevendo o pior. — Arturzinho está com algum problema? Espero que não esteja doente, ou que sejam os negócios.

— Irei para o Rio amanhã mesmo e volto o mais rápido possível. — Tomou a carta e guardou-a antes que algum membro quisesse pegar para ler o segredo que aquelas linhas escondiam.

— Mas já, papai? — As meninas soltaram expressões de infelicidade. — Por quê?

— Sim, vou sozinho. Tenho muitas coisas a averiguar na cidade. É apenas trabalho. — Procurava sorrir, sem vontade. — Espero que não fiquem tristes quando eu partir.

Ninguém havia gostado da notícia. Ninguém entendia quais os problemas que ela poderia trazer para o mundo deles. Apenas garantiam que não era bom o que naquela carta estava escrito.

❦

"Como um conjunto de letras pode perturbar alguém tanto?", pensava Laura, estirada em sua cama, de barriga para cima, com a cabeça sobre os braços. Olhava as sombras que a luz da vela fazia juntamente às sancas do teto do quarto. Elas dançavam na cadência do seu pensamento, mas não deixavam de ser o que eram: sombras, apenas.

— Pensa em quê? Em Lauro? — Seguiu-se a risadinha de Virgínia.

A jovem virou a cabeça para o lado. A bela irmã e Mariana estavam sentadas na cama ao lado, metidas em suas camisolas, uma ajeitando a trança da outra, comentando algo baixinho e rindo. Não teve vontade de responder, voltando para o teto.

— Ele não é feio — continuava Virgínia. — Até que é bem galante, mas não como o irmão, claro. Seria muito interessante se ele pedisse sua mão, não?!

— Não sei do que fala. Não tenho interesse algum nele e nem em nenhum outro rapaz. E fique sabendo que nossas famílias já se unirão pelo casamento de Manuela e Tancredo e isso basta.

— Isso não faz diferença nenhuma. Lauro sempre continuará interessado em Laura — ressaltou Mariana entre risos. — Mesmo com outra união ou não.

Laura sentou-se na cama, cruzando as pernas debaixo do corpo:

— Por que estão me falando essas coisas? Quem mandou vocês fazerem-no?

— Ninguém! — Virgínia se deitou na cama, enfiando-se debaixo dos lençóis. — Estava apenas comentando isso porque pude notar os olhares entre vocês. E garanto que não eram apenas de quem vê um primo. Ainda mais porque temos outros primos e não agimos assim.

— Eu também reparei! — Mariana reafirmou, indo para a cama que dividia com Laura.

— Falem baixo! Sabem que esta casa tem eco?! — Laura começou a ficar nervosa, alterando seu comportamento. Esperou Mariana deitar-se ao lado e puxou o lençol até o pescoço. — Vamos dormir que é o melhor que vocês têm a fazer. Assim não ficam inventando besteiras sobre mim e Lauro.

— Pelo menos, os nomes combinam: Laura e Lauro — ironizou a caçula.

— Como o vovô e a vovó — lembrou Virgínia, trocando um sorriso com Mariana.

A irmã escritora levantou-se — as outras duas podiam escutar os muxoxos e a mente reclamando daquela "brincadeira". Bastava a decepção com Carlos Aguiar, não iria arrumar outra.

Laura foi para perto da cômoda apagar a vela. Quando voltava para a cama, no meio do breu, notou o luar que entrava pela janela iluminando a sua cama. Queria apreciar o luar, sempre tão misterioso. Diante da janela, encantava-se com o mar prata-azulado que trazia cor à noite adormecida sobre o jardim. Então, reparou no que seria alguém em pé, no meio do escuro, a olhar diretamente para a sua janela.

Laura arrepiou-se. Seria um fantasma? Um escravo fugido? O nome de Lauro passou por sua cabeça. Nem quis pensar, fechando as cortinas. Queria apenas dormir. Bastavam-lhe os fantasmas dos mortos para lhe assombrar as noites, e ainda teria de se preocupar com os dos vivos?

13

As mãos estavam dadas, a cabeça girava no sentido contrário ao do corpo, a girar no ar, mais rápido do que o mundo em volta. Os gritinhos e as risadas se mesclavam junto à alegria que era ter tudo se movendo rápido. Tão depressa que Laura achou que iria perder a respiração, mas havia algo no sorriso de seu primo Lauro que a assegurava que tudo ficaria bem.

Laura via seu universo sendo movido por Lauro, e ele a tinha segura em suas mãos. E eles giravam, gritavam, riam, banhados por um sol fraco numa manhã em que o céu estava mais cinza do que azul. Os dois pouco se importavam se estavam no alto de uma colina, longe de casa, próximos aos raios que caíam no horizonte. Só queriam se divertir.

Ouviam as vozes cansadas de Mariana e Alice que tentavam acompanhá-los em sua subida, mas que haviam ficado para trás. Alguns trovões abriam caminho pelo horizonte, contudo, os dois nem se incomodaram em notar, creditando às meninas que reclamavam daquele passeio.

Alice, com uma exaustão nas pernas, olhou para o céu fechado:

— Ainda pegaremos uma chuva!

— Desde que não seja uma tempestade. Nana disse que aqui há muitas — comentou Mariana, que fitava o céu escurecido.

Lauro puxou Laura pela cintura para perto de si, pondo suas mãos em volta dela. Automaticamente, Laura pousou as mãos nos ombros do primo e sorriu quando ele lhe convidou para uma dança. Havia achado graça da brincadeira até reparar que ele a olhava diferente de quem fazia graça. Uma seriedade se apossava da sua expressão que, somada a um olhar de admiração, fez com que a prima corasse. Lauro sabia apagar toda a sua individualidade com uma determinação que lhe faltava. Sem reação, Laura abaixou as mãos dos ombros dele:

— Não creio que...

Antes mesmo que terminasse de falar, Lauro tomou sua mão, curvou-se diante dela e voltou a se enroscar em sua cintura. Três passos devagar para cada lado, rodopios, e num minuto dançavam quase pulando em volta das irmãs dela numa polca desenfreada. E Lauro novamente tirava risos de Laura, trotando em velocidade. Mariana quis ser a próxima. Lauro deixou Laura de lado, sem fôlego, prometendo voltar, e convidou a priminha. Ela ria-se com os passos que dava errado e também mostrava muita desenvoltura. O primo comentou que quando ela crescesse, faria questão de acompanhá-la num baile. A menina o fez jurar que iria com ela e seria o primeiro a lhe pedir uma dança.

Na vez de Alice, ela abaixou a cabeça, quase rindo de vergonha, dizendo que não queria. Lauro não ia insistir, aceitando sua posição, até que ela levantou a mão em sua direção, esperando que a puxasse para a dança. No meio dos passos dos dois, um raio caiu perto da colina, assustando a todos.

Em segundos um estranho nevoeiro subiu.

Laura gostava daquele ar de mistério e do cheiro de terra molhada que uma brisa trazia consigo. Parada, fechava os olhos e respirava fundo, sem notar que a família resolvera bater em retirada. Quando ouviu que a chamavam, já desciam pelo lado contrário da colina. Correu até eles, pedindo que a esperassem, sem atentar para pedras ou escorregões, puxando as saias na altura das coxas — para a ojeriza de Alice e o divertimento de Lauro.

Ao pé da colina, menos se enxergava. Estava imersa numa espessa névoa que subira rapidamente, cegando-a. Laura tateava o ar, gritava por eles. Não havia alguém que fosse capaz de lhe responder. Sem se dar conta, andava numa direção qualquer. Achava que se tratava de uma brincadeira, algum pique-esconde aproveitando que não se enxergava nem a ponta do nariz. Furiosa, parou no meio da branquidão e lá ficou, de braços cruzados:

— Não vejo graça nenhuma! E nem vou me dar ao trabalho de me irritar. Só espero que saibam voltar daqui para casa. Porque isso, só eu sei!

Silêncio.

Revoada de pássaros avisou sobre a chuva que ia cair. A natureza fazia sua parte.

O nevoeiro foi se dispersando aos poucos, ajudando-a a encontrar o nariz e as próprias mãos. As primeiras gotas de chuva beijaram a sua face e Laura viu-se a poucos quilômetros de casa. Correu, tomando cuidado para não levar um tombo no enlameado, o que foi em vão. Tudo ficou zonzamente cinza e a chuva fininha molhava seu rosto deitado na relva.

Uma voz ecoou no perdido:

— Aproveitando o sol?

Ela ergueu a cabeça e viu Lauro, em pé, ao seu lado, rindo.

— Não acho graça nenhuma.

— Nem eu! — Ele tentava não rir, ajudando-a a se levantar. — Vamos rápido para casa, poderemos chegar menos molhados.

Batendo na saia do vestido, numa tentativa frustrada de tirar a lama, perguntou pelas irmãs. Ao reparar que Lauro andava à frente, em passos grandes, puxou-o pelo braço, fazendo-o parar.

— Não sei! Não as vi desde que descemos a colina.

O coração de Laura torceu.

— Temos que as achar!

— Não podemos. A tempestade irá nos pegar. Elas já devem ter voltado para casa a uma hora destas.

Aflita, olhando nos olhos escuros dele, Laura não conseguia raciocinar. O sangue gelado percorria o corpo. Era frio, era medo. Nunca imaginara um dia perder as irmãs. Acreditava-se uma destemida, uma aventureira da vida, até tudo desmoronar neste pavor da perda, do nulo que seria sua vida sem elas. Quase sem expressão, concordou com Lauro, que continuava alegando que as irmãs tinham sido mais espertas do que eles e deveriam estar em casa, rindo do susto que pregaram. E assim ele foi conduzindo Laura à casa.

❦

Batidas à porta deixaram a Sra. Almeida ainda mais nervosa. Andava de um lado ao outro da sala, sob os olhos baixos de Virgínia, Manuela e da cunhada; esfregava as mãos sem parar, com a alma em alerta. Ao ouvir as batidas, correu antes de Nana e abriu a porta.

Laura e Lauro, encharcados de chuva, dividiam o espaço debaixo da casaca dele.

— Olá — Laura sacudiu a trança molhada.

— Mandei um criado atrás de vocês!

— Bem, agora estamos em casa, minha tia. Onde está minha mãe? — Lauro entregou a casaca molhada à Nana, ficando em mangas de camisa e colete.

— Na sala. — Notando que algo faltava, a Sra. Almeida perguntou à Laura, que subia as escadas pronta para entrar em roupas secas antes que um espirro a pegasse. — Onde estão as suas irmãs?

Os pés da moça pararam no degrau. Uma palidez tomou o rosto da jovem. Girou o corpo e mirou Lauro, assustada:

— Elas não estão aqui?

— Não. Apenas vocês chegaram.

Um silêncio doloroso.

A Sra. Almeida gritou para que Nana procurasse a sua capa. Ela mesma iria atrás das filhas. Lauro e D. Teocrácia tentaram convencê-la que era em vão; com a chuva forte, ela não conseguiria encontrar ninguém, ainda mais porque anoitecia. Era melhor que esperasse o criado voltar da busca.

À Sra. Almeida foi dado um chá para acalmar os nervos. Sentada na sala, rodeada pelas filhas, consolava-se como podia.

Lauro, em pé ao lado da janela, com as mãos nos bolsos da casaca seca, ficou à janela, na esperança de vê-las chegando e dar a boa notícia à família. Se pudesse, ele mesmo as teria ido procurar, mas a mãe o havia proibido — e nunca havia sido um filho capaz de desobedecer às ordens maternais.

Laura, inconsolável, nem se mexia, fitava a chuva. Com roupas secas, havia se sentado ao lado do primo, com os pés para cima da cadeira, abraçada ao joelho. O cabelo molhava as costas de seu vestido — o que sempre lhe dava nos nervos, e um dos motivos de querer, um dia, tê-los curtos — no entanto, isso não importava mais. Toda a sua atenção estava na culpa que carregava ao não ter cuidado das irmãs como deveria.

A tia era a que mais parecia tranquila com a situação — parecia, apenas, pois, por dentro, estava esfuziante, aquela situação era uma ótima amostra do que não se devia fazer:

— Alice e Mariana logo estarão aqui. Foi bom porque assim elas puderam aprender uma ótima lição. Não é certo ver mocinhas correndo pelos campos como selvagens. — Deu um gole em seu chá. — Só imagino o que será delas se continuarem assim... Não vão conseguir arrumar um bom partido. A única sensata é Manuela. — Sorriu para a moça, que mantinha seus olhos abaixados no bordado.

A Sra. Almeida não teve voz para replicar a crítica, ao contrário de Laura, que a tinha e bem alta.

A jovenzinha saltou da cadeira:

— Isso é um absurdo! A senhora é um absurdo!

O choque havia sido em conjunto. Nem mesmo a mãe sentiu-se capaz de repreendê-la. Ninguém o fez, na verdade, porque, ainda que de uma maneira violenta, Laura havia dito tudo o que estava entalado na garganta da família. Contudo, como não era o certo a ser feito — por mais irritante que fosse a tia —, a própria moça arrependeu-se depois, abaixando os olhos para as tábuas do chão.

O primo e nem ninguém nunca havia falado nesse tom e dessa maneira com sua mãe — e isso estava visível na expressão de horror da senhora. Não que não houvesse vontade de enfrentar D. Teocrácia, mas nem ele ou o irmão haviam sido educados para confrontá-la no que fosse.

Ao perceber que Laura foi até a mãe, Lauro imaginou o pior, porém, mais uma vez, a prima o surpreendia ao mudar o tom para um menos agressivo — quase complacente:

— Nós não podemos agir de acordo com o que os outros queiram que nós ajamos.

Laura havia cometido um erro e tentava corrigi-lo. Tia Teocrácia, no entanto, não veria aquele ato de enfrentamento com bons olhos, por mais míopes que eles fossem. Volteava os olhinhos miúdos e apertados sobre a sua figura impertinente com interjeições de audácia:

— Você vive numa sociedade, menina, aprenda e conforme-se com isso. Ou vá ao convento.

— Eu não sou obrigada a seguir a maioria, seria perder a minha individualidade. Eu não posso me submeter ao critério dos outros e nem posso aceitar o que eles querem de mim se eu não quiser assim ser — as palavras saíam em profusão, sem que Laura tivesse qualquer domínio sobre elas.

— Laura, por favor, a mamãe não está passando bem — Virgínia falava calmamente, segurando a mão trêmula da mãe, dividida em defender a filha ou em calá-la, pois não se enfrentava os mais velhos, ainda que com razão. — Pare com essa discussão que não levará a nada.

Soltando um muxoxo, tia Teocrácia abriu um sorriso cínico:

— Sua irmã tem melhor conduta e senso de sociedade do que você. Melhor tomar cuidado para não ficar eternamente solteira. Do jeito que pensa, está fadada a isso, ou a arranjar um mau casamento.

Se a tia achava que iria atingir Laura com as promessas de uma solteirice eterna, acabou sendo, mais uma vez, surpreendida por sua resposta:

— Não vou deixar de ser como sou, tia Teocrácia, muito menos para arrumar um marido. E ninguém vai me mudar, nem hoje e nem nunca.

O furacão Laura saiu da sala, quase derrubando uma mesinha no caminho.

Sem ação, Lauro ficou parado perto da mãe, erguendo as sobrancelhas num invisível sorriso suspenso. Nunca vira alguém contestá-la dessa forma. Nem ele nem o irmão o faziam.

Reparando na expressão de maravilhamento do rapaz, tia Teocrácia deu-lhe uma cutucada com o *pince-nez*:

— Se se casar com uma dessas, eu o deserdo — ameaçou a mãe.

O rapaz ignorou-a, indo atrás da prima.

Por que Lauro fora tão veemente atrás dela? D. Teocrácia não gostou dessa atitude. Não gostou. Não, não, não!

Para não ficar uma situação constrangedora, Manuela ofereceu mais chá à tia. Esta apenas levantou a mão negando, fechando a cara num bico que durou o resto do dia.

❀

Não saía nenhuma letra que pudesse compor uma palavra sobre o papel. A pena pendia numa mão, transformada em brinquedo. Com a cabeça apoiada na outra mão, Laura não tirava os olhos da janela. Achava poder ver a chegada das irmãs, porém o manto de chuva acinzentava ainda mais a paisagem, enegrecida pelo anoitecer. Os olhos retornavam à página em branco. O coração pesava e sua mente esvaía-se de volta à janela. Hipnotizava a si mesma na angústia da espera.

Passos calmos e vacilantes eram escutados aproximando-se do quarto. Não notou que, perto da porta, Lauro havia parado. Compelido de um forte impulso, ao ver a prima naquele estado de culpa, seguiu quieto até ela. Ficou a dois passos. Seus olhos acariciavam as ondas das madeixas úmidas que escorregavam pelo espaldar da cadeira, com reflexos dourados feitos pela luz de uma vela sobre a mesa. Exalava um perfume de flor, porém, Lauro não sabia dizer qual. Aproximou-se um pouco mais, carente de um toque. Reteve-se a fechar o punho no ar.

Laura percebeu, pelo reflexo do vidro, que havia alguém atrás de si. Virou-se num movimento, assustando-o. O primo, acuado, afastou-se e adiantou a fala:

— Vim ver como está.

— Já viu e agora pode ir. — Voltou à posição antiga, dessa vez, largando a pena sobre o papel e apoiando a cabeça nas mãos.

Definitivamente Laura não queria falar com ele. Não teve escolha a não ser sair. A caminho da porta, Lauro parou e sentiu o quanto não a queria ver assim. Era doloroso, difícil de aceitar o amargor daquela tristeza:

— Sei que a última coisa que gostaria de ouvir é que não deve se sentir culpada. Não posso dizer que esteja errada, porque é muito desagradável esse tipo de piedade. — Uma pausa para uma resposta que não veio. — Se for fazer você melhor, espero que saiba que as duas estão bem em algum lugar, apenas esperando a chuva passar para voltarem para casa.

O rosto de Laura tomou um tom pálido ao encarar Lauro, tal se ele tivesse revelado o maior dos segredos. Os olhos marearam e lágrimas escorreram. Tentou segurar o pranto, contudo, o alívio foi mais forte.

Lauro não soube o que fazer com aquela figura que parecia derreter toda sua invencibilidade e astúcia. Apenas pegou em sua mão e beijou cada dedo marcado de tinta. Devagar, ele levantou os olhos na direção da incompreensão dela e sorriu. Mais do que coincidência eram seus nomes, faziam parte das metades de um mundo que só eles conheciam.

Um vai e vem de saias, um zum-zum-zum de vozes na entrada chamaram a atenção de Laura. Tirou a mão dentre as dele, limpando as lágrimas:

— Acho que elas chegaram. — Nem podia encará-lo, saindo pela porta com pressa.

O rapaz continuou parado por instantes, olhando as mãos vazias. Não gostava daquela sensação de falta. Seus dedos dançavam no ar à procura de algo, da pequena mão que, um dia, se estendera a ele tão amigavelmente.

Enfiou as mãos no bolso e também desceu.

※

Uma fila de pessoas abraçava Alice, imersa em água, chorando aflita:
— Oh, mamãe, que triste! Estava tão nervosa e ainda estraguei todo meu penteado e o vestido que ganhei de aniversário — debulhava-se. — E estou com tanta fome!

A Sra. Almeida mandou Nana trazer água quente e toalhas para secar Alice, antes que pegasse um resfriado. Tia Teocrácia, num canto, murmurava a sorte de ter encontrado o caminho de volta e no que dava deixar as meninas sendo criadas tão livremente.

Apesar do burburinho e da euforia, quem notou que Mariana não estava junto de Alice foi a própria Sra. Almeida. Alice se acomodava junto das irmãs quando a senhora perguntou sobre o paradeiro da caçula. Enrolada em toalhas e servida de chá e biscoitos de nata, como bem gostava, Alice corou. Parecia que nenhum mal lhe afligia:

— Achei que tivesse vindo para cá. — Limpou os farelos dos cantos da boca com o mindinho.

— Explique isso, mocinha — tia Teocrácia se meteu na história.

Laura e Lauro chegaram na sala quando a irmã era interrogada pelo desespero materno.

— Bem, estávamos eu e Mariana descendo da colina quando nos perdemos de Lauro e de Laura. Era um nevoeiro espesso. De repente. Como mal sabíamos para que lado ir, resolvemos nos sentarmos à beira da colina e esperar tudo passar. Mas Mariana não ficou muito feliz com essa decisão, resolvendo procurar a casa assim mesmo. E, sendo a boa irmã que sou, não poderia deixá-la sozinha. Corri atrás dela. Andamos muito e não chegávamos a lugar algum. Até que ouvimos apenas trovoadas e a chuva começando a cair — mordeu um biscoito e continuou, de boca cheia: — Fomos nos abrigar debaixo do velho cipreste. Mariana não parecia passar bem. Eu até pensei de deixá-la lá e vir pedir ajuda, mas nem sabia aonde estava. Então, um raio caíra bem perto de nós e cada uma correu para um lado. Quando me dei conta, já estava perto de casa. Podia ver as luzes acesas no meio da chuva. Vim direto para cá, imaginando que ela deveria ter chegado antes. Estou tão cansada e molhada... — mais uma vez as palavras dividiram a boca com os biscoitos —... que acho que nunca mais saio para andar. É muito fatigante essa coisa de exercícios!

— Que absurdo — grunhiu a tia.

— Pois é, titia, é um absurdo essa coisa toda de exercícios! — Alice concordou com o seu mal entendimento.

— É um absurdo ter deixado a sua irmã lá — explicou a mãe.

— Mas quanto a mim? E minhas condições? Notou o estado em que me encontro? — falava de boca cheia.

— Você nunca se encontrou — murmurou Virgínia.

Interrompendo a mãe em seu sermão sobre abandonar a irmã num descampado, Nana ouviu o barulho de uma carruagem se aproximando e avisou à família. Laura e Manuela correram à janela e avistaram um grande coche preto parado na frente de casa. Dele saltou uma pessoa vestida com uma capa negra e um chapéu cruzando o semblante, impossibilitando enxergar o rosto. A mente de Laura logo começou a delirar em suposições fantásticas: talvez fosse um cavaleiro misterioso que havia salvo Mariana... ou um conde amaldiçoado.

Bateram à porta vezes seguidas, supondo urgência. Nana foi imediatamente abrir.

Debaixo da capa e chapéu estava um homem negro, forte demais para as próprias proporções. Entregou-lhe um bilhete, pedindo que fosse dado ao senhor da casa. Nana agradeceu e fechou a porta, tão assustada quanto se fosse o demônio em pessoa a lhe trazer alguma notícia. Foi para a sala onde todos esperavam ansiosos o achegado.

Eis que surgiu na sala somente Nana, no entanto, vinha ela com os olhos arregalados e a boca pressionada entre as bochechas.

Ao notar um papel em sua mão, a Sra. Almeida puxou e leu. Passou de uma face preocupada a uma face limpa, seu corpo caiu no assento e as rugas úmidas pelo choro secaram. O bilhete não era grande, mas pareceu ser comprido como a eternidade para os outros à sua volta.

— Do que se trata, minha cunhada? — D. Teocrácia não aguentou o suspense. — Com certeza, se meu irmão estivesse aqui, nada disso teria acontecido — comentou, pondo o *pince-nez* no rosto e tentando chegar até as letrinhas do bilhete.

— Nana, traga o meu xale e minhas luvas. Vou sair agora mesmo. A carruagem me espera.

— O que diz o bilhete, mamãe?

Mais aliviada, a Sra. Almeida sorriu para Manuela, sem, contudo, indicar alegria:

— Ela está bem. Mariana está bem! Essa carta é do Sr. Ouro Verde avisando que a encontrou perto do cipreste e a levou para sua casa. Diz que chamou seu médico particular para examiná-la. Ele acha que está com febre. Mandou o coche para que eu fosse agora mesmo vê-la.

— Isso é um absurdo — reclamou a tia. — Ficar levando jovenzinhas para casa...

Impaciente, a Sra. Almeida tentou segurar o tom de voz para não criar uma afronta com a cunhada:

— Teocrácia, o Sr. Ouro Verde foi muito delicado em deixar Mariana aos seus cuidados. Nos dias de hoje, as pessoas pouco se preocupam uma com as outras. Acho que foi muito gentil da sua parte ainda nos ter avisado o quanto antes. Irei agradecer pessoalmente.

D. Teocrácia, pegando o papel de sua mão e colocando o *pince-nez*, rapidamente deu uma lida para confirmar a validade das informações e montar milhares de críticas que futuramente seriam debatidas com seu irmão — assim que retornasse do Rio de Janeiro.

— Posso ir com você? — Manuela perguntou na esperança de poder ajudar, afinal, era a filha mais velha.

— Também quero ir! — Laura quase se lançou no meio da sala.

— Não! Vocês duas vão ficar aqui. Não quero mais nenhuma filha minha fora desta casa. E a partir de hoje, passeios e caminhadas estão proibidos! — O tom de voz, o jeito de se expressar, algo havia rompido dentro de D. Glória e tudo o que as meninas enxergavam era a fragilidade de uma mãe preocupada, nervosa, sensível.

— Mamãe! — A insatisfação era por parte de todas.

— Nem mamãe, nem papai. É assim que será! Nana, virá comigo.

Dadas as ordens, D. Glória foi pôr a sua capa enquanto Nana corria para pegar algumas coisas que havia ordenado. No rebuliço do vai e vem, tia Teocrácia aproximou-se do filho, parado no meio da sala, sentindo-se incapaz de ajudar, e lhe sussurrou:

— Veja bem quem veste as calças nesta família.

Calçando as luvas que Nana lhe havia trazido, a Sra. Almeida escutou a ironia da cunhada e, sem aguentar mais as farpas do convívio, respondeu como se engolisse gelo:

— Garanto que não será você, Teocrácia, a vestir as calças desta família.

Insultada, a grande senhora bateu o *pince-nez* no colo. Cada vez mais que tentava ajudar àqueles, mais parecia que os prejudicava. Falar a verdade poderia doer, porém ela deveria ser sabida para que fosse compreendida e depois executada da melhor forma possível.

Diário de Alicia
Petrópolis, 05 de fevereiro de 1881

Sinto um calafrio por todo meu corpo e mal consigo firmar a pena sobre o papel sem dar um espirro. Meu cabelo está molhado, meu vestido arruinado e ainda sinto cheiro de lama debaixo do meu nariz. Só de pensar que andei quilômetros para chegar em casa e ser recebida apenas por chá e biscoitos velhos, preferiria ter ficado na casa do Sr. Ouro Verde.

Mamãe foi hoje mesmo atrás de Mariana. Acho que se preocupa demais. Não minto que estava chovendo e a pequena mal conseguia ter os olhos abertos de febre, mas agora está tudo bem. Deve estar deitada numa cama confortável, num quarto imenso, só para ela, aquecida por uma lareira gigantesca e bebendo uma sopa deliciosa. Queria eu estar no lugar dela! Mal pude ver como era a casa naquela chuva. Sorte de Mariana em o ter encontrado. Pelo que pude ver o Sr. Ouro Verde deve ser bem rico. A carruagem era muito refinada e, de acordo com Manuela, puxada por quatro cavalos. Imagine só se fosse eu aos cuidados dele! Estaria agora sendo muito bem tratada. Era com um homem desses que eu queria me casar. Alguém com muito dinheiro.

Aguardamos notícias de mamãe. Espero que repare nos detalhes da casa dele, pois vou querer saber todos!

Manuela se deitou na cama e já começou a se revirar. Dança tanto no colchão quanto poderia fazê-lo num salão. Vou estranhar vê-la casada. Apesar de duvidar que venha a fazer falta. Ela é tão quieta que, às vezes, nem lembramos que está na sala, o que até chega a ser um incômodo, pois não podemos comentar nada sobre ela sem antes ter certeza que foi embora.

Estou com saudades da Corte, de casa, das minhas amigas, das festas, dos rapazes. E acho que quando for embora daqui, não terei saudades de nada. Muito menos desse insuportável clima e da lembrança desta irritante tarde em que eu e Mariana nos perdemos. Ou melhor, fomos perdidas.

Diário de Laura
Petrópolis, 07 de fevereiro de 1881

Os últimos dias foram de susto e apreensão. Surpresa poderia ser a melhor expressão a figurar a minha pessoa. Passei a maior parte do tempo com os olhos arregalados e os ouvidos estalando pelas notícias que recebia. Primeiro com o sumiço de Mariana, que, além de me render boas lágrimas, pôs todos em seus silêncios interiores. Pude notar que o silêncio é o meu melhor amigo, o único que não me julga, que não me domina e que sempre poderá estar comigo aonde eu for.

A segunda surpresa foi saber que havia alguém, um alguém muito próximo, que por mim poderia estar apaixonado. Prefiro não ver assim a situação, apesar de meu coração assim o querer. Estranho é esse ensejo maior de tentar ofuscar a realidade. Não quero e nem posso pensar nisso. Gosto de Lauro, sim, porque ele é meu primo e, acima de tudo, um rapaz inteligente e divertido. Passamos horas conversando e rindo juntos e somente isso.

Ele até me ajudou a tentar descobrir o que havia naquela saleta misteriosa. Ele tivera a ideia de tentar abrir a janela, o que acabou fazendo com que o vidro despedaçasse sobre nós. Não nos cortamos, mas Nana brigou bastante conosco —

o quão minha mãe ficaria brava se soubesse, que já estava preocupada demais com o estado de Mariana para ter que se preocupar conosco agora etc. Acabamos por não conseguir ainda o nosso objetivo de entrar na saleta. Uma madeira prendia a janela por dentro e papai, que acabara de voltar do Rio, não estava disposto a pedir a um dos criados que nos ajudasse.

Tivemos de viver através das histórias contadas pelas antigas escravas da casa — anteriores à época dos meus avós — que haviam sido contratados por papai para ajudar a Nana e mamãe nos serviços. Sentados na cozinha, comendo frutas e brincando com os gatinhos de Mariana, Lauro e eu ouvíamos atentos o que nos era relatado. Não queriam falar muito, diziam que aquilo poderia trazer o Mal para dentro da casa. Lauro e eu nos olhamos e tentamos segurar o riso. Persuadimo-los a contar. Parece que havia recém-casados morando aqui, bem antes dos meus avós comprarem a propriedade. Ele era filho de um ex-traficante de escravos, homem muito poderoso e rico na região, e ela era uma escrava. Ninguém havia sido a favor do casamento; mesmo assim, se uniram às escondidas. O marido construíra a casa para a esposa, garantindo que seria tão bela quanto ela. Parece que o pai do rapaz, ao descobrir o casamento, conseguiu comprovar que a escrava era dele e que nunca havia sido alforriada. Para que não fosse capturada, o marido a escondeu naquela saleta secreta. Sem se conformar, o pai mandou um grupo de homens invadirem a casa, sedarem o filho e jogá-lo no primeiro paquete que partisse para a Europa. Quanto à esposa, ninguém sabia que havia sido trancada lá. Deram-na como foragida e ela acabou morrendo de fome, no aguardo do marido, que era o único que tinha a chave da porta secreta.

Arrepiei-me dos pés à cabeça. Como alguém poderia ser capaz de tamanha maldade?

Ouço cavalos. Alguém chegou...

Diário de Laura
Petrópolis, 08 de fevereiro de 1881

Mamãe voltou da casa do Sr. Ouro Verde. Estava sozinha. Estranhamos a falta de Mariana. Ela explicou que um médico viera ver nossa irmã e que só poderia ir embora em dois dias, por causa dos perigos de uma pequena viagem e das possibilidades de golpes de ar. Enquanto isso, resta-nos esperar.

Durante o jantar houve um novo inquérito sobre o vizinho. Mamãe pouco quis falar, ressaltando apenas que deveríamos nos importar primeiro com Mariana e depois com a vida particular dos outros. Pude sentir que estava preocupada, *contudo, não queria demonstrar para não nos deixar mais aflitos. Meus pais se retiraram mais cedo. Isso não é bom sinal. Havia muita conversa os esperando no quarto.*

Aproveitamos a ausência de nossa querida irmã para prepararmos uma peça de boas-vindas para quando Mariana voltar. Os ensaios estão uma bagunça. Alice não faz nada do que eu ordeno. Fica discutindo comigo todas as falas da personagem, querendo sempre que a faça mais bonita em cena e não o que é melhor para o desenvolvimento da história. Virgínia também discute muito com ela, acusando-a de tentar surrupiar toda a atenção. Manuela resolveu participar fazendo o acompanhamento musical e o figurino. Lauro e eu temos que fazer os papéis dos homens na história. Ri muito quando ele me pegou imitando-o durante os ensaios. Ensinou-me alguns trejeitos masculinos e até disse que me portava como um dos amigos dele da faculdade.

O nome da nova peça é "Regresso ao lar".

14

Mariana, tão somente melhorou, voltou para casa, para a família e para os abraços e beijos de Laura. Mal pôs os pés no chão e a irmã correu ao seu encontro, pondo-a em seus braços, a pedir mil desculpas. A caçula passou a mão em sua cabeça, abençoando aquela preocupação. Laura levantou os olhos e viu um sorriso amarelo, um rosto pálido, olhos profundos. O que acontecera com sua irmã caçula? Afastou-se um pouco dela, perguntando a si mesma se havia sido ela a culpada por aquilo.

As outras irmãs fingiram não notar diferença alguma. Manuela e Virgínia beijaram a fronte de Mariana, dando as boas-vindas. Alice tentou disfarçar a diferença sorrindo sem graça em meio a uma tosse persistente — recentemente adquirida para disputar atenções. Quanto ao pai, havia apenas sorrisos e abraços. Lauro, ao lado da mãe, curvou-se cerimonioso diante da prima caçula, fazendo-a rir, e a tia não se mexeu, apenas batendo a cabeça.

Entraram na sala para que Mariana detalhasse a sua nova aventura mais comodamente.

Laura, porém, havia ficado no vestíbulo de entrada, parada, apenas observando a família reunida dirigir-se para a sala. Segurando uma lágrima que pendia no canto dos olhos, ela fungava para evitar o choro. Ao perceber um braço lhe sendo ofertado, tomou um susto.

— Não há com que se preocupar. Estão todos reunidos novamente — comentou Lauro, com um sorriso delicado que lhe teria aquecido o coração em outras circunstâncias.

— Isso que eu temo, Lauro. Fico a pensar no dia em que não estaremos mais todos reunidos, que essa pode ser nossa última reunião. — A voz fraquejava e não sentiu a mão do primo pousando em suas costas.

— Então viva esse momento ao invés de tentar prever o futuro. Porque se sua previsão estiver certa, vai se arrepender de tê-la apenas previsto e não aproveitado o momento.

Laura lhe mirava com certa surpresa — e agrado. Havia sido muito bom — e importante — ter ouvido aquilo. Será que Lauro a entendia tão bem quanto qualquer um? Quis que sim, e que aquele instante nunca mais saísse de sua cabeça. Finalmente aceitou o braço e o sorriso dele, entrando na sala para viver o presente.

Todos se dispunham em cadeiras e poltronas ao redor do sofá, tomado por Mariana, deitada com uma manta sobre as pernas, visivelmente em convalescença. Laura colocou-se no chão, ao seu lado, e puxou a sua mão fria, segurando-a firme enquanto a caçula contava sobre a sua pequena estadia no Sr. Ouro Verde:

— Ele é um homem muito estranho. A princípio parecia frio e mal-humorado, porém foi se mostrando gentil. Desde que cheguei lá, passava todos os dias no meu quarto saber como eu estava. Até fez questão de me servir meus pratos prediletos. As escravas me disseram que é um homem muito solitário, que vive a viajar entre a Corte e Petrópolis e que é amigo pessoal do Imperador. Mas ainda assim é sozinho, ainda mais após a partida do... Como era mesmo o nome de quem ele cuida?

— Pupilo? Protegido? Filho adotivo? Bastardo? — na última tentativa Laura mordeu os próprios lábios diante da expressão de horrorizada da mãe. Será que estava assim porque tinha falado a palavra "bastardo" publicamente, ou porque descobrira que ela sabia a existência, e talvez o significado, de tal palavra?

— Protegido, isso, obrigada. Dizem que quando o protegido chegou foi como se o Sr. Ouro Verde voltasse a ter vida. Passava os dias cuidando pessoalmente da educação do menino e nunca lhe deixou faltar nada, o que não duvido. Porém, me disseram que ele poderia ser o filho perdido do senhor...

— Isso é apenas intriga de quem não tem o que falar — reclamou a mãe. — Ele foi um cavalheiro comigo. Não me deixou pagar o médico, nem aceitou agradecimentos. Também não disse por que fazia aquilo. Pode-se ver que é um bom cristão.

— Cristão com escravos?! — Laura murmurou, trocando olhares de sarcasmo com Lauro, a morder os lábios para não rir.

— As pessoas escondem muitas cicatrizes e reflorescimentos na alma — disse o Sr. Almeida. — Pouco sabemos do que são capazes de fazer até fazê-lo.

— Ele tinha escravos? — Laura quis confirmar, pois não combinava com o que havia escutado antes, e queria que, indiretamente, seus pais enxergassem que algo de estranho havia naquele homem.

Mas ficou sem resposta, pois Manuela, ansiosa demais, foi mais enfática com a sua:

— Como era o protegido? Chegou a vê-lo?

Mariana balançou a cabeça:

— Não sei. Não vi indício algum de que tivesse mais alguém na casa além do Sr. Ouro Verde.

— Será que ele é um fantasma? Um ser criado pela imaginação? — pontuou Laura.

— Se assim fosse, outras pessoas não teriam afirmado a existência do rapaz — lembrou Virgínia.

— As escravas me contaram que o protegido veio já grande para a casa. Deveria ter uns 15 anos quando chegou. A família dele trabalhava para o Sr. Ouro Verde e sempre os ajudara no que fosse preciso. Com a morte repentina dos pais do menino, o Sr. Ouro Verde decidiu cuidar dele. Deu-lhe educação, casa, comida e até arrumou um posto na Marinha. É por esse motivo que ele não estava na casa. Deve estar em alto mar. Dizem que não o veem há algum tempo.

— Assassinado e o corpo enterrado sob o cipreste? — murmurou Laura, mais uma vez, ignorando o fato de Mariana ter percebido e feito cara feia para o seu comentário.

— Acho que algo foi comentado a este respeito — disse o pai —, mas deixemos de lado a vida alheia. Temos de nos interessar pela nossa própria.

— Sabe o que me intriga? — espirrou Alice. — Como chegamos tão perto da casa dele e ele sabia onde você estava. Ninguém sai na chuva para passear.

— Ele não sabia! Foi o acaso — explicou Mariana, exaltada.

Laura desconfiou daquela atitude protetiva de Mariana quanto ao Sr. Ouro Verde, nada de ruim poderia ser dito sobre ele sem que ela ficasse furiosa ou refutasse energeticamente.

— Acho muito estranha essa história de acaso. Ainda, você disse que ele sempre estava nos observando. Quem sabe não nos seguia quando nos perdemos? Quem sabe não fez tudo isso de propósito?

— Ah, agora ele é mágico para fazer chover e vocês se perderem? — o pai caçoou de Alice.

— Não duvidaria nada daquele homem. Ele me dá arrepios só de pensar.

— Fique com seus arrepios e eu ficarei com a boa lembrança de Miguel! — Mariana arrancou a mão das de Laura, retirou a manta das pernas e se levantou do sofá, indo para o quarto.

Alice não entendeu o que poderia ter falado para deixar a irmã naquele estado. Laura tampouco compreendia — ou não o queria, pois Mariana era jovem demais para se apaixonar.

— Quanta insolência — reclamou tia Teocrácia. E teria continuado com um novo sermão se o seu irmão Artur não tivesse chamado por Nana e pedido que trouxesse café e bolo para todos.

O Sr. Almeida apertou firme a mão da esposa e trocaram olhares que não fugiram da atenção de Laura. Algo não ia bem. Será que sabiam de algo sobre Mariana e não queriam contar a ninguém? Não gostou do ar pesado que restara da saída abrupta da irmã. Atirou um olhar de socorro para Lauro. Ele lhe mirava firme, seguro, dando a sensação de confiança. Será que ele sempre estaria ali, ao seu lado, para ajudá-la? Ela quis que sim. Do fundo de sua alma, ela quis que sim.

❦

Laura queria que Alice não fizesse bico diante de Lauro nas cenas românticas. Aquilo a irritava, mais do que gostaria, durante a apresentação da peça. O sangue fervia e não estava nada agradável. Virgínia, também notando o exagero, perguntava-se se todo aquele jeito atirado de Alice era da sua personagem.

Laura revirou o rosto, evitando ver a cena.

Na plateia estava Mariana, comportada, no sofá, sem tirar os olhos do que transcorria. Tia Teocrácia dormia de quase roncar. Os pais estavam compenetrados na peça, gostavam de tudo — como sempre. Nana também foi convidada e ficou num canto, desacostumada em estar junto da família, assistindo como se no próprio Teatro São Pedro estivesse.

Um pigarreio de Virgínia fez com que Laura parasse de vagar e entrasse em cena com sua risada diabólica e jeito de vilão catastrófico. Não conseguia concentrar-se debaixo do bigode que espetava muito, parando diversas vezes para se coçar. E sempre que Lauro tinha que a enfrentar em cena, ele segurava o riso abaixando a cabeça e ela perdia a fala.

Para a autora, atriz e diretora a peça havia sido um desastre. Manuela errara algumas entradas da música, Alice mudara as falas e as marcações a seu bel-prazer, Lauro e Virgínia não conseguiam se manter nos personagens. A despeito das críticas, foram recebidos com muitas palmas. Mariana agradeceu às irmãs com abraços e beijos, o que não convencera Laura que sua peça não fora um fracasso total. Para completar, tia Teocrácia, que acordara com o barulho das palmas, disse com toda a sutileza que lhe faltava:

— Acabou? Ainda bem que na Corte não somos obrigados a ver peças assim! Você, Laura, deveria parar de ficar inventando histórias absurdas e viver a sua própria história. Está precisando de uma vida social. Seus pais deveriam levá-la mais aos saraus e bailes, pararia de ficar pensando nessa ideia absurda de escrever. Precisa parar de viver no mundo da fantasia. Está muito velha para isso! Tem que pensar em casar-se. E se continuar assim, não vai arrumar pretendente.

A jovem não respondeu como era capaz, triste demais com a sua "falha literária". De alma pesada, saiu da sala. Bem que gostaria de dizer alguma coisa para a tia, mas as palavras lhe faltaram. Nunca conseguia ter a resposta desejada na hora certa. Depois acabava sendo obrigada a divagar milhares de respostas malcriadas.

Corroída pelos pensamentos, Laura ficou sentada no alpendre da casa observando as estrelas daquela noite. Talvez a tia estivesse certa. A hora de crescer havia chegado. Bateu a mão numa parede. Não queria crescer! Não queria. Uma lágrima contornou o seu rosto, mas ela não se furtou a chorar.

Espiando do batente da porta estava Lauro. Achou que não teria o que fazer por ela, nem uma palavra que a faria melhor. O que o fez abaixar a cabeça e entrar em casa em silêncio.

15

Amuada, Alice andava entre espirros e tropeços em seu vestido. Não conseguia encontrar um lugar da casa que a fizesse feliz e, tampouco, queria que a família a visse assim. Fazia questão de resmungar da vida e não tolerava quem a contradissesse. O lenço na mão abanava em direção do nariz que escorria. A cabeça virada para cima, esperando que isso não acontecesse, pedia a Deus que ficasse logo boa da gripe. As irmãs pediam o mesmo, não mais aguentando seu mau humor e impaciência. Saltou da cadeira e recomeçou a andar pela sala sob os olhos de Manuela e Virgínia. Ambas pararam seus afazeres para tentar acalmar a moça, contudo, parecia que apenas a enfureciam.

— Tenha calma, Alic... ia, logo ficará boa e terá muitos bailes para ir!

— Manuela, você não entende, não é mesmo? Bem, como poderia entender? Só pensa em costurar esse feioso enxoval. — Voltou a caminhar sem direção, espirrando.

— Tente me contar que verá se entendo ou não.

— É o segundo convite de baile que recebemos aqui em Petrópolis. Papai disse que toda a sociedade estará aqui. E eu não posso ir! — Jogou-se no sofá com cara emburrada e nariz escorrendo.

Virgínia, abaixando o livro que lia, olhou enviesado para Manuela. Queriam rir da atitude de Alice, mas se seguraram para não a atiçar ainda mais.

— Quem sabe se falar com mamãe ela permita que você vá?

— Acha mesmo, Manuela?! — Fingiu um riso, irônica. — Mamãe já me proibiu de ir logo ao receber o convite. Disse que, nas minhas condições de saúde, eu deveria ficar em casa. Nem me deixou explicar...

— ... ou choramingar — murmurou Virgínia, que voltava à sua

leitura, enxugando, num lencinho sempre à mão, o seu nariz que também escorria.

— E quanto a papai? Ele não costuma nos impedir de fazer nada.

— Acha que meu pai faz algo que não seja permitido por nossa mãe, Manuela? Há de raiar o dia em que ele tomará as próprias decisões sem depender dela.

— Há de nascer o dia em que parará de falar tantas besteiras, Alicia — retrucou a irmã mais velha.

Alice levantou-se mais uma vez. Tentaria conversar com sua mãe. Quem sabe, se segurasse o espirro e limpasse a voz, a mãe a deixaria ir?! Passou pela cozinha atrás dela. Encontrou Nana dando ordens às criadas. Soube que a mãe estava no quarto. Não se daria por vencida. Fez um rápido gargarejo e foi atrás dela. O corpo pesava um pouco, porém, ainda se sentia capaz de dançar, nem que fosse uma só valsa. Passara quase todo o mês na casa, entediada e sem festas. Era preciso se divertir. Bateu na porta do quarto da mãe e ouviu uma voz mandando-a entrar. Fechou a porta atrás de si. Nada de irmãs bisbilhoteiras a escutá-las.

Estavam sua mãe e a tia conversando. Estranhou em vê-las ali, como se tivesse perturbado algum segredo. Pouco importava agora, queria ir ao baile. Jogou-se ao colo da mãe e desatou a chorar. A Sra. Almeida e tia Teocrácia se entreolharam. A mãe pegou na cabeça da filha por entre as mãos. Segurando o espirro, Alice contou o motivo de seu choro:

— Se não for ao baile acho que morrerei, mamãe! Lá estarão as pessoas mais influentes da cidade e não vou a um baile desde o mês passado! Sabe que uma moça pode nunca se casar se não for a um baile? Pois ela nunca poderá conhecer vários rapazes e ter a experiência de escolher um bom partido. Além do mais, fica conhecida nas grandes rodas sociais e tem privilégios que nenhuma moça trancada em casa consegue. Deixe-me ir com as meninas, por favor, mamãe!

As duas senhoras novamente se olharam. A tia fechou a cara numa total negação do fato. Antes mesmo que pudesse dizê-lo, foi suplantada pela voz maternal:

— Sei que esse baile é importante para você, Alice, mas no momento sua saúde é mais importante.

— Mas é só um resfriado... — Espirrou.

— Um resfriado que pode virar uma pneumonia. Basta termos Virgínia doente em casa. E agora, com o susto que Mariana nos provocou, não quero mais nenhuma filha minha fora de casa sem ser sob as minhas vistas.

— Mamãe, a Manuela e a Laura vão com Lauro e tia Teocrácia! E você nem vai porque quer ficar aqui em casa cuidando da Mariana e da Virgínia! Se você diz que só podemos sair sob as suas vistas, como elas podem ir? Então, não deixe nenhuma de nós ir! — Cruzou os braços e espirrou.

— Eu escolho quem vai e quem fica, Alice. Melhor observar o seu egoísmo antes que ele se enraíze e destrua o que possui de bom. Uma mulher egoísta é uma mulher infeliz, seca, sem vida, que vai ficar sempre sozinha.

— Estou sendo apenas justa!

A tia, que se coçava para falar algo, meteu-se, finalmente, na conversa:

— Sua mãe já disse que não. E não é não. Deixe de ser uma filha desrespeitadora e aceite o que sua mãe diz, pois ela sabe o melhor para você. Além do mais, nenhum homem gosta de mulheres que não saibam obedecer a ordens.

Alice ficou calada, olhando para a tia com desprezo. Por que ela tivera de falar? Se não estivesse presente, ainda poderia convencer a mãe. Teve que aceitar a perda. Saiu batendo a porta e indo direto para o quarto. Jogou-se em sua cama e começou a espirrar enquanto ouvia de longe Mariana e Laura rindo e conversando. *Shiuu* para as duas! Não podia suportar a felicidade alheia. Enfiou a cabeça debaixo do travesseiro e acabou por cair no sono, esgotada de tanto rebuliço físico e moral.

Os olhos azuis límpidos de Alice se abriram. Podia sentir uma poça molhando a ponta do seu nariz. Nem quis pensar o que era, apenas levantando a cabeça e limpando o rosto rechonchudo. Na sua frente, Manuela se vestia com ajuda de Virgínia e Nana. A irmã mais velha rodopiava com o vestido alfazema na frente do espelho, admirando-se e sorrindo. Parecia feliz por estar indo para a festa, sem tirar os olhos do próprio reflexo.

Virgínia notou que acordara:

— Sente-se melhor?

Nem uma resposta. Alice nem conseguia falar de tanta inveja que cobria seu corpo. Enfureceu-se mais quando Laura entrou correndo no quarto, num vestido de festa amarelo-claro e os cabelos despenteados em meio a flores, uma tentativa de fazer um penteado que se tornara um emaranhado:

— Me ajude, Nana! Não consigo ajeitar meu cabelo — dizia impaciente. A criada a sentou na penteadeira e começou a mexer na cabeleira escura.

— Eu não nasci para essas festas! — Mirava-se horrorizada, de cabelos em pé. — Definitivamente eu não nasci para isso. É tanta parafernália que fico nervosa só de pensar que devo lidar com tudo isso na frente de um bando de pessoas. Por que você não pode ir sozinha com a tia Teocrácia e Lauro? Por que eu tenho que ir junto? — resmungava para Manuela.

— Mamãe disse que nós duas teríamos que ir representando a família.

Mariana entrou num rebuliço com um leque branco estendido para o alto:

— Laurinha, mamãe mandou entregar-lhe esse leque! Disse que moça alguma pode frequentar um baile sem um leque.

Entregou-o à irmã que o olhava como se a um objeto misterioso, nunca dantes usado:

— Mas nem sei como mexer nisso.

— Então, apenas o segure — concluiu Manuela.

— Carambolas!

— Não fale isso em público, Laura, é muito feio! Uma dama de verdade não fala assim.

As meninas ouviram a voz do primo chamando-as para descer. Estavam atrasadas para a festa.

Nana, atrás de Laura, terminava o seu cabelo enquanto a jovem se levantava e saía do quarto acompanhada das outras.

A doente Alice restou sozinha no quarto. As velas acesas minguavam uma luz sem brilho. Estava quase na escuridão e não gostava do frio desta. Espirrou. Iria pedir para Nana fazer alguns biscoitos de nata.

※

Não adiantava quantas caretas Lauro fizesse, nada faria Laura sorrir. De braços cruzados e com uma expressão contrariada, não queria conversa. Sentou-se ao lado da tia Teocrácia e de lá não pretendia sair. Se um jovem se aproximasse para convidá-la para dançar, puxava conversa com o primo, de pé, ao seu lado. De vez em vez espiava onde estaria sua irmã.

— Na minha época não era certo ficar dançando todas as músicas com uma só moça — reclamava a tia, colocando o *pince-nez* para melhor observar os vestidos que por ela passavam. — Deveriam dar a chance a todas para que não fosse deselegante. Mesmo que estejam noivos, isso não faz bem à reputação. — E dessa forma prosseguiu a festa, falando sobre cada um que caía desgraçadamente diante de suas vistas.

Os primos se olharam, quase num riso, contudo era insuficiente para impedir a busca de Laura pela irmã. Mexia a cabeça em todas as direções atrás de Manuela, observava cada moça que passava, cada farfalhar de saias, cada par dançando no meio do salão rodeado por uma multidão a observá-lo como carniça. O lustre de cristal no alto deveria ser o mais privilegiado, de acordo com ela. Tão imponente, de cima tudo podia ver sem ser notado. Aquelas pessoas não se davam ao trabalho de notar a presença do lustre. Era como se soubessem de sua existência e função e isso já fosse o suficiente. Não analisavam sua beleza, nem se preocupavam com ele, a menos que ele escangalhasse. Tão grandioso e radiante enquanto tão ínfimo aos olhos dos convidados.

Uma mão parou em seu foco de visão. A distraída moça virou a cabeça para o lado. Lauro, com um belo sorriso, a convidava para dançar. Laura recuou em desespero. Balançou a cabeça na negativa, puxando o leque para junto de si, sem saber como abri-lo e esconder os olhos dele.

A tia enviesou a cabeça, enrugando a testa. Aquilo tudo estava estranho.

— Não me diga que não sabe dançar?! Dançou comigo na colina — ele comentou, insistente.

Laura se viu pega em flagrante. Uma criminosa, no mínimo. Ficou sem voz, sendo encarada pelo primo e pela tia. A música fazia cócegas em seus pés, mas as pessoas pareciam rir dela, do vexame de não saber dançar direito. Treinara com Alice, fazendo o papel do homem, e nem assim fazia os passos direito, irritando a irmã.

Subiu uma secura na garganta. Tinha que beber alguma coisa, antes que acreditasse cair num escuro precipício. Quase sem voz, Laura pediu licença, e atravessou o salão voando baixo. Seguia firme e forte em frente, sem olhar para os lados, para que nenhum rapaz viesse tirá-la para dançar. Achou uma porta que dava para um jardim. Mal deixou um primeiro pensamento entrar em sua cabeça e correu acuada para lá.

Com os pezinhos no chão de pedra fria, respirando um ar mais ameno, pôde se sentir livre novamente. A lua e as estrelas complementavam o céu azul-escuro, quase negro — uma costura perfeita da natureza. Lembrou-se de quando Mariana tinha uns 8 anos e lhe dissera que quando fosse rainha teria uma capa igual ao céu estrelado. Talvez Laura não pudesse dar um reinado à irmã, porém daria uma capa azul. Esperava publicar logo um livro para poder fazê-lo.

Umas risadinhas próximas contrastavam com o barulho que vinha de dentro da casa. Laura apertou os olhos e viu duas figuras, pouco distantes, perto de uma árvore, a conversar. Aquela risada lhe era familiar. Sem querer ser notada, foi se aproximando, devagar. Era Manuela, encostada na árvore. Tinha os dedos entrelaçados aos de um rapaz. Alguns passos mais perto e notou que flertavam. Ele se inclinava sobre Manuela e a moça não recuava. Era preciso fazer algo, antes que ele a beijasse e estivesse arruinada.

— Manuela — chamou.

Os dois se assustaram, pegos desprevenidos. Do meio de arbustos surgiu Laura empunhando o leque como uma faca. O rapaz tentava gaguejar uma explicação, preocupado em ser atingido. Quanto a Manuela, não acreditava que a irmã viera perturbá-la, vermelha de irritação.

Laura puxou-a pelo braço, sem dar licença ao rapaz, e quase a teria carregado para dentro se a irmã mais velha não a tivesse freado:

— O que pensa que está fazendo? Solte-me!

— O que penso que estava fazendo? O que VOCÊ pensa que estava fazendo num lugar escuro, sozinha com um homem estranho? — Apontou o leque para o rapaz que, sorrateiramente, tentava escapulir da situação.

— O Frederico não é um homem estranho.

— Mulher, com certeza ele não é. Não sabe que está noiva de Tancredo? Ou já se esqueceu do pobre coitado? Se você fosse um pouco sensata, não flertaria com um homem na festa em que a mãe do seu noivo está! Imagine se fosse o Lauro que os encontrasse? Se nada mais quer com o Tancredo, acabe logo com esse noivado ridículo, então.

Laura, tão fechada na sua furiosa lógica, não conseguiu ver os olhos repletos de lágrimas de Manuela, contudo, notou por sua voz que estava magoada com o que havia escutado:

— Sabe qual é o seu problema, Laura? Você não consegue arrumar um homem que venha a se apaixonar por você. Também, queria o quê?! Vestindo as roupas que veste, agindo feito um moleque impetuoso, uma escritora e com essas ideias malucas de ser uma mulher independente, nunca vai conseguir arrumar um marido. Homem nenhum se interessa por uma mulher como você! Então, não me venha com suas frustrações, muito menos com esse sermão patético. Eu não estava fazendo nada de mais, o que duvido que um dia você venha a fazer. E se hoje eu estava aqui, era porque eu queria me sentir amada, admirada, apenas isso.

Manuela foi para dentro do salão em largos passos e Laura permaneceu, perplexa, suspensa no lugar. Era confuso. Tudo o que Manuela colocara para fora havia se misturado na mente de Laura e não fazia sentido.

De cabeça baixa, com a mão na boca, Frederico passou por ela, "Raposa!", antes de sumir na escuridão do jardim. E deu um pulo quando Laura atirou o leque nele, acertando a sua cabeça, pouco antes de desaparecer.

Laura poderia ter ido atrás dele, desferir-lhe palavras e alguns golpes de leque, mas suas pernas estavam fracas e mal enxergava o caminho de volta ao salão, pois os olhos boiavam em lágrimas. Não chorava pelas acusações de Manuela e nem pelas previsões de uma vida solitária. Laura estava ressentida pela irmã, que nunca expunha as suas emoções daquela maneira. Havia ferido Manuela, era fato, e não poderia ter esperado que de maneira tão contundente. "Eu queria me sentir amada, admirada, apenas isso", essas haviam sido as palavras mais difíceis de serem escutadas. Nunca havia pensado o quão complicado — quiçá, triste — era ser noiva desde sempre de alguém que mal se via, o que a impedia dos gostos — ainda que não fosse em nada gostoso para Laura — dos flertes e dos cortejos de outros rapazes.

Ao dar-se de encontro com os olhares piedosos de Lauro, parado na porta do salão, Laura se incomodou. Ele a ouvira! Ele a ouvira! Que vergonha! Passou reto por ele num caminhar rápido. Queria ir embora. Fugir para algum lugar onde nunca a encontrariam. Se fosse homem teria se alistado na Marinha para poder entrar num navio e navegar pelos mares sem preocupações. Fugir! Fugir! Pregou-se novamente na cadeira ao lado da tia que, imediatamente, perguntou por onde andava. Laura fez-se de surda até o fim do baile e assim ficou, independente das reclamações de falta de educação por parte de tia Teocrácia.

Sua atenção só mudou quando reparou que uma estranha figura circulava pela festa. Com os cabelos claríssimos como os olhos, foi na direção do dono da casa e cumprimentou-o. Acabou parando num canto do baile, onde permaneceu até ir embora. Pessoas que passavam pelo Sr. Ouro Verde diziam algumas poucas palavras. Ninguém ficava muito tempo conversando com ele — e, aparentemente, era o que ele desejava, dada a expressão de "poucos amigos".

Ao tocarem uma nova quadrilha, a pista voltou a encher de pessoas, e Laura o perdeu de vista. Ele era realmente estranho.

Na tão desejada volta para casa, tia Teocrácia estranhara o estado de Laura. Quis saber por que ela não dançara com ninguém. A moça não respondeu e sofreu diversas repreensões. Como Manuela nem lhe dirigia a palavra quando Laura puxava algum assunto sobre a festa, a tia deduziu, então, que as duas haviam brigado. Não iria se meter, crendo que estavam grandes demais para resolverem suas diferenças. Além do mais, sabia bem que nenhuma delas iria mesmo ouvir os seus conselhos.

Apoiando a cabeça na mão, Lauro deixava que a paisagem serrana se estendesse à vista noturna. Pouco se importava com o que via, ou com que sua mãe comentava, estava mais interessado no estado de Laura. Havia sido atingido também pelas palavras de Manuela.

Diário de Laura
1. *Petrópolis, 13 de fevereiro de 1881*

Estou tão cansada que duvido que minhas pernas um dia voltem a funcionar. Não dancei no baile, nem tive vontade, mas pude cansar-me com o simples fato de estar rodeada de pessoas estranhas que pareciam me estudar. Também briguei com Manuela, o que retirou o resto de minhas forças. Quando chegamos em casa, ela foi direto para seu quarto, sem dar uma palavra.

Eu tive de ser interrogada por Alice. Impaciente, esperara a noite toda até chegarmos, contrariando as ordens de mamãe. Ela e Mariana correram para meu quarto, aguardando que contasse coisas escabrosas sobre as pessoas, como se vestiam, sobre o que conversavam. Não respondi a nenhuma pergunta. Virei de costas para elas, que enchiam o ar de perguntas, e tentei dormir. Alice não se conforma de ter passado o dia todo em casa sem poder ir ao baile. Diz que poderia ter dançado quantas músicas fosse convidada, apesar de os espirros e o nariz escorrendo ainda a denunciarem. Demorei a dormir, meu cérebro não queria que eu descansasse.

Mal fechei os olhos e as frases de Manuela voltavam à tona, apertando o meu coração. Não queria chorar. Não iria chorar por causa daquilo. Não iria.

Esta manhã, Lauro, eu e Mariana, mais animada, resolvemos aproveitar o dia chuvoso para brincar de esconde-esconde pela casa. Dessa maneira, poderíamos conhecer mais os lugares e rememorar a nossa infância. Como mais velhos, e nos achando os mais poderosos e inteligentes, Lauro e eu resolvemos fazer Mariana contar até cem e vir nos procurar. Teríamos muito tempo para nos esconder. Cada um foi para um lado. Sentada na escada, Mari nem abria os olhos, contando. Alice e Manuela passaram por ela, criticando a nossa brincadeira. Nem por isso ela parou a contagem.

Escondi-me na despensa da cozinha, que era bem apertada, e pelo buraco da fechadura ficava a espiar. Nana achou estranho aquilo, mas logo deduziu que eu deveria estar brincando. Vi Mari passando ao largo. Encostei numa das estantes, aliviada. De repente, a porta abriu-se diante de mim para minha surpresa. Sorrindo, Lauro entrou sorrateiramente, apertando-se ao meu lado. Perguntei, bem baixinho, o que fazia ali. Ele disse que viera me fazer companhia, que estava era muito ruim ficar escondido sozinho e que assim seria bem mais divertido. Pedi que saísse dali; era muito apertado e Mariana iria nos descobrir. "Só se você continuar falando", respondeu ele como se fosse muito engraçado. Respondi à altura: "Falo porque você me perturba". "Quer, então, que eu a deixe aqui só? Posso ir para outro lugar se quiser", ia abrindo a porta. Irritada, pedi para ele "descer do palco". Aquele sorriso dele voltou a iluminar seu rosto; mostrava todos os seus dentes em perfeita simetria acomodados entre duas covinhas nas bochechas. Não pude aguentar aquilo por muito tempo. Reclamando de calor, saí para a cozinha.

Mariana, que estava ali perto, me viu. Lauro e eu tratamos de correr para o corredor mais rápido que ela. Quem batesse antes no degrau da escada, ganharia. Contudo, algo me parou na altura da sala. Lauro, que vinha logo atrás de mim, teve de frear, quase caindo por cima de mim. Toda a família estava reunida na sala, em volta de meu pai. Em suas mãos ele tinha um papel.

Foi a partir daí que pude realmente ver que o mundo era feito de algo mais do que desejos e sonhos. Tudo em que eu acreditava desabava com as palavras que ouvia e que nem tenho coragem de repeti-las no meu diário.

16

— Laura e Lauro! — As mãos pequenas e pálidas bateram com força no degrau da escada.

Esbaforida, Mariana se sentou na escada, puxando o ar.

Mais calma, pôde notar que a família estava reunida em volta do pai, que lia uma carta em voz alta. A expressão dos familiares era de preocupação. Mariana foi entrando como um bichinho à espreita. Reparou que, discretamente, Lauro segurava a mão de Laura com força — ou teria sido ela a segurar a dele?

Mariana não conseguiu escutar sobre o que era a carta, mas as lágrimas que pulavam dos olhos de tia Teocrácia indicavam que deveria ser bem pior do que o imaginado.

O Sr. Almeida dobrou o papel, entregando-o à irmã. A tia, segurando seu abatimento, mordendo os lábios, guardou-o no bolso do vestido negro e pediu que preparassem as suas malas. Ela e Lauro partiriam para São Paulo o quanto antes. O irmão se ofereceu a acompanhá-la, o que foi aceito.

— O que está acontecendo? O que houve? Por que estão todos assim? — perguntava a menina.

Laura virou-se para trás e murmurou:

— Tancredo está muito mal.

— Ele não tinha se curado?

A irmã escritora não respondeu, soltando um longo olhar de pena para cima de Manuela. A mais velha tinha o rosto vermelho, como se segurando o choro.

Ninguém teve vontade de falar, nem queriam perturbar os pensamentos com temores. Nenhum sorriso, nenhuma lágrima explícita.

Nada. O rebuliço interno, no entanto, era intenso e a única paz vinha do céu ensolarado daquela manhã de verão.

Como todo o ciclo temporal, porém, levaria consigo alguma coisa. Em pouco tempo, nuvens negras surgiram e comprimiram-se no céu extenso, apagando o belo dia. Não se via mais além do horizonte. As folhas das árvores cantavam em *tocata e fuga* com a ventania pré-tempestade e alguns pássaros rompiam a imensidão calada com seus gritos ao léu.

Na frente da janela, Laura tentava escrever, porém não alcançava as palavras, fugidas de seu controle. Não formava uma frase que pudesse levar a um raciocínio. O papel branco a angustiava; tão vazio quanto ela. Nem sonhos de publicar tinha mais. Apenas um grande e pesado nada dentro de si.

Deixou a pena secar sobre o papel e foi esticar o corpo. A casa estava silenciosa. Provavelmente seu pai e Lauro estariam reunidos conversando sobre a partida para São Paulo. Na sala, as mulheres deveriam estar fazendo seus bordados. Ninguém falava, nenhuma música saía do piano. Mais perturbada, Laura voltou para dentro do quarto e se sentou na escrivaninha. Abaixou a cabeça na direção do papel, deitando a face contra a superfície fria dele. Os olhos abertos não viam nada diante da mente esbranquiçada que não mais funcionava. Não entendia por que estava desse jeito.

Um choro miúdo rompeu no segundo andar. Laura levantou a cabeça, estranhando. Devagar foi seguindo as lamentações e acabou encontrando Manuela, na frente da janela de seu quarto. Pousou a mão no ombro da irmã mais velha.

Manuela virou-lhe o rosto todo vermelho e molhado. Ao ver Laura, as lágrimas aumentaram e balbuciou:

— Ele ainda pensa em mim... Na carta, ele pede para se despedir de mim. Pede desculpas por não poder honrar com o compromisso... — Pegou as mãos da irmã. — Laurinha, ele pensava em se casar comigo, após todos esses anos. Enquanto eu... — Calou-se, mordendo os lábios, envergonhada da sua atitude no dia do baile. — Não sei mais... — Soltou-a e limpou as lágrimas com as mãos trêmulas. — Tem noites em que desejo que ele volte logo para nos casarmos, mas há dias em que queria que ele... Que ele nunca mais voltasse... E Deus ouviu as minhas preces — a voz endureceu e as lágrimas retornaram. — Sinto-me tão ruim ao pensar que eu estou aqui me divertindo, flertando com vários rapazes, nem penso nele, enquanto o que ele mais quer é se curar para se casar comigo o quanto antes. Laura, que espécie de monstro eu sou?

Branco: malditas palavras que novamente fugiam!

Laura abraçou a irmã. Ao menos, reconforto sentia-se capaz de dar. As duas ficaram ali abraçadas até ver que Manuela se acalmara e seu rosto secara.

— De alguma forma tudo sempre se resolve, Manu. Tancredo ficará curado.

A resposta não satisfez a mais velha, mas havia sido o necessário para o momento. Manuela pediu para ficar um pouco sozinha, precisava pensar, se acalmar. Laura respeitou, indo embora. Antes, contudo, parou na porta e avisou que sempre que precisasse dela, estaria lá para ajudá-la.

De volta aos seus escritos, Laura retornou a si. Havia um peso, densidade, uma sensação de que aquele verão havia sido o último da sua juventude e que a vida lhe empurrava para as responsabilidades de adulta, querendo-as ou não. Passaria de filha e irmã para esposa e mãe. E aquele futuro em branco a perturbou, pois poderia escrever o que quisesse a partir de agora, dona da sua própria história.

Saltou no lugar ao ouvir uma madeira rangendo atrás de si. Era Lauro. Não sorria. Os seus olhos estavam vermelhos e seu corpo se mexia no automático. Num impulso, ele jogou-se no chão e abraçou-a pelas pernas. Laura se assustou, apesar de entender a carência e o medo dele em perder o irmão. Passou os dedos pelos cabelos dele, tão macios e lisos. Abaixou um pouco a cabeça, tinham um gostoso cheiro.

Lauro levantou o rosto para ela. Entreolharam-se por instantes. Cansados do vazio que os corroía a cada dia, uniam-se no mais obscuro desejo. Um iluminava o caminho do outro — e isso amedrontava ambos.

As mãos de Lauro subiram até o rosto de Laura. Eram quentes e tomavam toda a extensão dela. Encaravam-se, deixando-se analisar. Ele se levantou, tendo a cabeça dela ainda entre os seus dedos pulsantes, e, em segundos, a distância entre eles desaparecera. Seus lábios se tocavam, irradiando a luz que exalava por todo o cômodo os raios que caíam na campina.

Diário de Laura
Petrópolis, 21 de fevereiro de 1881

A única coisa que vi nesses últimos dias foi chuva. Os céus não param de chorar. O que será que o homem anda tanto a fazer para que Deus tenha que limpar tanto? Ninguém sabe o que fazer. Andamos pela casa sem rumo, procurando alguma coisa para passar o tempo. Minhas irmãs tentam bordar ou tocar piano. Eu procuro passar as horas sobre meus manuscritos, lendo e reescrevendo. Algumas coisas eu rio de tão tolas que são. Sonhos de meninota! Bem, confesso que desses sonhos eu ainda vivo. E como são bons eles! Parar de sonhar seria como parar de viver. Contudo, nem todos parecem inertes nos sonhos.

Papai foi a São Paulo com tia Teocrácia e Lauro. Só sei que a casa começou a ficar vazia — e eu também — e o tempo começou a abrir.

Antes de partir, senti que Lauro havia mudado comigo. Ele me olhava como se fosse o homem mais feliz do mundo. E não entendo o porquê da felicidade dele me tomar também. Ainda assim, quando sabia que ele estava me olhando incessantemente, eu o evitava, com receio de dar de encontro com seus olhares. Tenho medo dele ao mesmo tempo que quero estar ao lado dele. Depois que ele me beijou, foi como se tivessem sido plantadas asas em mim e notei que ele sempre me viu diferente das minhas irmãs. Não era a prima criança que adorava ficar brincando de perseguir fadas. Não gostei, no entanto, que, desde o beijo, ele começou a agir comigo cheio de trejeitos e falsas cordialidades — o que muito lembrava o menino que tinha medo do próprio espirro. Ele queria tomar conta de mim, o que me irritava. Era carinhoso nas palavras e, quando podia, acariciava a minha mão, escondido. Havia ficado atencioso demais. Não sei se gosto dele assim. Preferia quando era mais natural.

Na noite anterior à sua partida, ele tentou me beijar de novo, mas Virgínia chegou na sala, fazendo com que ele se afastasse de mim rapidamente. Senti alívio quando a vi entrando e uma vontade de me esconder dele. Por isso, até a despedida, resolvi passar os dias na sala, acompanhada sempre de alguém. Lauro parecia um maluco, vagando de um lado ao outro, esperando que eu ficasse sozinha para me beijar.

Porém, no dia da despedida em si, estava eu no alpendre quando uma mão me puxou para a sala. Nem vi ao certo o que era. Apenas senti uma boca úmida tocando a minha. Os braços de Lauro enlaçavam a minha cintura e pressionavam meu corpo contra o dele. Tentei resistir, mas fui ficando sem ar, cansada de tanto lutar. Ele me soltou e pediu que eu me casasse com ele, dizendo que isso o faria um homem mais feliz. Como eu poderia fazer alguém ser o homem mais feliz? Não tive palavras. Uma loucura estava acontecendo. Por que eu? Por que ele me escolhera para se apaixonar? Por quê? Por que não poderíamos ser amigos apenas, como antes? Soltei-me dele. Eu não podia. Não sabia e ainda não sei.

A desilusão que pareceu tomar forma no rosto dele me deixou angustiada. Nunca o havia visto tão triste, nem quando soube que o irmão morria. Tentei *explicar na hora que estava confusa, que era muito nova para me casar ou pensar em casamento. Via-o se aproximando de mim, como se não estivesse ouvindo nada do que eu dizia, e comecei a temer que eu me entregasse a um novo beijo. Não gosto do que ele faz comigo, tira toda a segurança que tenho em mim mesma, não sou capaz de formar um raciocínio direito.*

Afastei-me, sem poder olhá-lo nos olhos, não poderia perder a crença no que dizia. Falei que não queria deixar a minha família, nem me casar com ninguém. Quero manter a minha família como é e não a separar. Ele deu uma risadinha de descrença e me chamou de tola por querer viver pelos outros. Segurou-me pelos braços e, aproximando-se de mim, disse que eu não pusesse a culpa nas pessoas à minha volta, e me aconselhou a viver por mim mesma. Ressaltei que isso seria egoísmo da minha parte, que não queria acabar com a minha família e que sempre viveria para eles.

Ele largou meus braços dizendo que eu não estava abandonando a minha família, mas a mim mesma. Voltou a me segurar pela cintura, só que dessa vez mais apertado, para que eu não escapasse dele. Insistia que queria que eu me casasse com ele, que vivesse, então, para ele, que era família, que era meu primo. Disse que me amava, que queria que eu fosse a única mulher da sua vida e que nunca sentiu por ninguém o que sentia por mim. Na hora nem soube como entender tudo aquilo, estava muito confusa. Quando o vi se aproximando de mim para me dar mais um beijo, virei o rosto num gesto impensado.

As mãos dele foram desapertando o meu corpo. Um calafrio me tomou. Não sabia se fizera o certo ou o errado. Nunca tinha pensado antes em me ver casada. Fui pega de surpresa! Ele foi embora e do alpendre o vi partir. Levantei a mão para dar um adeus, mas ele nem olhou para trás. Já fiz o meu estrago e agora é tarde demais.

Desde que eles partiram, mamãe, Nana, eu e minhas irmãs passamos a noite diante do oratório, rezando pela alma do nosso primo Tancredo. Eu, no entanto, rezo por Lauro, para que ele seja feliz ao lado de uma mulher que o ame como ele merece ser amado.

Diário de Alicia
Petrópolis, 07 de março de 1881

Os dias estão tão enfadonhos! Ou bordo ou toco algo no piano. Minha única alegria é quando Nana faz algum doce gostoso. O resto da família também não parece muito bem nesses últimos dias depois da partida de tia Teocrácia e Lauro. Laura está inconsolável. Ou fica presa no quarto só a escrever, ou perambula pela mata como se desesperada para achar algo. Deve estar ficando louca! Mariana foi flagrada por mamãe brincando com uns gatinhos na cozinha. Claro que mamãe mandou dar os gatos para outra pessoa. Foi uma choradeira que só Virgínia pôde consolar. Manuela mal fala depois da carta que recebemos de papai. Nesta ele contou que Tancredo morreu. Dizem que foi de uma infecção ou coisa assim. Não reparei muito nessa parte, estava mais interessada em saber das fofocas da Corte, mas papai nada escreveu sobre isso, para a minha tristeza. Em algum momento da carta, disse que Lauro resolveu terminar seus estudos na Inglaterra, a pedido de tia Teocrácia. Bem que eu gostaria de conhecer a Europa! Basta me casar com um marido muito rico. Parece que ele vai ficar por muito tempo. Uns quatro anos, pelo visto.

A melhor parte da carta foi quando mandou que fôssemos para casa. Nossas férias de reclusão haviam acabado. Ninguém reclamou, nem fizeram festa. Mal pude entender essa reação. O que me importa agora? Eu vou para casa, para os bailes! Voltarei a encontrar a civilização! Nem consegui dormir à noite de tanta euforia!

Quando fui buscar uma água na cozinha, vi Laura parada na frente da janela do seu quarto. Estava com a camisola branca no meio da escuridão, parecendo um fantasma. Não sei para o que olhava. Acho que ler muito deve fazer mal à sanidade das pessoas e escrever piora.

Ajudei a arrumar tudo para a viagem. Mamãe e Nana até ficaram impressionadas com meu entusiasmo. E cantarolando escrevo esse diário, apenas esperando que me chamem para irmos embora desse lugar de uma vez por todas. Se puder, nunca mais quero voltar para cá. Não vejo a hora de tomar o coche para a Corte, de onde eu nunca deveria ter saído. De fato, aqui não é lugar para mim, nem para ninguém que tenha um mínimo de inteligência, de elegância e de bom gosto. Como o Imperador suporta é que não sei.

1883

*"Quando uma mulher tem cinco filhas crescidas,
deve deixar de pensar em vaidades."*
(Jane Austen, **Orgulho e Preconceito**)

DIÁRIO DE LAURA
Rio de Janeiro, 01 de outubro de 1883

Como pode ser engraçado os passos que o tempo dá. Eles afetam não somente as pessoas como as coisas. Antigos pensamentos se desfazem e novas ideias se criam. E ao som da melodia onipresente do tempo estamos todos sendo forçados a viver numa constante mutação. Crescemos diante da vida, mas a vida acaba perdendo o vigor dos anos pueris que um dia enlaçaram nossa mente. O passado fica mais distante e o amanhã nem é sempre como desejamos. A vida não é como queremos. Por mais que lutemos para conquistá-la, ela sempre acaba conquistando a gente.

Três anos se foram em vaivéns de suspiros, risos e lágrimas e, quando voltamos ao presente, sentimos o recomeço de onde paramos. Lauro, meu primo, voltou da Inglaterra. Não terminou os estudos, pelo que soube, mas com o dinheiro que a família tem e, agora, como único herdeiro, vive de festas, bebedeiras, fazendo parte de clubes e associações em que mais se diverte do que realmente faz algo pelos outros. Escutando por entre as portas do gabinete de papai, entendi que Arturzinho caiu na mesma esparrela. Ao invés de cuidar dos doentes, tem cuidado das meretrizes e das festanças num tal clube de devassidão, juntamente com Lauro e com o tal amigo, o Sr. Aragão.

Há três anos, ou mais, ouço esse nome e ainda não consegui conhecê-lo. Quando vem nos visitar, estou trancada escrevendo alguma coisa, ou fui visitar uma das minhas primas. Parece que o Destino não quer que eu o conheça — é a explicação que Virgínia dá. Uma vez, no entanto, consegui ter um vislumbre dele. Foi muito rápido. Ele estava saindo pela porta da frente e eu descia as escadas de casa, chamando por Nana. Era dia e a porta estava aberta, não consegui ver mais do que uma sombra contra a luz da rua. Ele chegou a se voltar para mim, acho, e ficou parado alguns segundos para, depois, ir-se, fechando a porta atrás de si. O que me faz concluir que, para mim, o Sr. Aragão é apenas uma sombra na memória.

Confesso que, desde o seu retorno, Lauro ainda norteia meus pensamentos. Não sei distinguir de que forma. Ao me lembrar do que aconteceu da última vez que estive em Petrópolis, fico confusa e com medo. Tive muita resistência em reencontrar meu primo, pois seria como enfrentar de novo o que passei. Mas ele não pareceu se importar comigo. Eu era como outra prima qualquer. Doeu muito e ainda não sei dizer o porquê. A cada encontro preciso conferir os meus sentimentos em relação a Lauro, e sempre chego à mesma conclusão: eu gosto dele, bastante, mas não sei se chego a gostar tanto quanto ele dizia gostar de mim, a ponto de querer me casar com ele.

Talvez tenhamos todos mudado nesses últimos anos – todos, menos o vocabulário de Alice, que continua magro e pobre. Virgínia, que atingiu o ápice de sua saúde e beleza, solta os suspiros de rapazes por onde passa. Acabou educando sua mente com toda a leitura que tinha, o que a tornou uma moça de interessante conversa, e atraiu um certo Sr. Ricardo Madero. Mamãe e minhas irmãs o tratam muito bem. É possível ver o quão mamãe está ansiosa para casar uma de nós – já que Arturzinho ainda mantém seu longo noivado consigo mesmo, o que me faz questionar por que os homens podem se casar mais velhos e as mulheres têm prazo para as bodas.

Ouvi Nana e Manuela comentando que até o fim do mês o Sr. Madero pede Virgínia em casamento – o que não duvido. Falta apenas babar em sua mão quando a beija, ainda que minha irmã o trate com total indiferença.

A próxima vítima de casórios é Manuela. Esta foi a que menos parece ter mudado. Ajuda mamãe como antes, conversa comigo como antes, briga pelo mau comportamento de Mariana como antes, critica Alice como antes. Seu rosto, no entanto, está mais bronzeado, seu jeito mais maduro, suas conversas menos interessantes e sua voz mais grossa. Por dentro, acredito que ela continua a mesma: a eterna noiva de Tancredo. Quase não fala mais em casamento, ou em suas esperanças para o futuro. Com a morte do noivo, acho que parte de Manuela também morreu, ao menos aquela que a veria se casar.

Mariana está menos peralta, porém seu coração está mais cristalino. Cheia de vontades, sabe bem o que quer, o que acaba lembrando muito Alice, ou melhor, Alicia. Fora o nome que minha irmã quis mudar, por achar o seu comum demais, pouco nela mudou a não ser o peso. Seu rosto está mais redondo de tanto comer. Sua maior fome é de arranjar logo um pretendente rico para fazer frente ao Sr. Madero. Fica competindo com Manuela para ver quem vai se casar antes. Quanto aos nossos desentendimentos, quase não temos mais. Parece que aprendemos a respeitar uma a opinião da outra, por mais errada que ela esteja.

Papai e mamãe ganharam apenas cabelos brancos e mais serenidade em suas vozes. Brigam menos conosco. Ou viram que não adiantava nada, ou apenas creem que nós podemos aprender com nossos erros mais facilmente do que se eles tentarem nos preparar para não os cometer. Papai passa mais tempo ocupado na loja e, ao chegar em casa, se tranca em seu gabinete. Mamãe cuida da arrumação das criadas e passa o dia sentada na sala, a conversar com a nossa tia Clara, que nos têm feito muitas visitas ultimamente, agora que tanto Carolina quanto

Joaquina se casaram.

    Tia Teocrácia também nos visita com mais assiduidade, infelizmente, e adora elogiar o falecido Tancredo na frente de Manuela, como se não visse a tortura que provoca em minha irmã. Quando posso, dou um jeito de mudar o rumo da conversa, ou de tirar Manuela da sala. Porém, o estrago já foi feito e minha irmã se tranca numa casca dura, não permitindo que ninguém se aproxime dela.

    Nana me chama pela terceira vez para eu descer para o jantar. Não posso me alongar mais. Minhas ressalvas ainda não foram capazes de revelarem-se por completo. Queria escrever para poder entender o que acontece na vida e comigo.

    Lauro e tia Teocrácia vieram para o jantar, assim como Arturzinho, tia Clara, tio Paulo e minhas primas e seus respectivos maridos. Estamos todos reunidos, novamente, mas algo me diz que nunca mais será o mesmo de antes. Talvez nós mesmos não sejamos mais os de antes, apesar das impressões que ficam.

(continua com **O BEIJO DA RAPOSA**)

AGRADECIMENTOS

As primeiras pessoas que foram fundamentais para a escrita desse livro são as primeiras que agradeço: meus avós, tias, primos, mãe e pai. Nem o livro, nem eu, existiríamos se não fossem por vocês. Obrigada.

Em segundo lugar, e não menos importante posição, estão as minhas beta-ômegas do coração: Cassia-Aisha e Mara Sop. Gratidão! Gratidão! Sem vocês a insegurança teria imperado e este livro não teria sido publicado. Gratidão!

Queria ainda citar algumas pessoas que são muito especiais: Elimar Souza, Patrícia Rodrigues, Carol Silva, Vanessa Duarte, Ly Barone, May Tashiro, muito obrigada pelo apoio desde os livros anteriores! Muito obrigada!

Também quero agradecer às minhas apoiadoras maravilhosas, parceiras, blogueiras e leitoras, pois sem vocês esses personagens também não se fariam viver na mente de cada uma.

CONHEÇA OS TÍTULOS DA SÉRIE
O CLUBE DOS DEVASSOS

A BARONESA DESCALÇA

AS INCONVENIÊNCIAS DE UM CASAMENTO

UMA CERTA DAMA

O LOBO DO IMPÉRIO

O BEIJO DA RAPOSA

MÃES, FILHAS E ESPOSAS

O ÚLTIMO DOS DEVASSOS

Freya Editora

Para saber mais sobre os títulos e autores da FREYA, visite o site www.freyaeditora.com.br e curta as nossas redes sociais.

f facebook.com/freyaeditora

instagram.com/freyaeditora